# 柳叶摘星辰

（下册）

烟秋 ◎ 著

四川文艺出版社

## 第十一章 混进王府

十二月的天气，到处都是灰蒙蒙的一片，寒风呼啸，就像一把刀子从脸上刮了过去，生疼生疼的，路上的行人都穿上了厚厚的棉衣，缩着脖子走路。

偏偏有些人，被生计所迫，挑着货郎担在外边走着，不时扯着嗓子喊："上好的胭脂水粉，杭州新到的手帕子，还有各色珠子手环，快些来买啦！"

拨浪鼓的声音随着北风散得很远，村子里大姑娘小媳妇们从屋子里走了出来："货郎、货郎，快些拿货来看看！"

许慕辰挑着担子走了过去，一团人将他围住："哟，新来的？这个货郎可比原先那个俊多了，货担子上的东西也精致！"

有姑娘拿了一条手帕子扯在手里不住地晃："货郎、货郎，这帕子多少文钱？"

"姑娘，本来要卖二十文，姑娘生得这般美，给你少一点，十八文就是了。"许慕辰乐呵呵地一伸手，"要是你能指点一下，前边那个庄子里头有多少生意可以做，我还能少要你几个大钱。"

那姑娘欢欢喜喜："前边那个庄子名叫荷风山庄，里头的主人甚是奇怪，一年到头没看见过几次。我爹曾在里边打过短工，说里边很大，跟看不到头似的，有时候分明走了一圈，可又像在原先站着的地方，我们村子里都说那庄子里头有鬼，所以才会有鬼打墙。货郎哥，你可千万别去那庄子，里边丫鬟、婆子好像没几个，没人会买你的东西。"

旁边一个大嫂点了点头："可不是！上次我们村里那个婶子被喊去给他们烧饭菜，后来被辞了，回家以后不久怎么就得病死了，大家都说是沾了那庄子的鬼气！"

"原来是这样！"许慕辰装作害怕的模样，"多亏姑娘嫂子们提醒，我就不往那边去了。"

东西卖了一半，许慕辰挑着担子回了义堂。

"情况打探得怎么样？"柳蓉笑吟吟地迎了过来，"外边冷，没给你冻坏吧？"

许慕辰心中立刻暖乎乎的，柳姑娘这是在关心他吗？眼泪都要下来了！

"这荷风山庄里真有古怪，"许慕辰将见闻说了一遍，微微蹙眉，"这边暂时放下，太危险的地方先别动，柳姑娘，我知道你想为你师父报仇，可也要保证自己的安全。"

许明伦一个箭步走上来，拉住柳蓉的衣袖："柳姑娘，你要好好爱惜自己。"

许慕辰瞪了许明伦一眼，不甘示弱地拉住柳蓉的右手："柳姑娘，小心为上。"

柳蓉的左手右手都给占住了，气不打一处来："你们两人放手，我又没说现在去就！总得要将一切布置好再说，我还没傻到那种地步，啥都不知道就往里边闯！"

许明伦看着许慕辰："慕辰，放手。"

许慕辰攥着柳蓉的衣袖角不放："皇上，要放一起放。"

柳蓉白了他们两人一眼："你们不觉得无聊吗？一个是堂堂圣上，一个是刑部侍郎，拉着我衣袖做甚？难道我衣裳上有金子？"

两人闻柳蓉动气，这才一起松手，许明伦愤愤道："慕辰，明日起你便不再是刑部侍郎。"

许慕辰赶着行了一礼:"多谢皇上,以后我就可以睡懒觉了。"

竟然公报私仇,以为自己想当这个刑部侍郎吗?许慕辰一点都不觉得遗憾,全身轻松。

"慕辰,你错了。"许明伦狡诈地笑了笑,"我不仅要撤你的官职,还要在明日早朝罚你,打你五十大板!"

就因为自己与他争着拉柳姑娘的衣袖?许慕辰愤愤:"皇上,这样做好像不厚道。"

柳蓉在旁边听着也觉得有道理,为啥许明伦要打许慕辰?就因为他抢着拉自己的衣袖?这样也太小肚鸡肠了,许明伦的好感值瞬间直降一百分。

"非也非也,慕辰,你我相知十多年,难道不知道我的为人?"许明伦叹气,"难道你就不记得宁王了?"

许慕辰忽然想起了这件事,许明伦与他布下暗线想将宁王扳倒,已经不是一天两天的事情了,这次他带着柳蓉出去游山玩水,宁王还赶上来送金子,说明他有意收买朝中重臣。究竟宁王想做什么,司马昭之心路人皆知,只是还少证据。

"宁王?"柳蓉忽然来了兴致,"我那晚假扮小香、小袖同伙拿走了她们的花瓶,她们两人对我说,要我替她们在王爷面前说好话,我觉得这两人应该是受雇于某位王爷的,这样看来,可能就是宁王?"

眼前浮现出一张脸孔,有些胖,看上去慈眉善目,眼中却是精光闪烁,这宁王可不简单哪。

"没错,就是宁王。"许慕辰也连连点头,"宁王野心勃勃,一直对龙椅虎视眈眈,皇上刚刚登基不久,只怕他正在暗中策划这谋逆之事,皇上命我调查他的底细,故此我才跟踪去了飞云庄。"

"原来如此。"柳蓉轻轻吐了一口气,"那么你查到了些什么?"

"我已经查到一些投靠宁王的江湖人士。"许慕辰开始扳手指头,"第一,生死门。"

柳蓉想到了震天雷,点了点头:"这个我也猜到了。"

"还有鲸鲨帮、五毒堂,"许慕辰的眉头越来越紧,"这些都是被江湖视为邪派的,只要给银子,没有什么事情他们干不出来的。"

"那……"柳蓉犹豫了一下,"不如我先进宁王府当丫鬟,摸清了他为何对那只花瓶这般看重,我总觉得那花瓶里必然藏了什么古怪,否则他怎么会布置这么多人手来抢那个花瓶。"

"不行,你进宁王府有危险。"许慕辰不假思索地喊了出来。

"危险?我会小心的。"柳蓉白了他一眼,幸亏自己知道他跟许明伦两人的盘算,否则还真会觉得有些感动,许慕辰竟然这样关心自己!可问题是自己已经知道,这些关心,根本就不是真心实意。

"柳姑娘,你别去。"许明伦也很着急。

哼!一个两个装得很真像啊,柳蓉笑眯眯地看了他们一眼:"我偏要去。"

"那……"许慕辰犹豫了一番,还是点头同意了,"也得要等到宁王府缺丫头才行。"

"这有何难?只要你肯给银子让那些丫鬟赎身,谁还愿意一辈子伺候人?"柳蓉脑瓜子灵活,马上就有了主意,"现在快到年关,走了些丫鬟,宁王府肯定缺人手,自然要到牙行招人,到时候我就混进去了。"

"好,就这样定,以后我隔一日就去宁王府与你联络。"许慕辰有些担心地看着柳蓉,"你可千万千万要小心哪。"

"没事,你还不相信我的本领?"柳蓉哈哈一笑,"别用这样的眼神看我,好像我很无能似的。"

"柳姑娘,我也要去宁王府那边看你。"许明伦觉得自己输了一阵,许慕辰行动自由,想去哪里就去哪里,可自己只能坐到皇宫里,动都不能动,实在憋气,"我隔段时间溜出宫去,也扮个货郎去宁王府那边找你。"

"不行!"柳蓉与许慕辰一起喊了出来,甚是默契。

许明伦委屈地看着二人:"为什么不行?"

看起来自己是输定了？为啥两个人说话的语气都是一样的？还有眼神……简直如出一辙啊……许明伦瞬间有淡淡的忧伤，四十五度角望向明媚的天空。

看着许明伦这模样，柳蓉有些于心不忍："皇上，我们是为你的安全考虑，你乃是一国之君，九五之尊，怎么能轻易涉险？请皇上为了社稷为了天下苍生，关注自己安危！"

听了这话，许明伦又惊又喜，没想到柳蓉是在关心他，真是太感动了，呜呜，都想流眼泪了，柳姑娘真是温柔可人的女子，秀外慧中、多才多艺，既能上山打虎，又能下海捉鳖，此女只能天上有，世间能得几回见？

许慕辰站在一边默不作声，只是心中咬牙发誓，自己一定要打败皇上！即便皇上坐拥天下，可他不见得就能赢得柳蓉的心。都说追女人要胆大心细脸皮厚，只要自己坚持不懈地关心呵护，本着死追烂打的战略，一定能抱得美人归。

"柳姑娘，你来京城肯定还没好好玩过，我带你出去玩玩吧。"为了报答柳蓉的温柔体贴，许明伦准备将自己的京城处男游奉献给她。

小福子、小喜子两人的眉毛都耷拉下来，皇上从来就没出过宫，竟然要亲自带柳姑娘去游玩，这样好吗？会不会一个下午就在那几条胡同里转来转去迷了路？再说，在京城这样大摇大摆地走，会不会遇到什么危险？两人摸了摸脖子，这脑袋暂时还在，可是只要皇上出一点点差错，恐怕就保不住了。

"皇上，你还是回宫吧。"出于对许明伦的安全着想，许慕辰只能硬着头皮进谏。

"慕辰，你别小肚鸡肠了，咱们八仙过海各显神通。"许明伦很不满意地看了许慕辰一眼，不就是想阻拦他跟柳姑娘增进感情吗？

"来来来，皇上，我给你易容。"柳蓉叹气。

我怎么就这样倒霉呢，一到京城就遇着了活宝，还是一双。

有两位帅哥陪在身边逛街的感觉……

棒棒哒？

非也非也，柳蓉只觉得实在是痛苦，真是一种折磨，她从来就没想到，这大周的皇上，竟然是比女人还喜欢买东西的男人。

"柳姑娘，你觉得这个好看吗？"易容成满脸焦黄、一脸病容的许明伦指着一支金簪子，眼中闪着快活的光。

柳蓉不以为然地点了点头："还行。"

"买了！"许明伦拍了下桌子，店伙计殷勤地将簪子放到锦盒里包好，还不忘附赠几句褒奖之词："这位公子真是眼光独到，这簪子乃我们金玉坊最新出的款式，上头的珍珠全是从西洋运过来的，别处绝无第二支这样的簪子。"

许明伦白了他一眼，别处绝无？你以为朕的司珍局是做摆设的吗？

店伙计不明就里，笑着推荐了另外一款："这手钏乃是从南洋过来的红珊瑚制成，公子看看便知，颗颗晶莹剔透，大小差不多，真是精品。"

"买了！"大手一挥，又买下。

许明伦带着柳蓉在京城到处玩，逢店必进，转了几条街，小福子、小喜子两手已经拎满了东西。

"慕辰，你怎么不买东西？"许明伦兴致勃勃，"没想到我大周商业这般繁盛，应有尽有。"

原来许明伦买东西是在体现国力强盛吗？柳蓉与许慕辰交换了一个无奈的眼神，普天之下莫非王土，率土之滨莫非王臣，即便他一文钱都不花，大周该怎么繁盛还是怎么繁盛好吧——说好的到处玩玩呢？怎么就成了到处买买买？

许明伦无比得意，他买了这么多东西，到时候一股脑儿全部送给柳蓉，柳姑娘肯定会感动得不行。他眯了眯眼睛，好像看到了柳蓉激动得满脸红光、含情脉脉地看着自己的样子，哦，实在太开心了。

许慕辰只是撇着嘴笑，许明伦的想法他一清二楚，不就是想跟他抢柳姑娘的芳心吗？怎么样自己也比他更知道柳姑娘的喜好，买一堆乱七八糟的东西，怎么能获得柳姑娘的芳心呢？

　　柳姑娘最喜欢的是银子，最感兴趣的是劫富济贫，最看不惯的是那些欺压穷苦百姓的人，自己只要能带着银子陪她四处闯荡，肯定能让她对自己心生好感。许慕辰捏了捏拳头，上天啊，赐他一个出面惩治恶人，让他大显神通的机会吧！

　　上天好像很眷顾许慕辰，这个机会马上就来了。

　　两个人陪着柳蓉逛街逛了大半日，到了傍晚时分，青莲色的暮霭沉沉坠了下来，柳蓉望了一眼许明伦："黄大公子，你该回去了吧？"

　　许慕辰不说话，只是点头，表示声援。

　　许明伦瞧着两人并肩站在自己面前，心里头无限郁闷，简直是翻江倒海："不，朕……正是用晚膳的时候，我要陪柳姑娘用过晚膳以后再回去。"

　　柳蓉心中叹气，皇宫里的太后娘娘难道还没发现皇上不见了吗？为什么京城里还是这样风平浪静呢？由皇上陪着到处转，这样真的好吗？若是太后娘娘知道了，会不会伸出手来划破她的脸，说："红颜祸水！"

　　不管柳蓉想得多么多，许明伦还是很坚持地走到一家看上去很高级的酒楼："咱们就到这里用膳吧。"他抬头看了看酒楼上边三个字"风雅楼"，点了点头，"这字写得不错，好像是王平章的手迹。"

　　站在门口的伙计怒赞了一声："公子好眼力！"

　　许明伦容色淡淡，王平章每日都送奏折过来，以示他对自己的忠心，每篇奏折都写得又长又臭，自己看见他的字就心理性厌恶了，没想到出宫还能见着这笔迹，真是让人心里厌烦得紧。

　　走进风雅楼，几个人在二楼订了个雅座，许明伦身边，小福子、小喜子分开站着，刚好将许慕辰挤到了柳蓉身边。他感激地看了小福子、小喜子一眼，你们两个甚是机灵，以后我会给你们好处的。

　　小福子、小喜子垂手而立，他们也不是想帮许侍郎，侍奉皇上，不是他们的本分吗。

许明伦见着柳蓉与许慕辰坐在自己对面,开始有些心中不爽,但后来一想着,自己正好将柳蓉看得更清楚,当下释然,许慕辰虽然坐在柳蓉旁边又如何,又不能总是偷偷转头看她!自己可是占了大便宜。

伙计殷勤地跟了过来:"两位公子,要吃些什么?"

顺便往柳蓉身上瞄了下,这姑娘,穿了棉布衣裳,跟两位穿云锦衣裳的公子坐在一起,竟然还这样神色自若,没有一点胆小惶恐的表情,也不知道这三人究竟是怎么组合到一处的。

这边正在点菜,那边雅间传来一阵响动,有女子的尖叫,还有男人猥琐的声音:"小美人儿,你坐过来,别这样羞羞答答的,陪着爷来喝杯酒。"

旁边有人哄笑:"王公子请你喝酒,还不爽快些!"

柳蓉腾地站了起来,又有该死的纨绔子弟在光天化日之下调戏良家女子?这事情别人不管,她必须管!即便人家老爹权高位重,可自己明的不行来暗的,好歹要记住那人的脸,以后下手也不会弄错人。

伙计见柳蓉急急忙忙要往外冲,知道是旁边动静太大了些,一把拉住柳蓉的手:"姑娘,你别管闲事。"

"啪啪"两下,伙计惊叫了起来,好像有东西砸到了他的手,低头一看,地上到处都是粉碎的瓷片,那两位公子怒目而视,一个随从细声细气道:"柳小姐的手,也是你能拉的?真是吃了熊心豹子胆。"

这姑娘是什么来头?伙计张大了嘴巴看着柳蓉旋风一样卷了出去,里边两位公子也跟着跑了出去,那两个随从也微微弯着背跟着跑了出去,雅间瞬间就空了。

柳蓉跑到了隔壁,"呼"的一声拉开雅间的门,里边的人都吓了一跳,全部抬起脸来往门口看:"哟,来了个小娘子,自己送上门来了,长得还真不赖。"

原来是熟人啊,柳蓉冲着王公子甜甜一笑:"王公子,你那根灌肠不是说被人切了吗?怎么还是好这一口啊?"她指了指被王公子拉住小手,正在奋力挣扎的姑娘,提高了几分声音,"还不快把她给放了?"

王公子脸色大变,自己被一个女飞贼切了命根子,这事儿竟然传遍京城了?这可是他的死穴,谁提起这事情都没好果子吃!

王公子暴跳如雷:"好你个小贱人,竟敢胡说八道!"

柳蓉见着王公子额头青筋暴起,满脸通红,汗珠滚滚,惊讶地问了一声:"咦,我怎么是胡说八道呢?京城里的人都这么说!王公子,我就想知道,为什么你那灌肠被切了,还要找小姑娘寻欢作乐?难道是要把鸡蛋给掏了才没那本事?"

看来自己专业知识还不够,需要加强才行,柳蓉十分惭愧,自己的功课没有做到位,让京城里的姑娘们继续饱受这花花公子的折磨,真是罪过。

许明伦与许慕辰刚刚好赶到门口,听到柳蓉说起灌肠与鸡蛋,两人不由得相互看了一眼,对柳蓉投以敬佩的目光。

柳姑娘,在下敬你是条汉子!

小福子与小喜子夹紧了两条腿,仿佛回到自己净身进宫的那一刻,痛得龇牙咧嘴。

雅间里的王公子将身边的姑娘一推,面目狰狞地站了起来:"小贱人,你是想找死?你可知道我爹是谁?"

"你爹是谁关我啥事?你要是敢动这姑娘一根寒毛,我就让你吃不了兜着走!"柳蓉一闪身,就将那姑娘拉了过来,低声问道:"姑娘,你没事吧?怎么被这姓王的给拉住了?"

那姑娘眼中闪着泪光,一脸的惊恐:"我是来卖唱的,被这位公子喊到雅间……"

原来狗改不了吃屎,自己都教训过他了,竟然还是这样!柳蓉的手抬了起来,正准备飞身过去好好教训那王公子一顿,忽然身边掠过一个人影,噼里啪啦地就将王公子胖揍了一顿,等他停下手,王公子已经是脸肿得像猪头。

"你是谁？竟敢打小爷！"王公子捂着脸有气没力问了一句。

许慕辰还没开口，他的同伙们已经告知了王公子答案："是镇国将军府的许大公子！刑部许侍郎！"

王公子唬得身子一震，顷刻间不敢说话。

许明伦站在门口很是不爽，还有朕哪！你们的眼睛都瞎了吗？就没看到朕也站在这里吗？只可惜他现在面目全非，人家都不认识他——即便他没有易容，人家也不见得认识他。

见了许慕辰现身，一屋子的人都没了气焰，耷拉着脑袋坐在那里，王公子更是痛哭流涕："许大公子，咱们两家是故交，你高抬贵手放过我……"

"哼！光天化日之下，调戏民女，就该抓到刑部大牢去！"柳蓉想了想，很认真地与许慕辰商量，"我看这王公子应该是上回灌肠没切干净，故此他才控制不了自己，这一次得到皇宫里找个专业的师傅，把他的鸡蛋给煎了才行。"

王公子眼前一片发黑，直接瘫在了地上。

"许大公子，求放过……"王公子的随从大惊失色，自己陪着公子出来，结果出了这么大的事情，自己还想活？他比王公子还哭得伤心，"许大公子，你就别吓我家公子了，他都尿裤子了！"

地上有湿漉漉的一摊水，还有水滴正慢慢地从王公子的长袍底下滴了出来。

雅间里静悄悄的，大家的目光都落在王公子那一摊水迹上，既觉得尴尬，又觉得有些好笑，还有些担心。那位许侍郎看着脸色十分不好，不知道会不会小题大做，将自己一网打尽。

陪着王公子吃饭的都是京城的纨绔子弟，家中父亲都是正三品以上的官儿，这群少爷党每日的生活就是饮酒作乐，手里拎个鸟笼子，带着狗奴才上街到处乱逛，看见生得美貌的小姑娘就动手动脚的，如果是兽性发了，还会直接将人家姑娘弄回府。

京城里对这些恶少早就怨声载道，无奈人家后台硬，老爹是高官，上告也无门。京兆府尹不过正四品的官,递了状纸进去,人家只能做个中间人,好言劝慰。

其间,有个状告王公子的,结果那京兆府尹却反咬一口:"虽说王公子做得不对,可毕竟也是你们家姑娘不应该到外头抛头露面,打扮得那样花枝招展的,还不是想勾人的?女儿家不该本本分分的吗?涂脂抹粉的究竟想做什么,你们做父母的心知肚明!"

被告人含泪:"我们家穷得吃饭都吃不起,哪还有银子给丫头去买脂粉?大人你说话也太过了!穷人家的丫头,只能在外边帮衬做点小买卖,还能像高门大户里头的小姐,每日坐着什么事情都不用做,自然有丫鬟伺候?"

京兆府尹一拍惊堂木:"王公子说了,就是你家那女儿勾引他的。这里是三百两银子,你们快些拿回去,不用再说多话。卖了女儿去做丫鬟,不过得十两银子,这儿有这么多,也足够补偿你们了。"

告状无门,最多不过拿银子打发罢了,苦主们得了教训,不敢再说多话。自此,京城里的人们都对这群恶少心有怨言,只不过谁也不敢大声说出来罢了。

许慕辰瞄了一眼那群面色惨淡的纨绔子弟,冷冷地哼了一声:"你们勾结在一处,横行京城,是时候受到应有的惩罚了。"

许侍郎果然要对他们下手了,众人大惊,开始抱头痛哭。

里边有个姓李的,祖父是正一品的太傅,他素来就认为自己腰杆比别人直,这时候见周围的人都抱头痛哭,觉得自己不站出来也太对不住自己祖父太傅的官衔了,于是他一拍桌子,恶狠狠道:"许慕辰,我劝你别多管闲事,你不就是仗着镇国将军府的势吗?就你自己那三品官,还是巴结皇上弄出来的,京城谁不知道你每日都下跪舔脚才得了这个官?"

"胡说八道!"许明伦大怒,许慕辰文武双全,确实是国之栋梁,他不提拔他,难道还提拔这群纨绔无赖不成?

李公子瞟了许明伦一眼,哈哈大笑:"你又是从哪里钻出来的?

敢来管大爷的事情！"

柳蓉心中本来对这群纨绔子弟实在不爽，可瞧着李公子这种大无畏的精神，不由得也同情起他来："公子，说话收敛些！"

没想到李公子或许是开始喝多了酒，狗胆能包天，伸手就指着许明伦与许慕辰，喷着酒气道："许慕辰，都说你好龙阳，怎么带了这样一个人过来？莫非是你脸上有疙瘩，连那些暗门里的小倌都看不上你了？"

竟然将大周的皇上比作那些迎来送往取悦客人的小倌，这该是一个人杀头还是全家人陪着他一起掉脑袋呢？柳蓉掰着手指头计算，看着许明伦那眼角抽动的样子，觉得可能李家被灭了都是情理之中的事情。

"没想到堂堂京城，天子脚下，竟然还有一帮这样的无赖！"许明伦很生气，一双手发痒，只想将脸上那些黄泥还是什么的东西给抹掉，露出自己的真容来。可是一想，自己抹掉也没啥用啊，那些纨绔们又没见过自己，不由觉得心累。

原来自己只有在金銮殿里才有威风，出了宫，还比不上许慕辰有杀伤力。

许慕辰见着发小的脸色变了又变，知道他心中感受，想出了个主意："明日起，你们就给我去军营里受训！"

"受训？"李公子翻了个白眼，"许慕辰，你凭什么抓我们去？"

"就凭你们扰乱京城，不断滋事，光是你们强抢民女这一条，就够你们去蹲大牢了。"许慕辰点了点头，伸手一指，"不仅是你们，还有另外一些，我都会记录在册，送去给皇上批了，抓着去军营。"

军营里边受训，可不会是一般的训练，非得让他们脱一层皮不可，自己祖父镇国将军掌管保护京兆的军队，随便找一个营地送过去，全面封闭训练，谢绝参观——至于里边是什么招待，王公子、李公子进去就知道了。

柳蓉笑着点头："还是许侍郎这法子好，这些人早该抓起来管一管了。"

许明伦见柳蓉赞许慕辰,不甘落后:"以后京城所有高官的儿子孙子,从三岁起就要统一训练!"

要从娃娃抓起吗,许明伦看着柳蓉,挑了挑眉,我这个主意是不是很好,快来夸我!

"放肆!竟敢在此处口出狂言!"雅间门口传来一声怒吼,柳蓉回头一看,就见一个四十多岁的中年人站在门口,五短身材,唇边几根老鼠胡子,圆圆胖胖,很像一只土拨鼠,标准的土圆肥。

是老熟人,柳蓉去他们家拿过一盘金子的。

"平章大人。"柳蓉朝他笑了笑,"怎么?来看你的宝贝儿子怎么样了?"

王平章目露凶光:"你是谁?竟敢动手欺负我儿!"

"不是我欺负你儿子,是你儿子欺负别人,我看不过眼,这才出手的。"柳蓉嘻嘻一笑,"王平章,你没管好儿子,还有脸在这里指责我?"

"我儿子有没有管好,关你什么事?"王平章迈着小短腿朝前边走了几步扑到了王公子身上,摸着他湿答答的裤子,脸色沉沉,"竟然敢如此欺负我儿,以为我王振兴是吃素的不成?你们还看着作甚?还不将这个嚣张的贱丫头给我拖下去!"

"谁敢!"许慕辰与许明伦都上前一步,将柳蓉拦在身后。

"许侍郎,你不用管这样的闲事吧?"王平章吃了一惊,许慕辰可不是个好惹的,可看在同朝为官的份上,他怎么能这样帮着一个乡下丫头呢?

"什么叫管闲事?许某乃是在伸张正义!你养儿无方,养出这样的纨绔来,现在柳姑娘教训得是,你不但不感谢她,反而要加害于她,这是何道理?"许慕辰走上前,一把将王平章叉了起来,贴在了墙上,"你若敢动柳姑娘半根毫毛,可别怨我开始没跟你说清楚!"

王平章只觉得心都在发抖,背贴着雅间的墙壁,好像要把中间的木头隔板都要压倒了,他一双小眼睛望着屋顶,这雅间隔板要是倒了,房梁会不会也跟着倒？他的脸色发白，眼泪都要出来了："许侍郎，有话好说，有话好说！"

许慕辰见吓唬得差不多了，一松手，王平章就顺着那隔板溜了下来，正好落在了王公子旁边，父子俩摔成了一堆。

柳蓉望着许慕辰嫣然一笑："许侍郎，你倒是威风。"

许慕辰骄傲地一挺胸："为民除害，乃许某应该做的。"

许明伦在一旁看着，心里有些酸溜溜的，满不是滋味，这两人怎么能这般默契？看着他们两人对视的眼神，他的心都要碎了。

这是不战而败了吗？许明伦有些不服气，现在自己的身份只是一介平民，这才会让许慕辰在柳蓉面前露了脸，要是大家都知道自己的身份，那谁对他都要毕恭毕敬，柳蓉见了自己这样威风，肯定也会心生爱慕。

许明伦朝小喜子吩咐了一声："去弄盆水来，还要一块帕子。"

小喜子将抱着的那一大堆东西往小福子手里一塞，飞奔着下去了。虽然不知道许明伦要干什么，皇上的吩咐哪里敢不听？

他到厨房里打了个转，花了点银子，弄到一盆水，要了块抹布，喜滋滋地回到了雅间。许明伦接过抹布就往水盆里蘸，小喜子睁大了眼睛，脚下一软，差点没摔到地上。

"哎呀，皇……大公子，这……"小喜子心中紧张，结巴得都说不出话来！

许明伦拿着油腻腻的帕子，沾了水就往脸上擦，简直不忍直视！

王平章也目瞪口呆地望着站在自己面前的这个年轻人，帕子擦了两下，焦黄的一张脸露出了白色的底子。

"皇上！"那个将许明伦比作暗门小倌的李公子听着王平章口里喊皇上，瞬间就明白了许明伦的身份。他惨白着一张脸站在那里，身子跟筛糠一样抖了几下，忽然朝前边一扑，直接倒在了王公子身上。

这个时候，只有晕倒才是最佳的选择。

"王平章，你教子无方，朕罚你先去教好你的儿子再回来上朝。"

一想到王平章每次总洋洋洒洒地写上那么长的奏折来劝诫自己，而且最近还配合着母后让自己选妃，许明伦就浑身不自在，这下总算是找到了出气的借口。

"皇上，平章政事府每日事务繁杂，微臣不能不去处理。"王平章呜咽有声，"皇上，微臣一片忠心，日月可鉴……"

"死了王一有王二，你不干了自然有人干。"许明伦挥了挥手，"朕意已决，你就不必多说了，明日起，你儿子上午去军营受训，下午你在府中亲自督促他念书，学习怎么做人，若是他不能精通《四书》，以后你就不要回来做官了。"

王平章也晕了过去。

他这儿子可是愚笨如猪，智商为零，从小到大已经气跑了一百零七位西席，这下竟然要轮到自己凑满一百零八将了。

王平章这时候，最懊悔的就是娶了一个蠢笨如猪的夫人，生了这蠢笨如猪的儿子。

"皇上，你一露出庐山真面目，这人全都晕了，一点都不好玩了。"柳蓉伸脚踢了踢王平章，一动不动（即便是醒着，他也不敢动），再望了望雅间，除了他们几个，其余所有的人都以各种姿势匍匐在地上，有的五体投地，有的缩成一团。

"啊？"许明伦略感失望，自己刚刚分明很神气，怎么柳姑娘不表扬自己呢？

"皇上，你难道不准备回宫吗？"许慕辰看了一眼许明伦，发小为了与自己拼好感值，竟然就这样露出了庐山真面目，现在回宫是最好的选择了。

宁王一直在蠢蠢欲动，谁知道他会不会听到动静，短时间内调动大批杀手赶过来？

许明伦推开窗户看了一眼，日头西沉，天色渐渐黯淡下来，许明伦心里也知道确实是该回宫去了，他瞟了一眼柳蓉："我还没有陪柳姑娘用晚饭呢。"

柳蓉赶紧摇手:"不打紧,皇上,你回宫用晚膳吧,御膳房的伙食不会比风雅楼差。"

许慕辰嘴角边露出了一丝笑容,柳蓉跟他可是心有灵犀!

许明伦惆怅地叹了一口气:"欢乐的时光总是这么短暂,唉!"

一点都不欢乐好吗……许慕辰默默回顾,买买买以后就是来吃饭,遇到坏人整治了一番,现在许明伦露了脸还要担心他的安危,自己不仅没感觉到欢快,还操心不少。

小喜子、小福子也不住点头:"皇上,还是快些回宫吧!"

太后娘娘若是知道皇上不声不响地出了宫,他们两人可是吃不了兜着走,唉!投胎真是一门技术活,这辈子是没指望了,下辈子怎么着也要能像许侍郎一样,出身名门,还长得帅气,看着就养眼。

许明伦最终闷闷不乐地回了皇宫,许慕辰与柳蓉护送着他回去。到了后宫门口,许明伦看着并肩站在骏马旁边的两个人,心中微微有几分嫉妒,两个人看上去真是般配,好像天生就该那样站在那里。

小喜子不知死活地说了一句:"许侍郎与柳姑娘真是天生一对,镇国将军府很快就该要办喜事了。"

小福子拉了拉他的衣袖,朝许明伦那边努了努嘴,小喜子猛地遮住了自己的嘴巴,这喜欢说话的毛病怎么就改不掉啊,皇上脸上那表情……他提心吊胆地看着许明伦,就听许明伦咬牙切齿道:"回盛乾宫以后自己去领三十大板。"

"呜呜……"小喜子想死的心都有,眼泪不住地往下掉,小福子戳了戳他,低声道:"你就不知道说说皇上喜欢听的话?"

"皇上,若不是柳姑娘出身寒微,其实她跟您也很相配的……"小喜子说得言不由衷,"皇上跟柳姑娘站在一处,那可真是才子佳人,一个是郁郁青松,一个是攀附而上的菟丝草,枝枝相交缠,缠绵成一家……"

"唔,说得不错,好吧,免你三十大板,帮朕想个主意,怎么样才能让柳姑娘的身份发生改变。若是想成了,朕奖你一百两金子。"

许明伦听着小喜子满口赞美,虽说心里头也知道是在吹捧他,但还是很受用,笑眯眯地回去了。

柳蓉与许慕辰两人骑马一道回了义堂,大顺高兴地迎了上来:"姐姐,你总算回来了,我们都在等着你教功夫呢。"

许慕辰很嫉妒地望着大顺拉着柳蓉,他也想拉一拉啊……

大顺丝毫没有注意到许慕辰一脸不高兴,扯着柳蓉就往后院走:"我们想让姐姐你指点下那个小擒拿,上回你教我们的功夫,大家都没看清,全没学好。"

后院里站着一群勤学的孩子,眼巴巴地望着柳蓉走过来,发出了一阵欢呼之声:"柳姐姐过来了!"

柳蓉笑眯眯地看了他们一眼:"想学小擒拿?谁上前来,我给大家做个示范。"

许慕辰一闪身,成功在与几个小孩的竞争里脱颖而出,得到了做靶子的机会。

柳蓉心里头本来也是想让许慕辰过来跟她一道做个示范的,见许慕辰这样配合,她很是高兴,朝他微微一笑,这才对众人道:"大家看好了,这人是个坏蛋,想来抢劫我的财物,我现在要把他捉住。"

看见她甜美的笑容,许慕辰美滋滋的,柳蓉刚刚伸出一只手,他就把自己的手凑了上去,你抓吧抓吧抓吧……

旁观的小孩子们叫了起来:"许大哥,不对不对,你是个强盗啊,怎么能自己送过去给柳姐姐抓?没有这样听话的强盗!"

柳蓉严肃地对许慕辰道:"许慕辰,你怎么弄的?咱们是在做示范,来,快来进攻,注意手腕的力道,配合我把小擒拿术演示出来。"

结果完全出乎柳蓉的预料,许慕辰各种不配合,一双手就像被砍断了的鸡爪,软绵绵的没半分力气,还不住地主动往她这边送。小孩子们看了一阵都看不下去了:"许大哥,你这是在打劫?一点都不像,还是大顺来扮强盗吧!"

大顺干干脆脆地往前边走了一步:"许大哥,你走开!"

许慕辰只能呆呆地站在一旁,看着柳蓉与大顺一道向大家展示小擒拿,他眼睛不住地打量着柳蓉的手势,快、狠、准,实在算得上是高手的水平,难怪她能屡次捉弄自己,人家的功夫真不是盖的,许慕辰表示,自己以后要好好虚心求教,与柳蓉教学相长,一起不断进步,争取比翼双飞。

柳蓉教了几回,笑着望向那群孩子:"可看清楚了?"

那些孩子点了点头:"瞧着是知道了,可不知道能不能练出这样的功夫来。"

"你们自己找搭档去练,注意只是练习,可别伤人,尽量将那姿势与身体的位置调整好。"柳蓉朝他们挥了挥手,将那一群小屁孩打发走,这才转脸看了一眼许慕辰,"你今晚怎么了?有些不在状态啊。"

难道你看不出来我不在状态全是因为你吗……许慕辰哀怨地看了柳蓉一眼。

"咦,你脸上的疙瘩消了不少呐。"光洁的月色照着许慕辰的脸,白玉一般,柳蓉的心忽然微微一动,赶紧调整自己的神思,用别的话来转移注意力。

许慕辰伸手摸了一把,果然,疙疙瘩瘩的感觉没了:"还是你的雪肤凝脂膏好用,简直是包治百病,皇上的痘痘能消,我的这个疙瘩也能去掉。"

柳蓉想了想,决定将那个疙瘩的起因藏在心底,只是笑了笑:"我师爹做的药,当然管用。"

雪肤凝脂膏里边掺了解药,许慕辰的疙瘩不好才怪。

"柳姑娘……"月下的柳蓉言笑晏晏,眉眼弯弯,看得许慕辰也很心动。为何原来柳蓉在镇国将军府的时候他看着她的模样一点都不顺眼,现在瞧着却觉得美丽大方又可爱?以前的自己,肯定是眼睛出了毛病。

"怎么了?你有什么事情?"柳蓉见着许慕辰那专注的眼神,忽然也害羞了起来,一颗心怦怦地跳得厉害,"有事情就快说,要不是我要睡觉去了。"

"我……"许慕辰有几分苦恼,搜肠刮肚地想了想,实在想不出什么事要来跟她说,最后只能讪讪地说了一句,"我觉得你今晚很好看。"

"我就今晚好看?"柳蓉有些不满意,"寻常时候,我师爹师娘都一直说我很好看的。"

"呃……"许慕辰呆了呆,不知道该怎么往下说,柳蓉瞧着他那呆头呆脑的样子,朝他嫣然一笑:"许慕辰,你早些回去歇息吧,别站在这里说傻话了。"

"柳姑娘,你今晚特别好看。"听着柳蓉要赶他走,许慕辰心中一急,脱口而出。

"那你说说,我好看在哪里?"柳蓉笑着挑了挑眉,许慕辰这傻不拉叽的样子还真是有意思,分明生得俊,可这时候的神色却真是有些傻模傻样。

许慕辰见柳蓉竟然接了口,不由得大喜:"全身上下,哪里都好看!"

柳蓉转身就往屋子里头走:"我知道了,好好好,你回去吧。"

"柳姑娘!"许慕辰一着急,伸手去拉柳蓉,柳蓉反手一掌,两人开始打了起来,月光照着两人的飘飘身影,黑色的影子在地上不住地晃动着,你来我往,十分热闹。

"快来快来,柳姐姐与许大哥在给我们做示范了。"不远处的一群小鬼头赶紧停下手跑过来围观,啧啧惊叹,"原来许大哥是害羞,非得等我们都不在才能动手。"

"可不是吗?你看看现在他们两人打得真热闹。"大顺兴奋得拍起手来,"姐姐,许大哥,你们俩打架打得真是好看。"

打斗中的两人这时才忽然知晓旁边多了观众,停下手来互相看了一眼。

"你快回去吧。"柳蓉挥挥手,飞快地往自己房间走去,关上房门,伸手摸了摸脸，热热的，有些烫手。

真没用，许慕辰两句赞美，就这样害羞了不成？他算什么啊，自己干吗这样扭扭捏捏！柳蓉愤愤地骂了自己一句，拿起盆子就往外边走，还没洗漱哪，就往床上钻？

厨房里边有着微微的火光，柳蓉心中一喜，看来有人正在烧热水准备洗漱，刚刚好可以蹭些热水。

大步跨进厨房，就见一个熟悉的背影，正不断拿着火折子在打火，灶膛里乱糟糟的塞着一大把柴火。

"许慕辰，你在这里搞什么鬼？"柳蓉走到灶膛旁边，用烧火棍拨了拨柴火，"火要空心，你塞这么多到里边，怎么能点燃！"

"哦哦哦。"许慕辰很虚心地接受教育，"下回我就知道了。"

"你到厨房这里来烧火做什么？不是让你回去吗？"柳蓉凶巴巴地将盆子放到一边，从许慕辰手里夺过了火折子，将引火的柴点燃，塞进了灶膛，轻轻吹了一口气，那火瞬间就燃了起来，灶膛里红通通的一片。

"我想帮你烧点热汤。"许慕辰用烧火棍拨着灶膛里的柴火，转过脸来，冲着柳蓉笑了笑，"你只管到房间里坐着，烧好了我给你送过来。"

妈呀，眼前这人是许慕辰？

脸上一道黑一道白，嘴巴旁边黑黑的两大块，就像八字胡须，许慕辰从一个英俊小生瞬间就变成一枚不修边幅的中年大叔。

全是烧火惹的祸。

许明伦看了一眼站在金銮殿上的文武大臣，眼睛从王平章身上扫了过去，见他面色苍白，可见一个晚上没有睡好，心中大快，这种放纵儿子祸害京城百姓的人，有何资格站在这朝堂之上指点政事？

其实许明伦也是在公报私仇，谁叫王平章总是上奏折请他选妃呢？看着他用洋洋洒洒的文字说着后宫不可无妃嫔就觉得气不打一处来，王平章分明是想推销自己的女儿吧？听许慕辰说，王平章有五个女儿，最小的那个有几分姿色，今年十七了，王府还没有给她议亲，肯定是打主意想送到皇宫里来的。

难怪王平章这样心急自己选妃，要是再拖两年，他那女儿就成老姑娘，嫁不出去啦。

许明伦觉得很痛快，这些父皇留下来的老臣，仗着自己辅佐父皇有功，在他面前都有些指手画脚，自己早就想要拿他们开刀了，现在刚好捉到了一只鸡，就让猴子们看看藐视自己的后果。

圣旨下了三道，一道给王平章，因着教子无方，纵容儿子街头强抢民女，滋事生非干扰民众，故此暂停王平章之职，什么时候王三公子教好了，什么时候再做安排。

王平章"扑通"一声跪倒在地，战战兢兢地说了一句"谢主隆恩"，伸手接过圣旨，老泪纵横，没想到自己竟然栽在自己儿子手上！

就听许明伦补了一句："一年之后，朕会亲自来看王三公子的情况，要是觉得他还不够好，那只能麻烦王平章继续教导他了。"

江山易改本性难移，要是儿子就是改不过来，那该怎么办呢？王平章眼前发黑，深深懊悔自己随着夫人放纵了儿子，没有严加管教，最后累及自己的乌纱帽。

"李太傅，朕有话要问你。"许明伦准备颁发第二道圣旨。

李太傅有些莫名其妙，不知道皇上为何有圣旨给他，丝毫没想到是自己的孙子闯了大祸。王平章瞟了他一眼，心中暗自叹气，肯定那李公子回去没敢告诉李太傅他捅的娄子，所以李太傅还是一副不知情的样子。

"李太傅，朕这长相，可像是那暗门里的小倌？"许明伦微笑着发问。

李太傅看了许明伦一眼，连连摇头摆手，花白的胡须都飘飞了起来："皇上，如何这般自贬！怎么跟那种不入流的角色相提并论了？快莫要再说这样的话了！"

许慕辰在一旁凉凉地说了一句:"李太傅,你家那孙子昨晚就是这样说皇上的。"

"什么?"李太傅吓得魂飞魄散,"扑通"一声跪在王平章身边,"皇上,孙儿无知,还请皇上宽恕!"

子不教父之过,自家孙子这样愚蠢无知,还不是儿子放纵?儿子还不是仗了自己的势?李太傅眼前发黑,几乎要昏过去,竟然敢说皇上长得像那些暗门里的小倌,这可是满门抄斩的罪过啊!

肯定是那第七个孙子,混账东西,最喜欢跟王三公子混在一处,当年要是把他掐死就好了,就不会有这么多事情了。李太傅的老泪都要掉下来了,心里头默默地轮了下,朝堂中哪位跟自己关系最好,到时候拜托他给自己收个尸,烧点纸钱什么的,免得到地下没钱花。

"李太傅,朕有圣旨给你。"许明伦瞧了一眼身边内侍,"宣旨。"

不就是满门抄斩吗?李太傅脑子里一片空白,就连内侍念的是什么都没听清楚,等着那嗡嗡嗡的声音停了下来,抖着一双手接过那张圣旨,身子朝前一扑,晕倒在大殿中央。

许明伦皱了皱眉,李太傅年纪大了,身子实在太差,自己让他告老还乡还真是体贴他,每日这样累,在朝堂上一站几小时,也真是为难了他。

李太傅虽说不是很讨嫌,但毕竟年纪大,思想有些古板,为人固执,自己想要实行新政,他总是第一个跳出来阻止。趁着他孙子闹事的机会将他送回太傅府,这样既给了他体体面面的台阶,又能让他心里得到安慰,毕竟皇上还是讲情面的。

可万万没想到,李太傅竟然直接就晕倒了,许明伦瞄了一眼被御前侍卫背着出去的李太傅,深深地叹了一口气,身体这样不好,何必还硬撑着来上朝呢,朕不会勉强你继续在金銮殿上杵着啊!

第三道圣旨是发给许慕辰的,鉴于许慕辰也属于京城纨绔子弟一类……镇国老将军有些不乐意地皱起了眉头,自家孙儿允文允武,不就是长得帅让大姑娘小媳妇们追着跑么,但纨绔两个字完全不能用到他身上啊!

只是肯定不能说皇上说错了,镇国老将军只能心底里暗暗替孙子鸣不平,忍着往下听,就听着那内侍尖声细气道:"特革去许慕辰刑部侍郎一职,着其带领京城恶少王xx、李xx、刘xx、黄xx、何xx等五十人前去京卫指挥使司,每日上午特训两个时辰,不得有误!"

这是孙子今年第二次被革职了,真是流年不利,镇国老将军暗自思量,是时候替许慕辰请个道士来驱邪捉鬼了。

许慕辰高高兴兴地领了圣旨出了金銮殿,他坐等宁王朝他抛媚眼了。

回到府中,许老夫人听说孙子再一次被皇上革职了,反应倒没有许老太爷大,依旧眉开眼笑:"好好好,回家就回家,镇国将军府又不是养不起你,还省得每天起那么早去上朝,我看着都觉得累。"

许慕辰默然,祖母你这样不思进取,真的很好么……

别家的老太太,谁不是希望自家儿孙有出息,官做得越大就越好?祖母倒是别具一格,每次自己被革职,都是兴高采烈的。

上回是祖母进宫觐见太后娘娘,要求皇上将他革职,好让他陪着柳蓉到处去游山玩水,那个理由好歹还说得通,可是这一次呢?许慕辰疑惑地瞟了许老夫人一眼,就听她十分愉快地说:"正好,不当这劳什子刑部侍郎了,有的是时间了。"

许慕辰见着她嘴角边的笑容,不由得打了个寒战,祖母这模样,充满了算计。

"祖母,你准备做甚?"

"明日起,我便要带你去参加京城里的各种游宴。"许老夫人满意地看着许慕辰,这一脸疙瘩总算消了,自己可以拉着孙子出去相亲了。她相信,即使许慕辰与那苏大小姐和离了,肯定还是有不少高门贵女愿意嫁他的。

说实在话,那个苏大小姐她还真不满意,一点都不像个大家闺秀,一提到银子就两眼放光,有时候说话完全让她摸不着头脑,也不知道苏国公府是怎样将女儿养大的，眼皮子浅得只能容下金银珠宝。

算了算，苏锦珍嫁进来只得几个月，就捞了两万多两银子，真是心狠手辣，许老夫人心中打定了主意，自己可要好好地为许慕辰找房合意的媳妇。

"带我去参加游宴？"许慕辰秒懂。

这不就是要给他相亲吗？一想到那些莺莺燕燕，许慕辰就觉得头痛："祖母，求你别再操心这事了。"

"如何能不操心？"许老夫人板起脸孔，"你都要满二十了！"

"二十不过是及冠之年，有必要就成亲？"许慕辰实在无语，为何祖母一提到他的亲事就格外热心，他不是找不到媳妇，他是不想找别人做媳妇！

"人家二十就已经当爹了！"许老夫人扳着手指数了若干亲朋好友的孙子，满眼伤感，"祖母只是想要快些抱曾孙，你难道不愿意快些实现祖母的心愿？"

许慕辰没好气地回了一句："祖母，我已经有了心仪的姑娘，你还是别总想着要给我找媳妇这码子事情了，您的孙子难道就差得娶不到媳妇了？"

"啊？已经有了心上人？"许老夫人一把抓住了许慕辰，"快跟祖母说说，是谁家的姑娘？祖母明日就派人去提亲。"

"祖母，八字还没一撇呢，只是我喜欢她，她可不一定喜欢我。"许慕辰摇头叹气，"不是要我早些娶媳妇？您不放开手，我怎么去将娘子追到手啊？"

许老夫人赶紧放手："辰儿，你快些去，早点娶回府来啊！"

许慕辰刚刚转身要走，许老夫人又喊住了他："少银子花不？要讨人家姑娘喜欢，怎么着也该手头宽松些，祖母给你一万两银票，你拿了去买些东西讨人家喜欢！"

要是昨日身上带了这么多银票就好了，许慕辰顿足，他也能与许明伦比着买买买了！

接过银票,许慕辰飞快地朝义堂跑了过去,大半日没见着柳蓉,怎么就这般想念,心上心下地想着她,眼前全是她娇俏的笑脸。

柳蓉正带着一群孩子练基本功,见着许慕辰气喘吁吁地跑过来,有些惊讶:"你不是上朝去了?怎么就回来啦?"

许慕辰见着柳蓉,顷刻间就安了心:"我就想来见见你,见不到你我心慌意乱。"

"呸,你这话说出来,鬼都不会相信。"柳蓉忍不住啐他,"那时候我见着一群大姑娘小媳妇跟在你马后边跑,追着送西瓜给你,你可也是这样对她们甜言蜜语的,从那一日起,我就知道那个姓许的不是个好人,说话没一句可靠的。"

"哎呀呀,那全要怪皇上。"许慕辰无限委屈,"我可是得了他的旨意才装出这副浪荡公子的模样来的,其实我根本不是那样的人,我一心一意、情比金坚、心如磐石,眼中心里只有你一个人!"

"许慕辰,你能说人话吗?"

天空乌云密布,阴沉沉的,就像堆着一床床烂棉絮一般,要把存了整整一年的灰尘,可劲儿要往下抖。果然,没过多久,一层雪粒欢快地蹦跶着敲到了瓦片上,坐在屋子里边,就听外头沙沙作响,仿佛在下雨一般。

大顺打开门看了看,惊讶地喊起来:"下雪啦!下雪啦!"

从扬州来的孩子难得见到雪,大顺的眼一眨也不眨地盯着外边,看着那雪粒落在地上,迅速铺出了一层薄薄的冰层。

不多时,雪粒停了下来,一片又一片,如柳絮一般迷迷蒙蒙地飘荡在空中,才落了一阵子,里头又夹杂着鹅毛般的雪片,看得人目眩神移。

"姐姐,好大的雪啊!明日应该可以堆雪人了吧?"大顺转过脸来,看着柳蓉正捏着针绣花,哈哈一笑,"姐姐,你还是别学着绣了,免得糟蹋了一块好布。"

柳蓉白了他一眼："技多不压身，我可是绝顶聪明，学什么就会什么。"

大顺走到床边，伸手到枕头下边摸了摸，拽出了一堆绣布："姐姐，这都是给你绣坏了的布吧？"

那几块绣布上边，歪歪扭扭的绣着几条线，看不出来是什么，还有几块就像被人徒手撕烂了一般，中间有个大洞。

柳蓉一把夺过来，往装绣线的笸箩下边一压："谁叫你乱翻我东西的？"

大顺什么时候看到自己藏那几块绣布的？柳蓉的脸微微红了红，有个机灵过头的弟弟也不是件好事，自己都快没有秘密可言了。"啊！"一声，她将一根绣线抽了出来，没有留神，正好扎到自己的手指头。她赶紧将手指头塞到嘴巴里，呼呼地吹了一口气。

"姐姐，怎么了？你扎到自己的手指头了？"大顺赶紧关切地凑了过来，"还是我来帮你绣吧，别逞强啦，姐姐又不是神仙，怎么能什么事情都做好。"

说真话的孩子真是可怕，柳蓉默默地看着大顺将针线拿了过去，手指灵活地捏住了那根绣花针，飞针走线地将它拉住拉进，不一阵子就绣出了小半片绿叶。

"你……"柳蓉总算是服了气，难怪大顺说自己在糟蹋东西，他绣出来的比自己绣出来的好上一百倍还有余。

"教你绣花的小丫是跟我学的。"大顺努力装出容色淡淡，想要深藏功与名，可他闪烁的眼神却出卖了他的内心——他分明是开启了嘲讽模式，绣花的师父在这里，你不跟我学却向小丫拜师？

柳蓉已经放弃了挣扎，看着大顺飞针走线："你另外帮我绣一块帕子吧，这块我都绣了一小半了，别人一看就知道不是一个人绣的，下边跟上边，完全不同。"

大顺点了点头："我知道，你是想送给许大哥吧？"

现在的孩子怎么这样聪明啊？柳蓉为自己默哀了片刻，收了大顺做弟弟,是不是个正确的决定,她自己都不知道了。

"要是送给许大哥呢,你该绣一对鸳鸯鸟,不该绣这根竹子。"大顺很老练地指点柳蓉,"绣竹子多没意思,是不是?"

"竹子代表品行高洁,能禁风霜,能……"柳蓉努力地为自己辩解,却被大顺毫不客气地打断:"鸳鸯鸟代表两人情投意合,要一生一世在一起哦。"

小屁孩,知道个鸟……可大顺好像真的知道个鸟哎!

鸳鸯……柳蓉的脸忽然就红了起来。

"姐姐,你骗得了许大哥却骗不了我!"大顺瞧着柳蓉红着脸坐在那里,骄傲地挺胸,"我一看就知道姐姐喜欢上了许大哥!"

"胡说八道!"柳蓉用手拍了拍脸,有些微微发烫,"小孩子知道什么!"

"我怎么不知道?许大哥在的时候,你对他凶巴巴的,可他不来了你就没精打采,眼巴巴地望着。"大顺从笸箩里挑出了一条帕子比了比,"就拿这个绣,这个颜色白得好,鸳鸯鸟绣出来会鲜活些。"

柳蓉没有吱声,看着大顺开始穿针,眼睛往窗户外边看了看。

外边似乎一片白,或许是因着下雪的缘故。今日许慕辰该不会来了,柳蓉心里头忽然间有些失落。这半个月来,除了有一日,京卫指挥使司将许慕辰找了过去,要他帮忙协调处理那五十个纨绔子弟大闹军营的事情。许慕辰在那边忙了一整日,没有空过来,其余每日他都会来义堂一趟。

当然,打的幌子自然是来看望义堂里的老人与孩子。

大顺等许慕辰走了以后总是挤眉弄眼问柳蓉:"姐姐,你是老人还是孩子?"

柳蓉拧着他的耳朵,将他扔到院子里:"闭嘴,练功。"

"姐姐,今日许大哥可能不会来了吧?下这么大的雪。"大顺绣完了一根绣线,走到门口探头看了看外边,院子里已经积了一层白色的雪,可鹅毛大雪还在飘飘洒洒地落下来,丝毫没有要停的趋势。

柳蓉走到大顺身后，探头看了看，踌躇了一下："应当不会来了吧？"

话音还没落，就见院子前门冲进来一个人，身上穿着黑色的大氅，就如一只水鸭子一般蓬蓬松松的，大顺赶紧将手中的绣布针线往柳蓉手中一塞："许大哥来了！"

许慕辰三步并作两步地冲了过来，跑到走廊这头停下脚步，摇了摇身子，一层雪花毛子从他的大氅上飘洒下来，大顺好奇地伸手一摸："这衣裳真好，都不沾雪的。"

"这是用野鸭子毛做的，染了色。"许慕辰又抖了抖，雪粒子哗啦啦地往下掉，"柳姑娘，我给你送东西来了。"

大顺睁大了眼睛："今日送什么？"

许慕辰得了许老夫人的赞助，腰杆儿挺直，每日都要买些东西带过来。他从来没学过怎么讨女子欢心，也不知道该买什么，只能询问自己的长随。长随想了想，很认真地回答："去五芳斋买些糕点，我每次送糕点给阿芳，她总是眉开眼笑的。"

得了答案的许慕辰很高兴，第一日就拎了二十盒芝麻核桃酥过来。柳蓉见他一手一大摞，莫名惊诧："怎么提这么多糕点来了？"

许慕辰很开心地往柳蓉面前一推："送给你的，喜欢吗？"

……

柳蓉很无语，为了不打击许慕辰，她点了点头："芝麻核桃酥很好吃。"

避免回答喜欢不喜欢，又让许慕辰能有面子下台，棒棒哒！

可是万万没想到，许慕辰竟然以为柳蓉的意思就是她喜欢吃芝麻核桃酥，开心地奖励了机智帅气的长随一两银子，第二日又买了二十盒过来。

柳蓉默默地收下。

到了第三日，许慕辰还是买芝麻核桃酥，他一直努力地买买买买，就这样一连买了十来天。

昨日刚刚到院子门口，一群小屁孩围住他，满眼期盼，说得楚楚可怜："许大哥，下回能不能买些别的糕点？每天都吃芝麻核桃酥，真是吃腻了！"

"什么……"许慕辰无语，难道芝麻核桃酥全是被这群小屁孩给吃了？

"当然是我们吃光了，你以为呢？"大顺擦了擦嘴，嘴角那边还有几粒芝麻，"你以为我姐姐是猪啊，每天带这么多糕点来！"

许慕辰经过反思，觉得自己送的东西实在不对，让自己没脸，痛斥了长随一顿："看你出的馊主意！还不快些给我想想，还能送什么，能让柳姑娘高兴。"

长随愁眉苦脸，前一阵子公子不还夸奖他来着，怎么今日就变了脸？

可是为了让许慕辰能顺利追到柳姑娘，自己怎么也要想出合适的礼物，让柳姑娘一见就开心。可是究竟该送什么呢？集体的力量是巨大的，长随想了又想，决定去向自己暗恋的姑娘求助。

阿芳是个热心人，长随跟她咬耳朵要她替大公子想想什么礼物送姑娘合适，结果被她一宣扬，阖府皆知。

于是，长随从阿芳那里拿回了长长的一张单子……

上头写着无数物品的名字，从金银首饰到绫罗绸缎，再到胭脂水粉，甚至还有些精巧的小玩意儿，足足列了一百多件，其中还不乏一些嫂子婆子的好主意，比如，厨房的陈嫂说不如买上好的面粉，大公子与柳姑娘恩恩爱爱地到厨房里捏面团，那样柳姑娘肯定会觉得大公子不仅英俊潇洒而且还精明能干！

许慕辰深思：这捏面团或许是个好法子。

长随打了个冷战，实在想象不出自家公子捏面团的英姿。

另外还有扫地的粗使丫头小梨热情推荐去买几把好用的笤帚……长随疑惑道："小梨，你确定不是自己想要吗？柳姑娘要笤帚做甚？"

小梨睁大眼睛反驳："院子里总是会有灰尘的吧，柳姑娘总是要扫地的吧,所以笤帚很重要啊!你不能因为笤帚不值钱就忽视了它。没有笤帚,我们镇国将军府就会是一片狼藉。这样有用的东西怎么能不买?"小梨双手撑腰望着长随,有些恨铁不成钢的样子,"万一因着没有送笤帚,大公子没追到柳姑娘,你负得起责吗?"

好吧,长随最终没有将笤帚勾掉,拿着那张单子奔了回去。

许慕辰看了又看,最后决定,买买买,全部买了,反正小爷不缺钱!

大门敞开,一辆车子缓缓地从门外努力挤了进来,车上堆着满满的货物,外边盖着一块油布,看不清里边装的是什么。

柳蓉狐疑地看了一眼:"今日你带了什么来?"

许慕辰兴高采烈:"快来快来,你瞧瞧,喜欢什么。"

今日可是买了一百多样东西呢,他就不相信了,这一百多样里头,就没有一样能让柳蓉高兴的。许慕辰奔到车子旁边,揭开油布,献宝似的摸出了靠得最近的一样:"柳姑娘,你看看,这是从朱雀街杂货铺子里买来的笤帚。"

"笤帚?"柳蓉有些摸不着头脑,怎么许慕辰买了这东西来?只不过好像屋子里那把笤帚确实快坏了,刚刚好可以换一把新的。她笑着点头,"正好需要呢,大顺,快去送到房里去。"

长随吃惊地瞪大了眼睛,没想到这笤帚果然是重要的东西!他心中默默记下,明天他也要去买两把送给阿芳去……至于第二日长随买了笤帚送过去,被阿芳追着打得满头都是包就是后话了。

许慕辰正得意扬扬地将他买来的东西一一拿出来给柳蓉看,这时大顺从房间里蹿了回来:"许大哥,你这些天每日都送东西过来,我姐姐想要回送你一点东西呢。"他抓着柳蓉的手就往许慕辰身上凑,"你瞧瞧,你瞧瞧!"

柳蓉有些心虚,使劲想将那块帕子藏起来,却已经被许慕辰一把夺了过去,没留神上边还挂着一根绣花针,猛地扎到了手指,立刻痛叫了起来。

大顺哈哈一笑:"刚刚姐姐扎了手指,现在许大哥也扎了手指,真是心有灵犀呀。"

许慕辰大喜，追着柳蓉问："你扎了哪根手指？"

大顺瞟了许慕辰竖着的手指一眼，替柳蓉回了一句："中指。"

"咦，我也是中指！"许慕辰更是欢喜，看起来老天爷都觉得他跟柳蓉是一对啊，就连扎到手指头都扎一样的！他拿着帕子看了看，见着一片红色，完全看不出绣的是什么，不免有些疑惑，"这绣的是什么？"

柳蓉鼓了鼓眼睛，不想回答，大顺展开一双手呼啦啦地扇动着："许大哥，你看这是什么？"

许慕辰歪着脑袋看了看："好像是斗鸡。"

大顺垮了一张脸，把帕子从许慕辰手里夺回来塞到柳蓉手中："姐姐，你先绣，绣出来以后许大哥就知道是什么了。"

只不过，若是让姐姐来绣，只怕许大哥依旧还会看不出来是什么呢。

长随与大顺带着一伙人忙忙碌碌地搬东西，许慕辰站在屋檐下望着柳蓉，实在想说些什么，可又不知道该怎么开口。柳蓉感觉到他的眼光灼热，有些不好意思，僵硬着身子站在那里，心里一个劲儿地想着师父与师爹。

那时候师爹总是往师父这边跑，哪怕是师父板着脸不理他，他还是一个劲儿地往前凑，自己原先在旁边瞧着还觉得好笑，没想到风水轮流转，现在轮到自己身边也有个男人在献殷勤了。

看着大顺跟长随捧着东西不住地出出进进，柳蓉很怀疑，自己那间小小的屋子能不能放得下这么多东西。她清了清嗓子道："许慕辰，你买这么多东西做甚，我又用不上。"

许慕辰心中一喜，柳蓉总算是主动与自己说话了，他喜滋滋地指了指那马车："都用得上的，我那长随特地替我问过府中不少丫鬟婆子，这是她们给我出的主意。"他很实诚地将那张单子摸了出来给柳蓉看，"你瞧瞧，什么都有呢。"

柳蓉瞥了那单子一眼，密密麻麻的字让她有些头晕，心里头却有几分温暖，没想到许慕辰竟然还这般花大力气来讨好自己。人非草木孰能无情，说不感动，那是假的，只是柳蓉觉得，自己跟许慕辰这身世差别也太大了些，即便是许慕辰不计较身份地位，一定要娶她进镇国将军府，只怕里边那些规矩也能把自己压趴下。

她没有想进高门大户做主母的打算，只希望能有个知冷知热的人陪在身边，与她仗剑天涯，无拘无束。许慕辰与她想象的相去甚远，首先是他的家世实在显赫——沾亲带故的皇亲国戚。而他自己也年纪轻轻便是正三品的官职，更重要的是他那张脸生得实在太俊，每到一处都有不少女人追着他看，要是真嫁了他，自己肯定会被醋给酸死。

想来想去，柳蓉惆怅地叹了一口气，许慕辰这个人啊，做朋友，棒棒哒！做夫君……呵呵哒！

"柳姑娘，你叹气做甚？可是有什么地方我做得不好，让你觉得不如意？"许慕辰有几分紧张，现如今他最主要的任务就是要讨柳蓉欢心，柳蓉居然叹气了，那说明肯定是自己做得不好，必须诚心悔过！

"没什么，我只是觉得，你乃堂堂镇国将军府的公子，又是皇上器重的人才，天下不知有多少女子为你倾心，你又何苦非要吊死在我这棵歪脖子树上？"柳蓉摇了摇头，"你该去找个门当户对的娘子。"

"什么？你竟然将自己比作歪脖子树？"许慕辰有几分激动，白净的脸上第一次有了丝红润，"就算是歪脖子树，你也是最美的一棵歪脖子树，我一定要在你的树枝上吊着不放手，别的花花草草我正眼都不会瞧！"

"你……"柳蓉实在无语，站在那里不知道该怎么说下去。

一个身影从前边匆匆走了过来："大人，有暗卫过来找您。"

管事成功地将柳蓉从尴尬里解救出来，她伸手推了推许慕辰："快些过去，暗卫来找你，肯定是有公事。"

许慕辰也不再腻歪，将大氅整了整，跟着管事大步朝外边走了。

他的身材挺拔，从后边看着就如一棵青松，黑色的大氅披在他身上，显得格外神气,柳蓉望着许慕辰的背影,忽然间有一种甜蜜袭上心头。

这个帅气的许侍郎,竟然喜欢自己……她有几分快活,嘴角浮起一丝微笑。

"许大人,宁王府那边安插的暗探传来消息,宁王府最近要招一批丫鬟。"暗卫朝许慕辰拱了拱手,"我们可以趁机再安排一些人进去。"

宁王府要招丫鬟!这分明是他们一直在等待着的时机,可许慕辰这时候忽然有些不乐意,他一点也不想派柳蓉到宁王府去涉险,他只希望柳蓉能安安稳稳地在义堂住着,每次他过来的时候,都能看到她快活的身影。

"可有什么原因?"许慕辰沉声问,怎么好端端的,宁王府要招丫鬟呢?莫非宁王嗅到了什么不同寻常的蛛丝马迹,想要故意引他们上钩?若是这样自己便更不能送柳蓉进宁王府去了。

"宁王最近将府里有姿色的丫鬟送出去给一些官员了,其中王平章就得了两个。"暗卫拿出了一份名单道,"这上边的人都是得了宁王府美人的官员。"

许慕辰扫了一眼,这些官员都有一个共同点——他们都是位居高位却被许明伦训斥、贬职或者是停职的。看起来宁王是准备花大力气来收买他们,甚至有可能这些所谓的美人就是宁王培养出来的暗探,比如那次在飞云庄里出现的小香与小袖。

"许大人,是该往宁王府里派人了。"暗卫一点都不理解许慕辰此时矛盾的心情,忠心耿耿地建议,"这大好时机岂能错过?"

许慕辰将那份名单捏在手中,点了点头:"我知道,你现在去安排宫里训练好的那几个女暗卫,我这边还有一个,到时候一并送到牙行里去。"

宁王府的总管与京城一家牙行关系十分要好,宁王府要丫鬟,一般都是从那家牙行挑人,只要将柳蓉她们送往那家牙行就可以了。许慕辰站了一阵子,直到听不见那暗卫的脚步声,这才心情沉重地往柳蓉屋子走过去。

"宁王府要招丫鬟了。"许慕辰一边侧着身子挤进了柳蓉屋子，一边也觉得惊讶不已，自己怎么买了这么多东西，竟然快将房间塞满了。他买的时候分明不觉得有多少，怎么从马车上搬下来就堆积如山了？

柳蓉欢喜地站了起来："马上送我去牙行！"

她拿出镜子来，又拎出一个袋子，从里边选了一阵，挑出一张近似透明的东西，对着镜子贴了上去。

转过脸来，面前的女子已经不是柳蓉，而变成了一个十三四岁的小丫头，眉眼间稚气未脱，笑起来还有些羞涩。

许慕辰张大了嘴巴，不可置信地望着她："这么简单？"

柳蓉笑着点头："就这么简单。"

"这些都是你那师爹做的？"许慕辰眼馋地盯着那个大袋子，里边肯定还有不少好玩意儿。

"是啊，我师爹除了捉鬼念咒追我师父教我妙手空空的功夫外，其余就没别的事情好做啦，只能做做易容的面具、毒药解药，还做能让人变得美美的雪肤凝脂膏……"柳蓉细心地将头发梳成了两个小丸子，每边留出一缕头发，看上去就是一个十三四岁的孩子。

许慕辰走到桌子前边，提起毛笔，在柳蓉嘴角点了下，一颗媒婆痣陡然出现在脸上。

"许慕辰，你这是在做什么？"柳蓉有些生气，拿着帕子蘸了水擦了擦，帕子上乌黑的一团，脸上还有些淡淡的墨痕。

"我觉得你怎么打扮都好看，宁王好色，你必须长得差一点才不会被他注意。"许慕辰拿着毛笔哄柳蓉，"来，我帮你再点上。"

"许慕辰你这个笨蛋，点了这个媒婆痣，我还能被宁王府的管事挑了去做丫鬟吗？"柳蓉一把将毛笔夺了过来扔到桌子上，"你放心，我是不会让宁王有机可乘的。"

宁王喜欢的，应该是小香和小袖那种女子吧，就像成熟的水蜜桃，那胸前鼓鼓囊囊的一团，似乎都要将衣裳撑破，像自己这样的清汤挂面，宁王才没那下嘴的心思呢。

柳蓉跟着一个管事妈妈往园子里走着，那妈妈一边走一边交代："你们一定要当心，不该看的就不要多望一眼，不该说的就别说，小心谨慎做事。"

众人都应了一声"是"，唯独柳蓉勤学好问："妈妈，哪些是不该看的，哪些是不该说的？"

管事妈妈转过身来，看了看柳蓉，一时语塞。

旁边一个十五六岁模样的姑娘抢着回答："自然是主子们的事情不去管，咱们就做好咱们该做的事情，打扫园子，服侍好主子们，那就够了。"

"正是如此。"管事妈妈扫了那丫头一眼，"你叫什么名字？甚是聪明，我要举荐你去做些精细活儿。"

那丫头行礼，脸上带笑："妈妈，我小名叫玉坠子。"

"你就叫玉坠吧，我将你举荐给宁王最得宠的侍妾，你好好干活，到时候少不了你的打赏。"管事妈妈很威严地看了一眼柳蓉，"你也要学着精明些，知道了吗？"

柳蓉"哦"了一声，心中暗道，我来宁王府，就是来看不该看的事，听不该听的话的，才不会那样乖乖的呢。她朝玉坠扫了一眼，嘴角弯了弯，有她在里边做内应，自己行动就方便多了。

玉坠的真实身份，是宫中暗卫，至于这张十五六岁的脸孔，也是空空道人的杰作。许慕辰安排了十多个人混进牙行，被挑中的就柳蓉与玉坠两个，两人进了宁王府也算相互有个照应。

玉坠在柳蓉装傻的陪衬下，顺利打进宁王府内部，被分配去伺候宁王最近最得宠的侍妾香姬，柳蓉则被分配做了院子里的粗使丫头，没有固定的主子，只是跟着一位姓林的妈妈做事，她每日里的任务就是打扫园子，早上中午晚上各一次，要保证路上干干净净，不能有落叶灰尘。

柳蓉觉得这活计不错，最适合她做，不用对着所谓的主子低头哈腰，拿了笤帚到处逛,还能偷听到一些深宅内院里听不到的消息。

一大早,柳蓉便扛着笤帚出了门,弯腰低头开始打扫。宁王府粗使丫鬟有很多,每人包干分了一片地方,她分的是湖边那个水榭附近的一片草地。

这可是老地方了,柳蓉嘻嘻一笑,那时候自己在这里用暗器划断了许慕辰的衣裳,让他的长袍飞了出去,引得那些名媛贵女们齐齐惊叫。

只是现在柳蓉想到的重点不是许慕辰飘走的衣裳,而是想起了许慕辰那强壮的体魄。多年练武让他身上的肉紧致得很,而且腰肢那处有一条线,有鲜明对称的肉块……想想都觉得好养眼。

柳蓉扶着笤帚站在那里,吧嗒吧嗒有点想流口水的感觉,从昨天进宁王府以后,就没看到过一只雄性生物,更别说长相英俊又体贴入微的男人了,她这下愈发地想念许慕辰了。拿着笤帚看了看,嘟了嘟嘴巴:"还是他送我的笤帚好用,这种笤帚,粗糙又硌手,也不知道是谁买的,肯定是偷偷克扣了银子。"

寒风渐起,柳蓉打了个哆嗦,她从遐想中回过神来,这湖畔没有花样美男,只有一地落叶等着她赶紧打扫,她拿起笤帚用师父教她的千叶神功上下飞舞,湖畔草地上的落叶随着她的笤帚飞了起来,纷纷落到了她的脚边,枯黄的一堆。

师父教的招式真好使,柳蓉满意地笑了起来,这样既可以练功,又能扫地,一举两得。


一阵说话声从那边传了过来,她瞥眼看了过去,已经认出走过来的人正是宁王,他身边还跟了一个花白胡须的老者。柳蓉没有抬头,继续假装专心扫地,耳朵却已经竖起,仔细听着他们交谈的内容。

"王平章那边已经送过年礼了,还有李太傅府的正在准备。"

"李太傅府的节礼,至少要准备上万两银子,李太傅比王平章更重要些,毕竟他是朝中重臣,曾经做过十多任科考主考官,门生遍天下,京城正三品的官吏里边，十个中至少有两个是他亲自提拔上来的。"

"王爷，此次皇上让他告老还乡，李太傅似乎有些意气难平，我昨日去拜访他，他一直与我说着朝中之事，对皇上颇为微词。"

"那好，咱们得抓住时机，拉更多官员下水，让他们站到我们这一方来，等到我找到那批财宝，动手做大事的时候，朝堂中就有人能与我们遥相呼应了。"

两个人慢慢地朝水榭那边走过去，柳蓉很平静地扫着地面的落叶，心中却在不住地翻腾着，宁王指的"做大事"，究竟是哪一件？他这样不惜血本地花重金收买朝廷中的官员，肯定是有企图的，莫非……

刹那间，两个字闪过了她的脑海：谋逆！

宁王真有这般野心？柳蓉有些疑惑，朝堂之事她还真弄不太明白，只不过听了他们之间的对话，仿佛隐隐约约有这个意思。

把湖畔彻底打扫了一遍，柳蓉扛着笤帚轻手轻脚地走近水榭，方才宁王与那老者走到水榭里边很久了，一直没见着他们出来，也不知道在里边商量什么要事，她想走近些听个清楚，心想若被发现了，就说是来打扫水榭的。

这样想着，柳蓉抬起脚，慢慢踏上了第一级石阶，略微停了停，再开始跨上第二级，与水榭那扇门愈近，她的心就跳得愈发厉害，慢慢地挪到门口，她矮下身子，耳朵贴到水榭朱红的门廊上。

里边静悄悄的，没有一丝声响。

柳蓉将耳朵贴紧了几分，平心静气仔细谛听，可依旧没有听到一丝声响，就连呼吸的声息都没有。

水榭里没有人！

柳蓉直起身子，透过水榭雕花窗户往里边看，浅绿色的纱窗呈现出半透明的模样，可是却见不到里边有人影！

宁王不见了，那个老者也不见了。

她分明看着两人踏上石阶走到了水榭里边，为何会不见了踪影？柳蓉的手放在水榭的雕花门上，用力一推，里边上了闩子，推不开。

这水榭有些古怪，柳蓉站在门口看了一阵，心中默默决定，今晚自己得来探寻一番，就从水榭入手，看看能不能有所收获。

中午吃饭的时候，柳蓉抢着要去厨房提饭菜，林妈妈很高兴，别的丫鬟都嫌路远盒子重，没有几个愿意过去的，这小丫头倒是勤快，点了点头："小蓉你快去快回。"

柳蓉蹦蹦跳跳地走了出去，林妈妈瞧着柳蓉的背影，撩起衣裳擦了擦眼睛："多好的丫头，她家该是太穷了，要不然怎么会舍得卖了她。"

柳蓉飞快地走到大厨房那边，这厨房是给下人们做饭菜的，另外还有小厨房，专门给主子们做吃的，比方说宁王、宁王妃。那些得宠的姬妾，也能勉强挤进小厨房的名单，若是一般般得宠的，只能到大厨房那边让丫鬟叫菜了。

香姬是最近得宠的，故此小厨房暂时接纳了她，柳蓉先从小厨房那边走了过去，就看见玉坠正站在门口与厨房里洗菜的大嫂说话，她不露声色地从小厨房门口走了过去，走到玉坠面前，故意踩重了一脚，溅起一点点水渍。

玉坠跳到她面前："你这人走路怎么如此不小心？"

"啊，对不住对不住，我不是故意的！"柳蓉假装惊慌失措，在玉坠跳到面前的时候低声道，"我发现水榭那边有古怪！"

"还说不是故意的，你用得着走路那样重吗？分明是嫉妒我去了香姬那边服侍，而你却只能扫院子！"玉坠顿足大喊，揪住了柳蓉的胳膊，几近耳语，"香姬是早些日子才被宁王看中的，宁王密谋的事她也不清楚。"

香姬？莫非就是飞云庄里遇到的那个小香？柳蓉轻轻耳语："那个香姬，是不是高高个子，有些丰满，胸前两个球一走路就会动的女人？"

玉坠吃了一惊，没想到这位柳姑娘说话如此粗鲁。

"是，听说香姬本是江湖中人，替宁王办妥了一件事情以后才得宠的。"

那就是了，难怪那个小香能在飞云庄放出震天雷，她肯定是生死门的人，她的受宠，定然不是在飞云庄的作为。应该是她带人去了终南山得到花瓶进献宁王，这才被宁王另眼相看。

柳蓉现在不着急找她算账，等着把宁王给摆平了，这种小蚂蚱自然也蹦跶不了。

"亥时若是能出来，咱们夜探水榭，看看里边的机关。"柳蓉眨了眨眼睛，嘴巴一撇，大声地嚷嚷着，"谁嫉妒你了？只不过是去服侍香姬去了，就这般神气活现的，要是能去服侍王妃，那还不得尾巴翘上天？"

厨房的婆子瞠目结舌地望着两人纠缠在一处，不知就里，只能站在那里劝架："不过都是奴婢罢了，谁能比谁好呢？快莫要吵了。"

柳蓉伸手擦了擦眼睛："可不是，都是奴婢，有什么好吵的。"

玉坠这才放手，恶狠狠地道："下回你走路再不当心，别怪我不放过你。"

婆子招呼着："香姬夫人的菜好了，玉坠你快些提了回去。"见着柳蓉一脸委屈，婆子也很是同情她，那玉坠真是拿乔做致的，不过是一个侍妾手下的丫鬟，就这样神气活现的，欺负人家小姑娘，不觉得害臊吗。

柳蓉快步走到大厨房，拎了杂事房里众人的饭菜篮子，飞奔着回去，林妈妈见她一个人扛了这么多回来，惊奇得眼睛都瞪圆了："小蓉，你力气可真大！"

"从小就在家里做事情，五岁就到地里去干活了，一把子力气呢。"柳蓉笑嘻嘻地伸出了手，"看看，上边还有茧子呢。"

虎口处的硬茧尤其厚实，那是练剑的时候留下的痕迹。

林妈妈同情地看着柳蓉，眼圈子又红了红，穷人的孩子早当家，小蓉这才多大，就遭了这么多罪，唉！投胎真是一门技术活。

宁王府的角门开了一半，能看到外边的小巷。

那是一条安静的小巷子，因为地处城郊，几乎没有什么人过来，只能偶尔看见锄禾的农夫，或者牵着孩子追赶着货郎买零嘴的妇人。来宁王府角门这边最勤快的，怕是那些挑着货担的货郎，拉着悠长的声音吆喝："京城里最时兴的绣花样子，天宝斋的胭脂水粉，金玉坊的最新首饰啦……"

柳蓉扶着笤帚在与角门的婆子说着闲话，眼睛不住地往外边张望。那婆子笑着道："小蓉你不必着急，会有货郎过来的，你赚钱也辛苦，又何必一定要花银子去买零嘴讨同伴欢心？"她眼睛望了望柳蓉，见她年纪尚幼，却如此懂事，实在是难得，心中感叹，自己要是有这般懂事听话的孙女，那该多好。

"妈妈，该花的银子一定要花，林妈妈对我好，同伴们也很关照我，我买点零嘴给大家吃，也是表示我的感激。"柳蓉笑了笑，"我自己也爱吃零嘴呢。"

守门的婆子笑了起来："我在你这么大时候也爱吃零嘴，等着上了年纪，反倒不喜欢了。"

成了亲以后就一心为着自己的小家打算，哪里还有闲钱拿了去买零嘴吃，还是年纪轻好，婆子见着柳蓉那天真无邪的脸孔，心中感叹，自己当年不也是这般模样？

柳蓉虽说口中在与婆子说话，一颗心却上上下下有些不安，许慕辰说过每日申时会扮货郎来后门一转，有时间她可以出来看看，昨日事情多，没有赶上，今日她瞅着得空，悄悄地溜了出来，连笤帚都没来得及放。

"京城里时兴的绣花样子……"响亮的吆喝声从远处传来，柳蓉心中忽然一提，好像有什么到了嗓子眼儿，很快就要蹦出来。她的脸红了红，极力压制住自己心慌意乱的感觉，一双眼睛往外头瞄了过去。

一个高大的身影挑着担子朝这边走了过来，手里拿着拨浪鼓不住地摇晃，发出巴拉巴拉的声音："天宝斋的胭脂水粉，金玉坊的最新首饰……"

"货郎你过来,有零嘴卖没?"柳蓉冲着许慕辰高喊了一声。

"姑娘要什么?我今日带了不少东西来了呢,你瞅瞅。"许慕辰走了过来,将担子放下,"五芳斋的糕点,还有如意斋的芝麻汤圆,最好做消夜吃。"

"我哪有这么多银子买?快些给我包点西瓜子、蚕豆,混个嘴巴不空就是。"柳蓉从衣兜里摸啊摸的,摸出了几文钱来,放到了许慕辰的手掌心里,青黑色的铜钱下,露出了白色的一片纸角。

许慕辰将手掌一合,把铜钱收起,口中嘟嘟囔囔:"才买这么点东西,也太小气了些。"

"我还能有多少钱买零嘴吃?这还是我娘暗地里塞给我的呢。"柳蓉抓起两个纸包就往回走,一边朝许慕辰甩了个白眼儿,"有人买你的东西就已经不错了。"

许慕辰笑着看了她一眼:"姑娘,以后在宁王府发了月例银子,多来买些好吃的。"

婆子在旁边眯了眯眼睛:"今日卖杂货的小哥长得可真俊,怎么以前没见过?"

"我起先不做这行,最近被主家辞退了,我爹要我改着做货郎,才做了几日,还不大懂该怎么卖东西,今日听人说宁王府这边女眷多,应当生意会好,这才挑了担子过来,可没想到却⋯⋯"许慕辰露出了一脸为难之色,"就卖了五文钱。"

"咳咳,你来的时辰不对,要么早些,刚用过午饭,那些个小丫头没事干,会到角门这边瞅瞅,要么⋯⋯"

"要么等晚饭后?"许慕辰虚心求教。

"可不是?"婆子笑着看了看许慕辰,一边不住点头,"明日我帮你喊些人过来买你的货,她们见你长得俊,以后肯定会经常来这边等你。"

柳蓉捏着两袋零嘴站在那里,听着婆子殷勤的话,朝许慕辰扮了个鬼脸,这真是个看脸的世道,就连守角门的婆子,也对着许慕辰这张俊脸流口水呢,还主动请缨替他去拉生意,这生得俊就是得便宜。

许慕辰瞧着柳蓉对他怪模怪样的笑,赶紧扔了一包零嘴过来:"姑娘也帮我回去说说好话,让你那些同伴都过来买点东西回去。"

婆子不知就里,在一旁眉开眼笑:"小蓉真是好运气,出来买个零嘴还有东西送。"

柳蓉举着那包东西朝许慕辰晃了晃,皱了皱鼻子:"哼!看本姑娘心情。"

"姑娘,刚刚停雪,这般冷的天气,你就忍心让我在这天寒地冻里站着吗?"许慕辰搓了搓手,一脸可怜样。

婆子赶紧揪着他往角门旁的小屋子里走:"快快快,快进来坐着烤烤火,天气这样冷,可真能将人冻坏呢。"进了屋子还给许慕辰倒了一杯热茶。

柳蓉深深地看了那婆子一眼,方才她在这角门边站了差不多小半个时辰,这婆子都没有一句怜惜她的话,也没喊她进屋子坐,更别说像现在这样殷勤地端茶送水了。

难道是自己生得不美吗?柳蓉摸了摸自己的脸,师爹这手艺不错啊,许慕辰都不敢让自己直接来宁王府,还非得给自己点颗媒婆痣呢,可这婆子怎么刚才就没给她此刻许慕辰这般待遇呢?她现在可是一个十三四岁身世可怜被狠心爹娘卖掉的孩子,难道还赶不上许慕辰?

果然还是靠脸吃饭的世道,许慕辰这张脸大姑娘小媳妇通杀,连五六十岁的婆子都不能幸免。

许慕辰坐在屋子里头,炭火盆子里哔哔啵啵响着,红红的一片,他手里端着一盏热茶,朝着柳蓉得意地笑,柳蓉龇牙咧嘴一番,这才转身往园子里走了过去。

走到中途,柳蓉打开许慕辰抛过来的那包东西,原来是糖炒栗子,看起来是许慕辰从店里买来的现炒货,或许放在衣裳里沤着,还有些暖乎乎的。柳蓉剥开了一颗尝了尝,又面又甜,直甜到了心里去。

十二月,夜空里没有月亮,只有零星两点星子,微微发着光,宁王府的湖面上波澜不惊,黑沉沉的一片,就如一片死水,寒风吹过,湖畔的树木摇晃,落下了几片叶子,人的脚踏在上头,沙沙作响。

一道黑影闪过,似乎如鬼魅,眨眼就不见了踪影,若是老眼昏花的,肯定就连那影子都看不到。那黑影闪身而过,已经落在了水榭门边,伸手轻轻一推,水榭的门从里边上了闩子,纹丝不动。

"小蓉,咱们进不去了。"身后传来极低的声音,如耳语。

柳蓉没有转头,从怀中拿出了一把薄薄的小刀:"这个还难不倒我。"

白天她没进去,是因着光线太亮,湖畔人来人往,怕被发现,到了晚上,可不是就到了该她大显神通的时候?哪扇门又能挡住她呢!

寒光一闪,小刀从门缝里伸了进去,上上下下一割,就遇到了那个门闩,柳蓉很有技巧地微微一拨,门闩就应声而开。玉坠看得目瞪口呆:"小蓉,你这速度也太快了些吧?"

柳蓉嘻嘻一笑:"小意思。"

她将门推开,拉着玉坠闪身进来:"水榭下边肯定有暗室,宁王现在一定在里边。"

玉坠扫了一眼周围:"那咱们先出去,等他出来了再说?"

"不用,咱们先到横梁上去歇着,看看宁王出来后会不会漏什么口风。"柳蓉朝外边张望了一眼,"许侍郎也该到了。"

这话才说完,一道黑色身影闪了进来,柳蓉将水榭的门一关,飞身上了横梁,玉坠与许慕辰也跟着飞了上来。

幸得这水榭上方有几根横梁纵横交错,将他们三人遮得严严实实,若不是刻意朝上边张望,根本不会发现半点蛛丝马迹。许慕辰从怀中掏出了一包东西递给柳蓉:"小蓉,我给你带了五芳斋的糕点来了,玫瑰千层饼,你带着回去吃。"

玉坠在旁边哼了一声:"许侍郎,我的呢?"

许慕辰看了她一眼:"我只给我家娘子送糕点。"

"许慕辰,谁是你家娘子?"柳蓉白了他一眼,"我都拿到你的和离书了。"

虽然口里这般说,可心里头却还是美滋滋的,低头伸手从包里掰了一点点酥皮放到嘴中细细咀嚼,只觉得满嘴芳香。

"我的和离书是写给苏国公府大小姐的,跟你可没有关系。"许慕辰开始耍赖,挑了挑眉毛,"还记得吗?咱们成亲的那天晚上,我就是在横梁上睡了一晚上。"

玉坠饶有兴趣地看着他们两人,柳蓉有些生气,伸脚踢了踢许慕辰:"再胡说八道,我把你从横梁上踢下去!"

"我可没有胡说,你再不承认,也掩盖不了你曾经和我拜堂成亲的事实。"许慕辰嘻嘻地笑着,丝毫没有退缩,反而凑了过来,"那天晚上我在横梁上睡得真不安稳,你在床上睡得又香又甜,还打呼噜!"

许慕辰这些日子带着那群京城纨绔在京卫指挥使司受训,特地问了一些精于此道的花花公子,人家给他的建议是胆大心细脸皮厚,不能看着人家姑娘说不要就退缩,越是口里说不要不要的,心里却是早就已经同意了。

"很多小姑娘都是口是心非,人家面嫩。"李公子为了将功赎罪,很起劲地面授机宜。

有了高师指点,许慕辰觉得他的追妻路好像缩短了一半。

"你……"柳蓉没想到许慕辰的脸皮忽然进化得厚了一层,一时间竟无言以对。

水榭里忽然传来一阵闷响,横梁上三个人都是一惊,屏住了呼吸。

扎扎扎的一阵声响过后,水榭的地面忽然出现了一个大洞,从里边钻出了一个人,柳蓉揉了揉眼睛,是那个总是陪着宁王的老者。

紧接着又出来一个,不是宁王。

又出来一个……还不是。

咦,这是耗子成群结队出洞了不成?柳蓉睁大了眼睛望着,就见里边一口气出来了四个人，最后一个才是宁王，只见他肥肥的身子从洞里往外爬得有些吃力。

从宁王的行动来看，他没有武功，一个吃得多喝得多玩得多的典型的老年花花公子，要是再不锻炼胳膊腿，过几年只怕走路都要人扶着了。柳蓉仔细观察着陪着宁王出来的那三个人，那老者显然也是没武功的，走路的时候脚步沉滞，根本就没有半点内力，而另外两个，却是有些武功底子的，从他们的气息匀称与下盘来看，功夫还不算差。

"你们两位也看不出什么名堂来？"宁王站在那里，长长地叹了一口气，"我早就听闻江湖里有一句暗语，得此宝贝，必能富甲天下，可现在拿回来这么久了，本王也没看出什么名堂来。"

"王爷，我们方才仔细查看过，这花瓶看起来跟寻常的花瓶没什么两样，莫非是拿错了？或者说，江湖传言并不可信？"跟着出来的一个人深思着，一脸高深莫测的表情，"传言这花瓶乃是晏家镇家之宝，后来被生死门夺去，再后来生死门被灭，这宝贝几经辗转不知所终，为何现在又如此轻易地重出江湖了？在下觉得，这里边该是有些蹊跷。"

他身边站着的另一个人也连连点头："我也正有此想法。"

"难道不是真的宝物？"宁王拧起了眉头，有些失望，可却依旧还是不愿放弃，"或许只是有什么地方咱们没有想到而已，本王还要继续来参悟其中奥妙。"

"王爷，成大事者，必有恒心，王爷这般坚韧，定然能成大事！"那老者笑得十分谄媚，作揖打拱，"等到王爷将那秘藏的财宝找到，用这大笔金银去收买文臣武将，让他们死心塌地为王爷效力，到时还怕大事不成？"

"是是是！"那两位江湖人士也很有眼色，赶紧一并来恭贺宁王，"王爷，肯定能心想事成！"

宁王哈哈大笑了起来，笑声肆意，又带着一种发自内心的快活："两位先回荷风山庄，暗地里打探，看看可否有人知道一星半点线索，现在本王是毫无头绪，若是有了线索，肯定就能将这秘宝参破。"

"王爷英明。"众人一边拍着马屁，一边屁颠屁颠地搀扶着宁王出去，门"吱呀"一声被关上，"哗啦"一声，落了锁。

过了好一阵子，柳蓉才开口说话："难怪他们要花几万两银子找那花瓶，原来还有这样一个惊天的秘密。"

玉坠有几分好奇："小蓉，你见过那花瓶？"

柳蓉点了点头："我亲手偷到过，只是半路又被人拦截强抢了去。"

就是因着这花瓶，师父才会身负重伤，柳蓉一想到这事，心里头就窝火。她从横梁上飘然而下，在水榭里开始寻找开启暗室的机关。

水榭并不大，中间一张石头圆桌，附带有四条小石凳子，周围仅容三四个人并排的空间，靠着水榭的一侧还有一张小塌，盛夏的时候这里是个避暑的好去处。

许慕辰与玉坠也从横梁上落了下来，两人跟着柳蓉一道寻找着机关，许慕辰看到廊柱上挂着四幅画，赶着上去一一掀开，在廊柱上摸了又摸，没见着凸起的地方，有几分失望。玉坠则将那小塌掀开，想看看下边有什么东西，可也是一无所获。

柳蓉站在水榭中央，看着许慕辰与玉坠在一通乱摸，心里头不住琢磨，那些显而易见能布置机关的地方都已经找过，没有看到异样，唯一有可能布置机关的就是这水榭中央的石桌了。可宁王是一个没有武功的人，要搬动石桌有些为难，只怕那机关就落在石凳上边。

"石凳有问题？"许慕辰见着柳蓉的目光落在石凳上，忽然受了启发，蹦了过去搬石凳，"肯定在下边。"

柳蓉撇了下嘴："肯定不在下边，只不过跟这石凳有关系，咱们比一比，看谁运气好，先找到那个机关。"

师爹从小就培养她对阴阳五行各种机关枢纽的感悟，若这十几年的功夫还比不上许慕辰，那她可真是白活了。柳蓉点着火折子一晃，就见有一处地面幽幽泛着光，她冲到那里，一只手扳着石凳左右微微摇动了下，瞬间，手下的石凳好像沿着一条轨道往前边溜了过去。

"就是这里！"玉坠兴奋地喊了一声，地面已经慢慢开裂，露出下边几级阶梯。

"还是你运气比我好。"许慕辰嘟囔了一句,他刚刚身手敏捷地搬了两个石凳,可还是比不上柳蓉会心一击。

"什么运气,人家可是多年功底。"柳蓉指了指那地面,"你看,这一块地方比别的地方略微显得光亮了些,肯定是这石凳推来推去的结果,还有,你送我的这玫瑰千层糕掉了些屑子,蚂蚁都是从这石凳下边爬出来往这里赶,所以可以确定,这块下边是空的。"

"原来如此,小蓉观察得实在太细致了。"玉坠由衷地赞了一句,她看了看站在面前的许慕辰与柳蓉,昏暗的火折子上一点点微光,照着两人的脸,看上去实在般配得很,刑部侍郎能娶到这样的姑娘,也真是得了个贤内助。

柳蓉举着火折子往阶梯下边走了去,微微一笑,若是自己不观察仔细,那就别想去做一个合格的女飞贼了,连这都看不出,师爹肯定会叹气说教了这么多年,怎么还是这样没有进益呢。

"小蓉,我走前边。"许慕辰抢过一步,走到了柳蓉前边,"万一这密室里有什么机关就糟糕了。"

"没错,说不定会万箭齐发把你射成个刺猬。"柳蓉拍了拍许慕辰的肩膀,顺手又戳了戳他的腰,许慕辰有些发痒,闪身避过,"小蓉,你……"

"想试试你腰力好不好。"柳蓉笑嘻嘻地看了许慕辰一眼,从腰间解下一条绳子,伸手朝前一掷,那绳子就如蛇一般朝前边飞了过去。

绳子落地,细细的回响,柳蓉牵着绳子晃了又晃,密室里一切如常,没有异常情况。

"可以走了。"柳蓉点了点头,"真是奇怪,这密室竟然没有设机关。"

难道是宁王太肥,行动不便,他怕自己误触了机关,反而将自己弄死了不成?柳蓉一边往前走一边想,这事情实在蹊跷,可也只能有这个解释了。

三人悄悄地往前边走了约莫十步,来到了一个石门面前。

"没路了。"许慕辰看了一眼柳蓉,"看来又要找机关了。"

"哪里需要找?"柳蓉举起火折子往斜上方看了一眼,就见墙壁上有幅墙雕,雕的是美人游春图,好几位美人并肩站在那里,或者拿着团扇遮面,或者用帕子掩嘴,或笑或赏花,栩栩如生。

柳蓉仔细看了下,最中间的美人面目如花,嘴角含笑,活灵活现,身姿窈窕。

"许慕辰,你按住那美人的左胸。"柳蓉指了指那个美人,嘴角歪了歪。

"要我去摸她胸口?"许慕辰吃了一惊,"我……"

虽说许侍郎是京城八美之首,能勾得一群大姑娘小媳妇跟着他跑,可他还真没做过那种事情,女人的胸口,他看都不想看,更别说是伸手去摸了。

"你没见着这美人的左胸那边黑一些?"柳蓉嘻嘻一笑,宁王这个风流鬼,竟然能想出这样安装机关的法子来,真乃本色构想。

玉坠冲了过去,伸手按住那石像左胸,用力一压,石门隆隆作响,声音沉闷,慢慢地打开,露出了里边的一线微光。

"密室里有人!"许慕辰低喊了一声,冲到了柳蓉前边,"小蓉,我来对付他!"

柳蓉从许慕辰身后探出半个头来看了看:"许慕辰,别紧张,没人。"

在这样封闭的密室,即便有通风孔,可要在这里住一个晚上,不会被闷死也会被闷个半死。柳蓉的眼睛瞥到了墙上的几颗夜明珠,伸手推了推许慕辰:"你看到没有,是那几颗夜明珠的光,别这么紧张。"

许慕辰舒了一口气:"我还不是担心你?"

"你还是担心自己吧,阴阳五行都不懂,还想来保护我,还记得飞云庄的事情吗?是谁被吊到树上去了?"柳蓉撇嘴,口中讥讽但心里头却还是有几分感激,许慕辰能有这样的举动也真是出乎她的意料,即便是他与许明伦在打赌,可她还是觉得喜欢。

"许侍郎被吊到树上?怎么一回事?"玉坠兴致勃勃地凑了过来。

"你不说话没有人把你当哑巴。"许慕辰很不高兴地看了玉坠一眼,迈开步子往密室里走去。

才踏上一步,地上的板子就翻转过来。

黑影一闪,柳蓉飞身进去,一只手搭住了许慕辰的胳膊:"提气,快上来。"

许慕辰的身子本来正在往下坠,得了柳蓉的救援,赶紧提了一口气,脚尖点住侧面的墙壁,飞身跳了上来。

"玉坠,你小心,站到我这块板子上来。"柳蓉招呼了一声走在后边的玉坠,"这密室布置是按着阴阳五行来的,门口前边一块板子是俗称的死门,绝不能踏,它下边是空的,该是盛满了镪水,人掉到里头就会被蚀骨,用不着片刻工夫便会尸骨无存。"

玉坠吸了一口凉气,飞身来到柳蓉身边,仔细打量了下密室,点了点头:"不错,确实是一道死门。"

"你也懂五行之术?"柳蓉有了兴趣,笑着与玉坠攀谈,将许慕辰晾到了一旁。

"跟着师父略微学过些,只是不精,若不是小蓉提醒,我也看不出来。"玉坠伸手指了指西边,"该是从那颗夜明珠开始设置的五行之阵。"

柳蓉点头:"极是。"

许慕辰听得心中发痒:"小蓉,以后你教我这阴阳五行之术,如何?"

柳蓉白了他一眼:"师门秘技,不得外传。"

"我给你银子,一万两,如何?"许慕辰循循善诱。

"成交。"柳蓉回答得极其爽快,站在一旁的玉坠瞠目结舌,方才小蓉不还说是什么师门秘籍?如何改口这么快?

许慕辰笑得欢快,柳蓉喜欢银子,江山易改本性难移。

柳蓉小心翼翼,踏着石板往前走,这五行之阵算是比较简单的,没有用连环套,故此她很快就来到了屋子中央。

中央有一张桌子,上边放着那个花瓶。

柳蓉用火折子将两旁烛台上的蜡烛点亮，拿着绳子绕着花瓶舞了一圈，不见有什么异常，这才伸手将那花瓶拿了起来："终于又到手了。"

"小蓉，你不能将这花瓶拿走。"许慕辰拦住了她，"还是放回原处比较好。"

"为什么？"柳蓉送了他一个大白眼，为了这花瓶，师父都快丢了性命，若不是心长偏了，她就再也看不到师父了，她才不想那罪魁祸首如此春风得意，还日日来研究这花瓶里的秘密呢。

"小蓉，你也听到了，宁王有野心，想要做大事，要是你将这花瓶拿走了，他肯定会用尽全力也要夺回的，那就不知道还有多少人会为了这花瓶送命了，你忍心看到更多无辜的人为此而死吗？"许慕辰看了柳蓉那深思的神色，进一步劝导她，"我知道你心中不忿，想要为你的师父报仇，可光拿走花瓶又有什么用？还不是得将这幕后的真凶捉住？"

"是，许侍郎说得没错。"玉坠也连连点头，"小蓉，你是个聪明人，自然知道怎么做才是最合适的。"

柳蓉想了想，默默地将花瓶放了回去。

她盯着花瓶看了又看，忽然笑了起来："我不能拿这个花瓶，我还要帮着宁王将这花瓶的秘密参破了，让他带着人马去找秘宝。"

许慕辰盯住了她，一脸惊喜："你有把握破解这花瓶秘密？"

"我师爹肯定可以。"柳蓉很有把握，"他上知天文下知地理，前知五百年后知五百年……"

许慕辰的眼前瞬间出现了一个中年儒士的模样，羽扇纶巾。

"太好了，我将这花瓶画下来，让你师爹去参详。"许慕辰眼睛发亮，没想到大周还有这等能人，看来高手在民间啊。

"不必了，我这里有一张花瓶的图。"柳蓉伸手摸进了中衣，窸窸窣窣一阵，从里边摸出了一页纸来，"我最初来京城就是为了偷这花瓶来的，那人本是与我师父接洽，但我师父想让我来京城开开眼界，故此将这任务交给了我。"

其实师父主要还是想让自己来苏国公府看看父母吧？要不然当初她就不会叮嘱自己，一定要亲眼看看苏国公府的大老爷与大夫人生活得如何，除了对于旧情人的关心，更多的只怕是她心中有一份内疚，想要自己与亲生父母接近一二。

想到师父玉罗刹，柳蓉心中忽然便酸酸的一片。

虽然自己不是她的亲生女儿，可师徒两人相依为命这么多年，感情早已如亲生母女一般。柳蓉抓紧了那张纸，咬了咬牙："许慕辰，你赶紧带着这张图纸回终南山去找我师父、师爹，让他们仔细看看，看能不能找出什么破绽来。"

想了想，柳蓉摸起桌子上边放着的毛笔，在那张图纸上画来了起来，许慕辰站在一旁看着，虽然知道她在画上终南山的路径，可脑海里想到的，却是和离书上的那只大乌龟。

"你到了终南山下，就去问问山下的村民，三清观怎么走，到了去三清观的那个路口往北，行走五六里便有一个湖泊，你从湖中央处一条小路上去，行到半山腰，可以见到一片竹林，拐进竹林再走两三里山路便能见到一幢屋子，那就是我师父的住处。"

许慕辰接过那张纸，点了点头："好，我即刻动身，快马加鞭去终南山。"

柳蓉从头发上摸下一支发簪："这是我师父送我的及笄礼，你拿了这个过去，我师父就不会疑心你的身份了。"

簪子很朴实，并不华丽，看上去有些老旧，在昏暗的灯光底下，根本看不清它的材质，黑黝黝的一团，只是有些沉，十分坠手。柳蓉笑了笑："这簪子不是金的也不是银的，是我师父亲手用寒铁做的，大周唯此一件，故此绝不会有仿冒品。"

许慕辰依依不舍地看了柳蓉一眼："唉！又有些日子看不到你了。"

玉坠默默地跳到一旁的石板上，不忍直视许慕辰的表情，也不忍听他的甜言蜜语。

这表情配合着言语，真是恰到好处，好像有一种离别的失落感，又有一种说不出的情深义重，玉坠在旁边瞧着，心中暗道今晚自己真是来错了，早知道许侍郎会一路花痴地跟着过来，自己就该舒舒服服在被窝里睡觉的。

"这都十二月初了，转眼就要到年关，你这货郎若还来宁王府卖东西，人家肯定会疑心，这时候也挣不到多少银子，谁不在家中过年啊……"柳蓉嗤嗤一笑，"你莫要以为宁王府的丫鬟婆子都会抢着来买你的东西。"

"可是今日我做了一两多银子的生意。"许慕辰得意扬扬。

"我听那些丫鬟都在议论你呢，说那个新来的货郎是个傻子，东西卖得实在便宜，应该会亏本，她们好多都说不忍心多买，买得多你就会亏得多。"柳蓉摇头叹气，见着许慕辰神色错愕，有说不出的开心，"不当家不知柴米贵，你的这些货，全是你长随给置办的吧，怎么连价格都不知道。"

"小蓉，你真聪明。"许慕辰点头，"正是我那长随富贵给我买的。"

柳蓉心里忽然想到了那一车礼物，肯定也是那长随置办的了。

三个人从密室里出来，天上的星子已到了中间，冷冷的清辉一片，照着草地上三条颀长的身影。

许慕辰恋恋不舍地看了柳蓉一眼："小蓉，我走了。"

柳蓉朝他挥手："你快些走吧。"

"那我走了啊。"许慕辰有些受伤的感觉，柳蓉怎么就不对他说几句暖心的话呢，而且还一副迫不及待要将他赶走的样子。

湖畔站着三个穿黑色夜行衣的人，怎么瞧着都觉得诡异，还呆呆地杵在那里不动，这是要闹哪样？

"走吧走吧。"柳蓉双手欢送，见许慕辰的一双脚跟钉在原地一样，一动不动，她干脆掉头就往一边走，"你不走，我走。"

玉坠看得好笑，朝许慕辰眨了眨眼睛："许侍郎，你快些回去吧，夜已深，这宁王府里还有上夜的人呢，被人发现我们就糟了。"

许慕辰置若罔闻，呆呆地望着柳蓉的身影消失在湖畔的树林里，长长地叹了一口气:"唉!小蓉不懂我的心。"

真是痴情男子啊!玉坠在一旁看得心酸,许侍郎这般重情重义的好男儿,怎么柳蓉就这样不想与他打交道呢?一时间,玉坠觉得自己正义感爆棚,飞快地追上了柳蓉:"小蓉,你怎么对许侍郎那样呢?好歹也给他一句好听的话,让他也走得高高兴兴的。"

柳蓉没有吱声,玉坠的眼睛只看着许慕辰,当然看不到自己脸上的表情变化。在这样的情况下,自己还挽留许慕辰,那纯粹是个大傻瓜。也不知道玉坠是由谁教出来的,还宫中暗卫呢,只要用美男计,只怕让她去刺杀许明伦她都会干吧。

好在许慕辰不会让她那样去做。

玉坠一边与柳蓉往前飞奔,一边絮絮叨叨地劝着她:"许侍郎在京城的贵公子里算很不错的啦,小蓉你可要抓住机会哟。我在宫中做暗卫已有好几年了,对于许侍郎了解甚多,你别看他花名在外,其实他很是淳朴,跟别的女人没有什么真正的牵扯不清,你要是嫁了他,肯定会过得很好的。"

柳蓉瞥了玉坠一眼,笑着道:"以后你要是不在宫里做暗卫了,有一件事情最适合你去做,保准能丰衣足食,半年就能买地买房。"

玉坠兴致勃勃:"小蓉,你觉得我适合做什么?"

"媒婆。"

## 第十二章 花瓶的秘密

淡青色的山岚连绵起伏,山顶上有一点淡淡的白色,想来是初雪欲晴时候,最后一点积雪。山脚旁边有一个很大的湖泊,湖面上已经结冰,亮汪汪的一片,站在湖泊旁边往上头看,一条羊肠小路蜿蜒而上,消失在茫茫的树林之中。

许慕辰扬鞭打马,意气风发地奔上了那条小路。

心里头却还是略微有些紧张,有种女婿第一次上门拜见岳父岳母的感觉,名满京城的许侍郎,此刻忽然有些害羞,摸了摸身上背着的礼物,一时间心中塞得满满的,都不知道到时候该怎么开口与玉罗刹说话。

走到半山腰,果然有一处竹林,许慕辰翻身下马,牵着马匹慢慢朝里头走过去。

竹林中有一条小路,仅供一人通过,许慕辰侧身拉着马,走得十分辛苦,可是他丝毫不觉得累,一想到马上就要见到柳蓉的师父,心里激动得扑通扑通直跳。

经过最狭窄的地方时,马的身子卡在两棵竹子之间,一动也不能动。许慕辰愁眉苦脸地看了马儿一眼,轻轻拍着它的背,小声道:"踏雪,你吸气,把肚子弄小些!我叫你不要吃太多,你就是不听,现在可好,被卡得不能动了吧。"

马儿很哀怨地看了许慕辰一眼,还不是你喂的!槽子里有那么多丰美的粮食我不吃,我傻呀!

许慕辰弯下腰去,一只手将竹子拨开,另外一只手抬起马的一只前蹄:"快挪出来一步!"

马儿很配合地往前边挪了半步,许慕辰转到另外一边,将那只前蹄也搬到了前边,他的坐骑顿时以优雅无比的一字马姿势趴在了那里,肚子被几根竹子顶着,有些不大舒服,呼呼地打着响鼻。

许慕辰拍了拍它:"别着急,我来救你,以后记得少吃点。"

马儿黑枣一般的大眼睛望着许慕辰,只差泪眼汪汪了。

许慕辰手脚并用,将坐骑的后腿送了出去,马儿终于站直了身子,欢快地朝前边奔了一步,就听"唰唰唰"的几声响,几支白羽箭飞射而至,许慕辰纵身跃起,徒手将几支箭捞住,身子稳稳地落在了马背上。

竹林间一阵铃响,许慕辰的马受了惊吓,前蹄立起,咴咴地叫了起来,差点将许慕辰抛到地上,幸得他一只手抱稳了马脖子,由着坐骑怎么撅蹄子都没有被抛下来。

"好俊的功夫!"

前边的屋子里走出了一男一女,好奇地打量着许慕辰,那女子望着他手中那几支白羽箭,蹙起了眉头:"死人,你还说你的机关厉害,瞧瞧,还不是被人轻易就破了!"

空空道人脸瞬间就红了:"我没想到这小子这般厉害,下回我多设几个机关,装上几百支白羽箭,让别人有来无回。"

听着两人的对话,许慕辰心中琢磨,这肯定就是柳蓉的师父师爹了。他心中一急,大声喊道:"师爹,你可不能这样做,小蓉回来踩到机关怎么办?"

"哪里来的臭小子,竟然敢喊我师爹!"空空道人吃了一惊,盯着许慕辰,"师爹是你能叫的吗?"

"哼!我们家蓉儿哪里像你这样笨?五行之阵都看不出,她这十多年的功夫就都白练了。"玉罗刹高高地昂起了头,对许慕辰不屑一顾，忽然间她似乎想起了什么，脸上显出焦急神色来，"你把蓉儿怎么了？"

"我没把她怎么了啊……"许慕辰见着玉罗刹脸色有些不对，忽然想到自己这一句师爹喊得确实冒昧，可他真不知道面前的这对男女姓名，也只能跟着柳蓉喊师父师爹了。

"那你怎么喊我师爹？谁让你这么喊的？"空空道人也回过神来，"臭小子，竟然敢占蓉儿的便宜，看我饶不了你！"

许慕辰翻身下马，朝前踏了一步，向玉罗刹与空空道人抱拳行礼："晚辈姓许……"

话还没说完，他感觉到天旋地转，整个人被绳索捆住，倒着吊在了旁边那棵歪脖子树上，周围的一切都颠倒了过来，一阵叮当作响，中衣里贴身放着的一些有重量的东西掉了出来。

"阿玉，我的机关厉害吧？"空空道人喜形于色，总算在玉罗刹面前露了脸。

自从玉罗刹被人暗算后，空空道人在照顾她之余，绞尽脑汁在小屋旁边布下了机关，以防再有贼人闯入，很不幸许慕辰成了第一个试验品。

玉罗刹嘴角露出了一丝笑容来："你设机关的本领自然是没人比得上的。"

得了鼓励，空空道人手舞足蹈，飞奔着到了那棵树下，弯腰将地上的东西捡起："阿玉，这不是蓉儿头上的簪子吗？"

玉罗刹脸色大变，赶紧走了过来，伸手将那簪子接了过来，手都有些颤抖："你这贼人，将我家蓉儿怎么了？"

许慕辰哭笑不得，他敢将柳蓉怎么样吗？只要柳蓉不将他怎么样他就已经心满意足了！他苦着一张脸，伸手从贴身的中衣口袋里摸出了一张纸："前辈，这是柳姑娘给我的，她说你们看了这张纸就明白了。"

玉罗刹一把将那纸夺过来，仔细看了看上边两行字，朝空空道人点了点头:"放他下来。"

空空道人凑过来看了看:"是不是蓉儿写的?莫不是伪造的吧?"

"不会不会,蓉儿的字我认得,她的那一撇写得格外斜,一看就知道。"玉罗刹歪着脑袋打量了许慕辰一眼,"这小子看着也不像个坏人。"

许慕辰欲哭无泪:我本来就不是坏人。

空空道人搬动了旁边一根竹子,许慕辰就直接从那歪脖子树上摔了下来,幸得他机警,在下落的时候尽力扭身,这才将头先着地的姿势给转过来。

"前辈……"许慕辰坐在地上呻吟了一句,有这样放人的吗?要是他没武功,不死也会摔得鼻青脸肿吧。

玉罗刹走到他面前,上上下下打量了他一番,微微笑着道:"少侠,我家夫君略微粗糙,你千万别介意。"

能拿了蓉儿的亲笔信,还能拿到蓉儿的簪子,这年轻人肯定是蓉儿的心上人,玉罗刹越看许慕辰觉得越满意,这人天庭饱满,剑眉星目,一看就是人中龙凤,不可多得的人才,蓉儿可真有眼光!

空空道人跟在玉罗刹身后,心中虽然对玉罗刹说他粗糙有些不满意,可也不敢顶撞玉罗刹,只能哼哼哈哈地笑着:"少侠,你没有摔着吧?"

"还好还好,没有摔死。"许慕辰伸手将捆住自己双脚的那个绳套解开,站了起来,朝玉罗刹深施一礼,"您就是柳姑娘的师父吧?"

"是是是。"玉罗刹满脸带笑地望着许慕辰,"快些到屋子里去坐着说话,瞧你一身的泥,得赶紧换件衣裳。"

片刻以后,京城翩翩佳公子,变成了头戴皮帽,身披狼皮衣裳的淳朴猎户。

屋子里挖了一个地炕,里头横七竖八扔着几块粗大的木炭,红红的一片上有淡蓝色的火苗不住地摇摆着身体,送出一阵阵温暖,让围着地炕取暖的人只觉得身上热乎乎一片。

"蓉儿要你带这张图纸回来？"空空道人将那张图纸举到眼前看了好半天，"不就是个花瓶吗，有什么特别的？"

那羽扇纶巾的中年雅士形象轰然而塌，许慕辰不可置信地盯住了空空道人，不可能他什么都看不出吧？柳蓉不是说他上知天文下知地理，前知五百年后知五百年，难道恰恰就不知道这花瓶的奥秘？

玉罗刹凑了过去，一脸不悦："哼！人家能出这么高的价钱找这只花瓶，还为了这花瓶差点要了我的命，肯定这花瓶有什么特殊之处，你若是看不出来，便是傻子，还说自己聪明呢，我看你是自作聪明。"

"阿玉，"空空道人讨好地冲她笑了笑，"你的夫君怎么会是个傻子？等我仔细看看。"

许慕辰有些不安，自己算不算在挑拨离间他们的感情？

玉罗刹转过脸来，朝他和蔼地笑了笑："许公子，你不用管他，吃点东西，都是山里的特产，京城可吃不着。"

不用管他、不用管他……许慕辰十分震惊，难怪柳蓉对自己也是这般可有可无的态度，看起来都是受她师父的影响。他偷偷看了一眼坐在桌子旁边的空空道人，见他很卖力气地拿着笔在写写画画，好像完全没有受到影响。

许慕辰为自己默哀了一盏茶的工夫，或许将来的某一日，他也会落到师爹这地步吧？他忽然想到了令人惊悚的一幕，他手里牵着两个孩子，胸前还挂着一个孩子，柳蓉笑嘻嘻地朝他挥手："好好带着孩儿们，我趁着天黑到外边逛逛！"

这样的日子，怎一个酸爽了得！

竹海起伏不定，被山风吹拂，上上下下掀起一道道绿色的波浪，在这萧瑟的寒冬，竹叶却依旧青翠，在四周灰褐色的枯枝衬托下，显得格外生机勃勃。

许慕辰站在屋子外边，耳朵却仔细听着屋子里的动静。

空空道人拿着那张图研究了半日，说是有些眉目了，不让人打扰，他与玉罗刹便退了出来，玉罗刹洗手去厨房做饭菜。

屋子里头有忽高忽低的声音，许慕辰屏声静气听了一阵，完全不知道柳蓉那位师爹大人在念什么，好像不是在念经，似乎又像是在念咒语，难道那张图还被人施了咒不成？许慕辰有些好奇，想趴到窗户上偷看，可又觉得有些不妥，在原地转了几个圈。

"哈哈哈哈……"长笑之声从屋子里传了出来，许慕辰吓了一跳，赶紧跑到门边，就见空空道人拿着毛笔对着空中写写画画个不停，脸上有得意之色，通红一片。

"前辈……"许慕辰迟疑地喊了他一句，这边玉罗刹已经拎着锅铲冲了进去，朝他的脑袋"啪"的一声打了下去，"有客人在，还是蓉儿的心上人，你装疯卖傻的做甚，莫要把娇客给吓跑了！"

空空道人摸着脑袋咧嘴笑，头顶上还粘着一片菜叶："阿玉，这可是惊天的发现！"

玉罗刹有些不相信："那宁王拿着花瓶都看了一个多月了，还没能瞧出什么名堂来，你看一下午就知道秘密了？我才不信！"

"宁王哪里比得上我冰雪聪明？"空空道人笑着凑过一张脸，"阿玉，你要相信你夫君！"

玉罗刹朝许慕辰招了招手："许公子，你且听他来说说。"她警告地看了空空道人一眼，"你要是再胡乱吹牛，看我不打爆你的头！"

许慕辰小心翼翼地走了过去，柳蓉的师父脾气好像很不好啊，幸亏柳蓉不像她……

"哼！上回你设个陷阱说能捉到一窝兔子，我第二天去的时候却看到里边蹲着一只熊，"玉罗刹依旧在唠唠叨叨，"要不是老娘有武功，还不得被那熊逮着吃掉。"

"阿玉，你武功盖世，还怕一只熊吗？"空空道人嘻嘻哈哈地打着马虎眼，"我故意只说逮兔子，是怕逮不着大东西，丢了脸面嘛。你捡了那熊回来不还夸我，说我给你捉了一只好玩的东西？"

似乎为了证实空空道人的话，屋子后边及时响起了一阵奇怪的叫声，许慕辰心中暗道，莫非就是那只倒霉的熊，被玉罗刹捉了回来当宠物养着？

见许慕辰东张西望，玉罗刹笑着点头："许公子，等会我带你去见我们家大灰，它被我驯了半个月，已经很乖了。"

半个月，很乖了，许慕辰表示不敢想象，多半是屈打成宠的吧？

"许公子，你来看这里。"空空道人将话题拉回到花瓶图案上来，"我将这花瓶的图案放大了，你看出什么没有？"

许慕辰盯着那张雪白的宣纸看了好半日，就见上边画着一条大江，上边有浮舟一叶，舟上有一人，看得不是很清楚，但从他头上戴着的儒巾来看，该是个文人，江畔有一座山，树木扶疏间露出一角飞檐，山间有小道，一个僧人正弯腰站在溪水旁边，脚边放了一担水桶，好像要去提水。

"这不就是花瓶上的画，"许慕辰有些奇怪，"哪里不对？"

空空道人伸手指了指那僧人："你知道他是谁吗？"

许慕辰摇了摇头："不知。"

空空道人叹了一口气，点了点那角飞檐："这边有块牌匾，你能看清上边写的什么字吗？"

许慕辰仔细看了看，只见到一横，其余的部分都被树木给遮挡住了："前辈难道能看出来这寺庙的名字？"

"当然能够。"空空道人骄傲地一挺胸，还不忘给站在一旁的玉罗刹抛了个小眼神儿……呃，只可惜人老珠黄，这眼神一点也不水灵，干巴巴的，似乎能一锤子将人砸晕。玉罗刹伸手挡了挡："快说快说，别卖关子。"

空空道人指了指留白处一句话："夜半钟声到客船。"

许慕辰一拍脑袋："寒山寺！"

自己怎么就没有想到这一点呢？那句诗不是提示了这寺庙的名称吗？自己还真是笨，一个劲儿随着空空道人的手指头走，要他看牌匾就看牌匾，完全忘记去观察别的地方，姜还是老的辣，空空道人不但显示出他的机智无比，还踩了自己一脚，在玉罗刹面前露了脸。

"哼！你是故意让许公子看那牌匾就忘记看那句诗了！"玉罗刹毫不客气地揭露空空道人的阴谋，俗话说丈母娘看女婿，越看越欢喜，玉罗刹见着自己徒儿的心上人被空空道人这样捉弄，心里顿时起了护犊之心，"别卖关子，看出了什么快点说！"

空空道人被玉罗刹揭穿，不敢再耍花样，他指着寒山寺的一角飞檐道："你说这花瓶是晏家的传家宝，我倒是想起当年一件事情来，晏家当时富可敌国，在太祖开国之际，曾找他家要过金银支持，后来晏家得了封赏，但却不愿在朝堂供职，只求做皇商，一手将几项跟民生至关重要的买卖给掌握了，后来就越发富起来，也不知道为何，到了晏家第八代传人时，他竟然离家出走在寒山寺出家做了和尚，法号无言，这花瓶就是他传下来的。"

许慕辰激动得声音都微微发抖："匹夫无罪，怀璧其罪。是不是晏家不胜骚扰，故将家中金银财宝藏了起来？花瓶上这彩绘，便藏宝的地点？"

空空道人点了点头："然。"

"然然然，然你个头，快些说藏在哪里！"玉罗刹在一旁有些不耐烦，她本来就是个急性子，听着空空道人这般慢吞吞就是不肯直接说出地方来，恨不能一锅铲将他打扁，"是不是就在寒山寺里？"

"不会，要是在寒山寺里，宁王早就该找到了。"许慕辰摇了摇头，"晏家也没这么大的本领，能一手遮天将金银财宝偷偷运到寒山寺的后山，毕竟这寺庙太有名，山前山后都人来人往的，想要暗地里干活是不可能的。"

空空道人点了点头："对，没错，正是这个道理。"

"那会在哪里？"玉罗刹看了看那幅画，看不出个所以然来，有些迷惑，"这和尚不是在寒山寺下边的溪水边站着吗？"

"阿玉，你仔细看看这和尚的手指。"空空道人点了点宣纸，玉罗刹凑了过去看了看，忽然喊了出来："他伸出了三个手指！"

"是！而且朝南！"空空道人点了点头，"阿玉，这突破口就在这僧人的三根手指上。"

许慕辰站在旁边，稍加思索，脱口而出："南峰寺？"

"聪明！"空空道人点头，"这宝藏肯定就在南峰寺那边！"

曾在洪武年间，寒山寺将三寺四庵堂合并为一丛林大寺，其中寒山寺最为注目，其余秀峰、慧庆与南峰三寺并不出名，只是寒山寺接纳不下的香客，才会拨了去这三寺居住。这牌匾上隐隐露出了一横，可以说是寒山寺那个"寒"字的一段，也可以看成南峰寺的"南"字一截，而且配着留白处一句诗，自然会让人误认为是寒山寺了。

"这无言和尚真是用尽了心思。"许慕辰赞了一声，他自己在寒山寺出家，也可以时常去南峰寺那边瞧瞧动静，算是在守护着家产，而且还如此谨慎地将藏宝之处隐含到花瓶之内，真是煞费苦心。

"我觉得这花瓶上边画的肯定是南峰寺的山路，财宝就藏在离寺庙不远处的小溪那边，否则那和尚不会站在溪水旁边，虽然正弯腰，可头却偏着，眼睛望的方向完全不在那溪水上。"空空道人的手从无言的眼睛那边横着过去，正好划到了对面的山坡上，那上面爬满了青色茑萝，绿色的藤枝长长地垂下来，中间透出些黄白色的底子，看得出来不是黄土，而是一块巨大的石壁。

许慕辰激动起来："那石壁后边有密室！"

空空道人点点头："应该不会错。"

"前辈，不如你跟我回京城？"许慕辰想到柳蓉的主意，"我们必须有人将这个信息透露给宁王，否则以他这样的蠢笨程度，一辈子也不会想到秘宝的藏身之处。"

空空道人得意地一笑："那是当然，他怎么能比得上我。"

玉罗刹转身就往外头走："我去收拾东西，咱们一起动身去京城。"

"阿玉，不行，你受了重伤，身子还没好得完全，怎么能长途跋涉？这里到京城，快马加鞭也得十来日，你就在终南山养伤，我跟着许公子回去便是。"空空道人关切地拉住了玉罗刹的胳膊，"回来回来，蓉儿肯定也不想见你这般劳累。"

玉罗刹反手一掌，空空道人哎呀哎呀地叫了起来，玉罗刹双手交叉在胸前，朝他笑了笑："我才用了一分的力气呢，你就受不了，若是我用十分的力气，你早就没命了！死人，你说我身子养没养好？"

空空道人不怒反笑："阿玉，你真的痊愈了，太好了太好了！"

许慕辰站在旁边瞧着两人疯疯癫癫地打闹着，不知为何，心中却有些感动，他们这样，好像挺温馨啊……

"小蓉，有个货郎在门口等你，说找你有事呢！"有个小丫头气喘吁吁地冲了进来，脸蛋红扑扑的，一只手里拿着一包蚕豆，咬得嘎巴嘎巴响。

"货郎？"柳蓉一怔，难道许慕辰回来了？算算时间，也差不多该到了。

她忽然有些忸怩起来，有一丝激动，她咬了咬嘴唇，伸手抓住了衣裳角，心里头想着见了许慕辰该说些什么才好。

"是啊是啊，那人在角门等你，你快些去瞧瞧吧。"小丫头推着柳蓉往外走，顺便告诉了她一个好消息，"这个货郎的东西也卖得很便宜，你赶紧带几十文钱过去，可以多买些东西回来准备着，还有两日就要过年了，还不知道他们会不会再来呢。"

此货郎非彼货郎？柳蓉有几分迷惑，上回许慕辰来卖过一趟货，宁王府的丫鬟婆子们好几日都在讨论他，怅怅然道："那个货郎真俊，怎么就不过来了呢？"这小丫头上回也买过东西，还跟她眉飞色舞地提过许慕辰，肯定识得他，现在用了个"也"字，看来绝不是许慕辰了。

只不过人家指名道姓要找她，肯定是跟许慕辰有一定关系的，柳蓉抓起几个铜板揣到怀里，朝那小丫头笑了笑："多谢你捎信过来。"

小丫头咧嘴笑了笑："小蓉你客气啥，你那么热心，我当然要帮你捎信啦！"

才下过一场大雪，外边是白皑皑的一片，到处都是银装素裹，就如水晶琉璃的世界，瞧着玲珑剔透，雪地上偶尔落下几只觅食的鸟雀，蹦蹦跳跳一路，好像数个小黑点正在晃动。

柳蓉快步走过去，雪地上留下了两行脚印，深深浅浅的，让人完全看不出是她有内力修为的人。在宁王府里，她必须小心翼翼行事，即便宁王不懂武功，可说不定他收买的那些武林人士会进内院，看到她在雪地上留下的脚印，便知道自己有一身好武艺了。

就如一个十三四岁的小姑娘，柳蓉蹦蹦跳跳地朝前边走过去，角门的婆子见着她过来，热情地招呼了一句："小蓉，你总算来了，货郎等了你好一阵子啦。"

瞥眼瞧了过去，屋子里坐着一个年轻男子，抬脸朝她微笑。

柳蓉吓得下巴差点都掉了下来——那是许、明、伦！

堂堂大周的皇上，穿着一件灰蓝色的棉布袍子，袖口那里磨破了边，漏出些许线头……装得还真像。柳蓉皱了皱眉头，许明伦却笑地格外憨实："你就是小蓉姑娘？我弟弟说上回你来买东西，多付了一文钱，他回去以后寝食难安，结果就病倒了……"

拜托，要编也编得像样一点好不好？柳蓉完全被许明伦打败了，一文钱！许慕辰竟然因为多收了她一文钱病倒了！这事情说出去谁会相信啊？

可偏偏就有人相信，那个看门的婆子撩起衣裳角擦了擦眼睛："我瞧着你弟弟就是个心善的，果然是童叟无欺，连多收了一文钱都心中过意不去。"

许明伦认真地点了点头："是啊，我弟弟是个实在人，他说心中不安，交代我一定要来找这位小蓉姑娘，要我把这一文钱退给她。"

柳蓉叹了一口气："货郎，你今日挑了货过来没有？我想买点零嘴放着，很快就要过年了，谁知道你们家过两天还会不会出来卖货。"

许明伦站起身来，殷勤地走到门边，指了指外边的货担子："带来了呢，小蓉姑娘你自己去挑，看你要什么。"

柳蓉走到了门外，弯腰装作挑选东西，探头看了看周围，就见角落那边窝着两个人，瞧那身形就知道是小福子与小喜子，还不知道这围墙旁边的树上有没有跟着宫中暗卫。她回头看了许明伦一眼，压低了声音："皇上，这宁王府不是你来的地方。"

许明伦有些不满意："慕辰能来，我就不能来？"

"皇上！"柳蓉咬牙切齿，许慕辰跟许明伦，完全不是一码事！许明伦可是大周的皇上啊，是许慕辰这小小侍郎能比的吗？她还记得空空道人那时候教她念书，里边就有一段"若士必怒，伏尸二人，天下缟素"，不就是说刺杀了皇上，江山就易主，说不定还会生灵涂炭！柳蓉看了看许明伦，见他依旧没有半点危机意识，只是笑嘻嘻地望着自己，心中哀叹，这许明伦究竟是胆子大还是傻呢，竟然敢自己送上宁王府的角门来！

"柳姑娘，你扮成这模样也很好看！"许明伦完全没有想到柳蓉所想的事情，只是在极力赞扬她，"下回你教我易容好不好？"

"皇上，你快快回宫，等收拾了宁王再说。"柳蓉随意拣了几包零食揣在怀里，"货郎，这些多少钱？"

许明伦看都没看她拿的东西，大声说了一句："五文钱就够了。"

柳蓉从荷包里摸出五文钱来放到许明伦手心里："拿好了！"

许明伦就势握住了她的手指："小蓉，你还想吃什么，先告诉我，明日我再来。"

"我什么都不想要，你明日不用再来了。"柳蓉忽然觉得身上起了一层鸡皮疙瘩，许明伦这是怎么了。她很坚决地将手抽了出来，瞪了许明伦一眼，"你难道不要照顾你生病的弟弟？反正到外边也赚不了几个钱，又马上要过年了，还不如在家里待着。"

北风将柳蓉说的话送出去很远，躲在角落里的小福子与小喜子不住地点头，两人感激得眼泪都要掉下来了，柳姑娘说得可真是金玉良言啊，皇上你这样不顾一切出宫来真的好吗？更何况是自己送到宁王眼皮子底下来！

许明伦见柳蓉拒绝得很坚决，有些无精打采："小蓉，我挑来的货你都不喜欢吗？看来还是我弟弟比较懂该带什么过来。"

柳蓉点了点头："术业有专攻，你本来就不是卖货郎，又何必来做这行当？"

两人言语里暗藏玄机，许明伦得了柳蓉的话，怔怔地站在雪地里，看着柳蓉转身离去，心里头有几分惆怅，柳姑娘是不喜欢自己呢，她那话里的意思，暗指自己不是许慕辰，她不会因为自己而动心。

瞧着那纤细苗条的身影消失在角门边上，许明伦忽然间觉得自己的人生不是那么完美。

以前他要什么就有什么，只要他说一句要什么，自然有不少人会替他寻过来，可唯独这一次他却失望了，柳蓉并没有因着他是皇上就高看他一眼，她与他之间，始终保持着那段距离，怎么也跨不过去。

但是，让他欣慰的是，柳蓉还是接受了他几袋东西，那可都是五芳斋买来的上好糕点，自己收她五文钱，只不过是象征性的意思意思，终究，还是自己送给她的。许明伦站在那里想着柳蓉吃自己送的东西，心里头格外欢喜，挑着货担子朝围墙那边走过去，心里琢磨着，不管怎么样，过两日他一定要再出宫一趟给柳蓉送吃的过来。

她在宁王府做丫鬟，肯定吃不饱穿不暖，好可怜哟，有自己送来的爱心糕点，她就不会饿肚子了，许明伦一想到这里，全身就轻快了不少，走起路来也格外轻松。

守门的婆子见柳蓉托着几袋零嘴过来，笑得眼睛眯成一条缝："小蓉，这一回你都买了什么啊？"

柳蓉将几个纸包放到桌子上："妈妈，全送给你。"

那婆子笑得合不拢嘴："这怎么好意思，你拿一袋回去自己吃吧。"

"也不是什么金贵东西，才五文钱，妈妈你不用客气了，你对我这般照顾，以后还有不少事情要麻烦妈妈呢，你不收下这些，我心里头都不安。"柳蓉笑着将那几个纸包塞到婆子手中，"以后万一我爹娘来看我，还请妈妈通融一二。"

"那是当然。"婆子笑得小眼睛眯成了一条缝，"我肯定放行！"

等着柳蓉走进去,那婆子兴致勃勃地打开一个纸包:"我来看看这小丫头买的是什么。"

纸包被撕开,十几个油纸团子散了一桌子,婆子抓着一个油纸团子瞅了瞅,见上图还贴着一张彩印的画儿,红红绿绿的很好看,只是她不认识上边写的字。

正好这时门外走过一个管事,婆子朝他笑了笑:"吴管事,你来给瞧瞧,这纸上头写着啥哩?"

吴管事探了个脑袋进来看了下,眼睛瞪得溜圆:"钱婆子,看不出来你还攒了不少私房钱嘛,竟然还能买得起五芳斋的糕点!"

那是五芳斋最新出的鹅油栗蓉火腿饼,价格卖得高,一个就要五十文钱,可每日都有人排队去买,去晚了就买不到。昨日他婆娘嘴馋,硬是排了半个时辰才买到四只,吃了以后还想吃,问他讨了钱再去排队,那饼就没得卖了。

吴管事疑惑地望着那婆子手中的鹅油栗蓉火腿饼,再探头看了看桌子上头,嚯,起码有十个哩,这都得半两银子啦,钱婆子再有钱也不会这样乱花吧?

"钱婆子,你怎么就这样阔了哩?"吴管事有些不敢相信,没想到面前这个脏兮兮的老婆子竟然是个财神娘娘,他深深懊悔当年自己有眼无珠,就贪个美貌娶了婆娘,现在婆娘人老珠黄了,还不是一脸褶子?早知道这钱婆子有不少身家,竟然能买得起五芳斋的糕点,自己那时候就该选她!

"这是一个货郎挑过来卖的,才五文钱,说什么阔不阔的?"钱婆子决定打肿脸充胖子,只说是自己买的,也好在吴管事面前炫耀一番,谁叫当年他有眼不识金镶玉!

"什么?在货郎担子上买的?"吴管事站在那里,琢磨了一下,这货郎没毛病吧?从五芳斋里五十文一个买了饼,到这里五文钱卖十个,这事情大有蹊跷!

不行,得去向王爷说说,吴管事稳了稳心神,拔腿朝前边走了过去。

昨日的雪下得很大，宁王府外边的小路过往的人很少，故此积雪愈发的厚，吴管事走在雪地里，一脚深一脚浅，心里热乎乎的一片。

那个货郎绝对是有问题的，即便是自己仿照五芳斋的糕点做了来卖，以次充好，可毕竟有那么一大堆，也不至于只要五文钱。更何况五芳斋的包装跟钱婆子拿给他看的包装一模一样，完全看不出什么区别来，他的直觉告诉他那就是真货。

走到偏门那边，吴管事整了整衣裳，跟守门的小厮打了个招呼，直接奔去了书房那边。

宁王正烦躁着，听说吴管事求见，不高兴地皱了皱眉头："他能有什么要紧事情？还不是年关采买那点子事？你去告诉他，我现在正忙，没时间见他。"

下人走到外边，朝吴管事摇了摇手："王爷心里头不顺畅，你还是回去吧。"

吴管事耷拉着眉毛，怏怏地朝外边走去，宁王不高兴的时候，自己可别去凑这个热闹，有一回就有个管事因为触了霉头被打了一百大板还被赶了出去，谁都不敢收留他，最后死在了府外。

宁王确实火气很大，因为他派去寒山寺的下属回来了。

"王爷，属下无能，带着兄弟们在寒山寺前山后山绕了个遍，也没见着什么可疑的洞穴。"穿着黑色衣裳的人站在宁王面前，一脸畏惧，瞧着王爷这样子，似乎很生气。

果然，宁王暴跳如雷，拍着桌子破口大骂："废物！本王花了银子养着你们，到了关键时刻，一点用处都没有！本王都已告诉你们地方了，怎么就找不到？"

下属们低着头，大气都不敢出，心里头可是憋着一股子气，他们几日几夜都没有歇息，几乎是将那山一寸寸地摸过了，可还是没找着什么洞穴，唯一找到的洞是一个蛇窝，伸手进去，拉出一条大蛇出来，幸得此时天寒地冻，那蛇正睡得香，眼睛都没睁一下。

"王爷，确实找不到。"领头的等着宁王平息了几分怒气，这才开口，

"真是每一寸地都摸过了，没见着有什么洞穴。"

宁王皱着眉头不说话，心里头不住地想着那个花瓶上的画。

他琢磨来琢磨去，只能确定那宝藏就在寒山寺的山里，可究竟在哪个位置，还真没琢磨出来，听着下属回报，他心里更有些不落底，真想自己私自出京去找找看。

只是就怕那小皇上一直在盯着他呢，万一给他扣顶什么大帽子，出师未捷身先死，那就完蛋了，总得找个妥当的借口才是。

"王爷！"门口传来急急忙忙的脚步声，"王爷，大好事！"

一张老脸出现在门口，宁王一看便高兴了起来："什么大好事？快快说来。"

这老者是宁王的心腹谋士，名唤秦璞，他追随宁王多年，一直忠心耿耿，是宁王的左膀右臂，荷风山庄那边，基本是他在替宁王打理。

"王爷，荷风山庄来了两位能人！"秦璞老脸放光，喜气洋洋，"有好几位江湖中人都认识他们，一个是武林里颇有名声的金花婆婆，还有一位是雪岭老怪，他们都十来年未出江湖了，这次竟然来投奔王爷，这不是大好事？"

宁王笑着点了点头："果然是大好事。"

"还有更大的好事呢！"秦璞笑着凑近了宁王的耳朵，"那位金花婆婆应该知道花瓶的秘密！"

"花瓶？"宁王有些怀疑地看了一眼，"她怎么知道花瓶的事情了？"

"还不是那杨老三与岳老四沉不住气，将那花瓶的事情说了出去，金花婆婆听了只是冷笑，说他们都是蠢货，就连这简单的东西都参不透。属下在旁边无意间听到了金花婆婆这句话，琢磨着她那意思，应是知晓其间奥秘。"

宁王一拍桌子站起来："竟然还有这等高人？速速请她来宁王府！"

玉罗刹与空空道人被人恭恭敬敬地从荷风山庄请了过来，两人算起来是第一次坐大轿,虽然没八个人抬,可前前后后有一群人跟着,前呼后拥的,实在威风。

"哎,看来宁王这气派还挺大的。"玉罗刹低声说了一句,掀开软帘瞧了瞧外边的院墙,绕着这墙走了这么久还没到正门呢,看起来这些做王爷的,在旁人口里被称作闲散王爷,可依旧还是有权有钱。

"真搞不懂,他干吗要占这么多地,还要养这么多闲人,其实这人一闭眼,不就只要一小块就够了。"空空道人摇了摇头,"这还不都是搜刮来的民膏民脂?"

大轿在正门停下,宁王亲自迎了出来,以显示对两位老前辈的尊敬,这可真是礼贤下士啊,宁王笑得脸上的肉都鼓成了两个球,自己这样诚心诚意,竟然赏脸站在大门口迎接他们,看在自己这心诚的分儿上,应该会将那个秘密说出来吧?

他不知道的是,人家就是特地来告诉他这个秘密的,就算他不屑一顾,他们也要挖空心思告诉他,一定要指引宁王去寻那批宝藏。

宁王怀着一颗激动的心将玉罗刹与空空道人请到了书房,心中直犯嘀咕,这两位老前辈不时眉来眼去,都多大年纪了,还……听说他们两人都在江湖上消失了十来年,莫非就是躲到山间过快活日子去了?

人老心不老,真是难得啊。

"两位高人,可否指点一番?"甫一落座,宁王便已经是迫不及待。

"咳咳,"空空道人咳嗽了一声,眼中显出一副空洞迷茫的神色来,"那时候我与晏家第十二代传人有过交集,当时也曾听说过他先祖留下了这只花瓶。晏家曾经派人去过寒山寺寻找埋藏的秘宝,可却遍寻不获,他那时还特地请了一批江湖人士来研究秘密,并承诺若是找到了宝藏,晏家甘愿与那些好手们平分。"

宁王有些紧张:"那有没有找到呢?"

若是已经找到了,自己的算盘岂不是落空了?

"那一次去了十几个人,我还是跟着师父一道过去长见识的,根本没资格进入议事的大堂,只听着师父说当时大家想了很久,都没有找到线索,一道去寒山寺周围又掘地三尺找了一遍,依旧不见宝藏踪影。"

"那么说,宝藏肯定不在寒山寺?"宁王长长地吁了一口气,也难怪自己的手下遍寻不获,原来宝藏真没有在那里。

玉罗刹在旁边插嘴:"师父回来一直在冥思苦想这花瓶的秘密,可却始终没有想出来,深以为憾,直到他弥留之际,忽然高喊不是寒山寺!"说到此处她停下话头,笑着摇了摇头,"师父想了一辈子,到死前才有些线索。"

宁王莫名其妙地望了玉罗刹一眼:"两位前辈是同门?你们师父除了想到不是寒山寺,还想出什么线索了?两位前辈得了指引,为何不去自己挖宝藏,却要来告诉本王?"

空空道人长长地叹了一口气,声音里充满着忧伤:"我与师妹闲云野鹤地过了大半辈子,到这把年纪了,还来跟王爷抢不成?只不过是最近听一个要好的朋友说,王爷仁心,有明君之志,若是能来帮着王爷成事,今后就连自己的小辈都能跟着沾光。我与师妹两人有一个孩子,因着从未带他下过山,不谙世事,故此我们两人害怕在我们撒手人寰以后,不知世道险恶的他无法好好生存,故此我们特地过来投奔王爷,想看看到时候能不能让我们的孩子能终身有保障。"

玉罗刹忍着没有说话,孩子,什么时候他们就有孩子了!难道是说蓉儿不成?

宁王恍然大悟:"若是前辈能指点一二,本王大事一成,必封你儿子王侯之位,派专人照顾他!"

空空道人一拱手:"王爷果然仁义!"

"那……究竟是什么线索?"宁王眼巴巴地望着,心中十分焦急,怎么说一半留一半呢,他想听的重点是那批宝藏的下落,谁耐烦听两个老家伙诉苦?

"我师父死前用手指在空中划了一个十字,然后就落了气。"空空空道人看了宁王一眼,"王爷,你可想到了什么?"

"十字?"宁王回了一句,心中默默一轮,摇了摇头,"本王不知。"

"王爷,昔时洪武年间,寒山寺合并了三寺四庵。"空空道人嘴角浮现出一丝笑容,"难道王爷还参不透其间秘密?"

宁王的眼角睁大了几分,气息也急促了起来,他闭着眼睛想了想,忽然喊出了声:"南峰寺!"

"对,就是南峰寺!"空空道人点了点头,"王爷真是聪敏,无人可及!"

宁王被空空道人的马屁拍得舒舒服服,站起身来:"老前辈,请跟本王进内院去看看那花瓶!本王一定要找出这秘宝的藏身之处!"

园子里到处一片白茫茫的,柳蓉拿着铲子和小筐子,正在奋力铲雪。

本来她以为下雪以后就能偷懒,不用出来扫落叶,没想到这要做的事情更多了,她必须将路上的雪铲得干干净净,让通往水榭的青砖露出光洁的表面来。

这下不能用千叶神功了,柳蓉有些惋惜,权当在练习臂力吧,她弯腰下来,用铲子撬住冰块,用力一提,咯吱作响,盖得严严实实的冰面上有了一条裂缝,她再用力一撬,一整块冰就被撬了起来。

柳蓉欢呼了一声,将那块冰捡起,顺手往湖面一抛,动作利索,一气呵成。

处处都能练功夫!柳蓉双手抱在胸前,骄傲地看着那一大块冰从湖面上溜着过去,噌地一下便到了湖泊的中央,看来自己的臂力又增强了。

她继续清理路面,还没直起身,就听着一阵脚步声从远处传了过来。

赶紧收敛了几分,用铲子可怜兮兮地敲打着冰面,装出一副娇软无力的样子来,敲敲打打的,好半天才将一块冰铲出来,用手捉着扔到筐子里边,这时就看到一件深黄色的织锦衣裳从自己身边擦肩而过。

柳蓉立起身来，对上了一张熟悉的脸……

那不是金花婆婆吗？她曾经用这脸冒充过这位前辈去飞云庄白吃白喝。

金花婆婆的旁边走着一位老者，柳蓉觉得有些奇怪，眼神很熟悉，似乎在哪里见过。她抱着铲子想了又想，掐着手指头算了算，心中忽然一亮，那不就是师爹嘛！那猥琐的小眼神儿，也就他能有了。

按着日期，许慕辰也该回来了，忽然间，柳蓉的心激动得扑通扑通乱跳。

前边那两人肯定是师父和师爹，师父说过，金花婆婆已经在十多年前就战死在生死门了，根本不可能重出江湖，除了师爹那做得逼真的面具，还会有谁长这副模样？

玉罗刹回头看了看柳蓉，眼中也露出了思索的神色，空空道人拉了她一把，这面具是他亲手做的，还能认不出来？"走。"他朝玉罗刹点了点头，双方心领神会。

宁王带着两人走进密室，空空道人一看那个密室格局，嘴角扯了扯，这么简单的五行之阵，还能困住高手？他提脚飞上了生门那块板，玉罗刹紧跟着飞身过去，站在门边的宁王瞧得目瞪口呆："两位高人好本领！"

"这里边的机关,算得了什么？"空空道人一把将那花瓶抄在手中，仔细看了看，"果然如此，王爷，你且来看这树丛间露出的一点牌匾，可以说是个寒字，也可以说是个南字，对不对？"

宁王点了点头："确实如此。"

"而且，王爷只用派人去看看那南峰寺附近是否有这样一条小溪，便能推知秘宝大概藏在哪里了。"空空道人指了指花瓶上的图案，连连点头，"那时候师父都没有告诉过我们，究竟这图是什么样子，现在一看，却是清清楚楚。王爷，你看看那僧人的眼睛，是望向何处的？"

宁王接过花瓶来，捧着看了好半天，这才露出了笑容来："我懂高人的意思了，秘宝就藏在那块山壁之后。"

"是。"空空道人脸上露出笑容来,"王爷真是独具慧眼。"

宁王的眼中闪过一丝狡狯,他的手偷偷地往桌子上一按,就听哗啦一声响,一个笼子从天而降,将空空道人与玉罗刹罩住。

"王爷,你这又是何意?"空空道人抓住铁栏杆,愤怒地望向了宁王,"莫非王爷想杀人灭口?"

宁王哈哈一笑:"请高人不必惊慌,我怕高人不慎将这秘密透露出去,到时候本王还没到南峰寺,就有不少人赶着过去了,故此想请两位高人在这里暂住十几日,等本王取到秘宝以后再回来放你们出去,得罪之处,还请两位高人见谅!"

"哼!王爷,你说得冠冕堂皇,可谁知道我老头子还有没有那么长的命熬到王爷回来!"空空道人指了指密室的顶部,"这里也就那几个出气的小孔吧?王爷肯定也不会让人送水送饭,你十几日以后再来,你确定我们还活着?"

宁王脸上露出了快活的笑容:"两位高人,那乌龟不吃不喝的,好几年都不会死,你们总比乌龟要强,是不是?且安心住下,本王回来以后,第一件事就是来这密室感谢两位!"

"咣当"一声,密室的门关上了,只有墙壁上的夜明珠还散发着微弱的光。

"你也真是疏忽大意,怎么就不知道站到安全的地方?"玉罗刹抱怨了一句,"这下可好了,竟然被笼子给罩住了。"

"你不是身手敏捷吗,为啥不将铁笼托住呢?还不是故意想被关进来。"空空道人哈哈一笑,"咱们可是心有灵犀啊!"

"谁跟你心有灵犀!"玉罗刹气呼呼地瞟了他一眼:"快些将这机关给破了,万一蓉儿没看出是我们来,我们还真的等着憋死不成?"

"你这样不相信蓉儿了?"空空道人一双手抱住了玉罗刹,"阿玉,刚刚好趁着没人,咱们来亲热亲热。"

"谁跟你亲热,呸。"玉罗刹挣扎了一下,只不过没有继续推开空空道人,任由他抱住自己不放手,"你害不害臊,这么年纪一大把了,还学着那些年轻男女抱来抱去的。"

"就是年纪一大把了才要抱，否则就来不及了。"空空道人寸步不让，笑嘻嘻地凑过一张老脸，"阿玉，你身上有些淡淡的香，是不是用了我给你做的那种鹅梨脂？"

"谁用那些东西。"玉罗刹白了他一眼，"我都多年没用过了。"

"哼！你年轻的时候肯定用过。"空空道人心里酸溜溜的一片，"等着出去我一定要去找那苏国公府的大老爷，看他现在变成了什么模样。我想他肯定比不上我！"

玉罗刹沉默不语，一提到苏大老爷，她心中还是有些感觉，只不过并不是当年那种情分，多年过去，早就将一片柔情给消磨殆尽，她现在只有愧疚，因着她一念之差，将柳蓉抱走，让他们父女分别了这么多年，算起来也是一笔孽债。

"阿玉，你别想太多，是我不好，又提起这些陈年往事了。"空空道人见着玉罗刹陷入沉思，一副懊悔模样，赶紧将脸贴到了她的脸旁，"以后我会好好对你的，不让你再受伤流泪。"

玉罗刹微微低头，脸上一抹绯红，淡淡的微光照着，光洁如玉一般。

空空道人有几分情动，轻轻在她耳畔吹了一口气："阿玉。"

"嗯？"玉罗刹抬头，星眸如醉。

"我……"

空空道人还没来得及说出下边的甜言蜜语，密室外边就忽然有了响动。随着一阵轧轧的响声，一线微光从门口射了进来，一个纤细的身影扶着门，看不清她的眉眼。

"蓉儿，你来了！"玉罗刹回过神来，着急地添上一句，"注意门口那块板子，千万不能踩！"

空空道人方才准备了一大堆情话，正准备滔滔不绝地诉说，没想却被柳蓉打断，心里有些失落，凉凉地在旁边说了一句："蓉儿跟我学了十多年阴阳五行，要是这个都看不出，那她也就蠢到家了。"

"不准你说我的蓉儿蠢！"玉罗刹扭住空空道人的脖子往旁边转，

"哼！你给我站一边去，蓉儿是我的徒弟，你别跟我来抢！"

"我只是说教了她阴阳五行，又没说是她师父，她喊我师爹呢！"空空道人有些委屈，只不过还是很听话地转过身去面壁思过。

"师父、师爹，你们怎么都打不过那个猪一样的宁王啊？"柳蓉跳着过来，看了看那个铁笼的位置，眼睛瞄了瞄那张桌子，在右边那一角有个雕花，微微凸起一块，她伸手按了过去，铁笼"呼"的一声收了回去。

"蓉儿，咱们快些走。"

玉罗刹迫不及待地要出去，这密室有些阴森，不知道还会有什么机关，还是早早脱身为妙。

空空道人赶紧拉住她的胳膊，楚楚可怜："阿玉，你不能扔下我。"

"师爹，你够了。"柳蓉哭笑不得，没有玉罗刹，空空道人也能出去的好吧。她一手挽着玉罗刹，一手挽住空空道人，"师父、师爹，咱们一块出去。"

空空道人心里头美滋滋的，这像不像一家三口哟？是不是很像？

柳蓉将两人送到院墙边上，告诉他们去义堂找许慕辰后，继续回来打扫路面，心里头琢磨着，宁王得了这财宝的藏身之处，只怕会赶着往苏州那边去了。听许慕辰说，宁王是不能私自出京的，要是抓到他出京的证据，许明伦就能用这个当借口把他抓起来了。

宁王会不会出京？这还是一个谜。

柳蓉觉得，宁王肯定不会放心让别人去替他取那么大一笔财宝，绝对会亲自前往，但是他却不能私自出京，只怕是会放个替身在宁王府里。

就不知道那个假扮宁王的人有没有师爹这样的好手艺了。

昨晚又下了一场大雪，柳蓉起来的时候，就见外边已经是亮堂堂的一片，雪色映在窗户上，将那一团碧纱衬得似乎要化开，深绿浅绿，在眼前跳跃。

"小蓉,你爹娘来找你啦!"林妈妈笑着在门口吆喝了一句,"他们说要给你赎身哩!"

林妈妈慈爱地看了柳蓉一眼,这小丫头能干又乖巧,自己还真舍不得她走,只不过人家爹娘终于醒悟过来,觉得卖女儿不对,要把她赎回去,一家人欢欢喜喜过大年,这可是大好事,自己也不能阻拦。

柳蓉一愣,爹娘?不消说肯定是师父师爹来看她了。

"爹,娘!"柳蓉走到门外,大声喊了一句,扑了过去抱住了玉罗刹,闻着她身上淡淡的香味,心中踏实得很。

玉罗刹伸手摸了摸柳蓉的头发,只觉得眼泪都要掉下来,这么多年柳蓉都喊她师父,此刻忽然的一句"娘",让她的母性大发,恨不得柳蓉真是她的亲生女儿:"蓉儿,是娘不好,一时没有想通,便将你卖了。前些日子你爹领到了工钱,我们合计着给你赎身,以后咱们一家再也不分开了。"

"娘,宁王府很好,不愁吃穿,还能给月例银子,蓉儿觉得这里挺不错。"柳蓉朝玉罗刹眨了眨眼睛,捏了捏她的手心。

玉罗刹有一刹那间的错愕,这边空空道人已经拉住了柳蓉的手:"闺女,咱们去外边说话,莫要打扰了旁人。"

"蓉儿,你怎么还不想出去?"玉罗刹一边走一边念叨,"许大公子在角门那里,眼睛都望穿了呢。"

"师父,昨日宁王的意思,分明是想自己去找那宝藏,我肯定得留下来查看,究竟是谁假扮了他,要是能确定宁王私自出京,也是一条罪证。"柳蓉搀扶着玉罗刹往前走,就如一对最寻常不过的母女,态度亲昵。

"咦,你说的也有道理。"玉罗刹点了点头,"那我们跟许大公子一道跟踪宁王,你就在宁王府里摸清那假宁王的底细。"

"我正是这样想的。"柳蓉笑了起来,"师父、师爹,你们跟许慕辰说一句就行。"

"你不去见他?"玉罗刹有些奇怪,蓉儿怎么就这样不将那许大公子放在心里？人家现在正挑着担子守在角门等她出去，眼巴巴地盯着园子里头，那模样瞧着就觉得可怜之至。

"师父……"柳蓉的脸红了红，扭了扭脖子，"我自然想见他，可是他与皇上来得太勤快了，东西又卖得太便宜，难免会有人起疑心，你们劝他快些回去，等着将宁王抓住了，自然有见面的机会。"

"你总得将我们送到角门那里吧？"玉罗刹瞅了柳蓉一眼，见她粉嫩的小脸上微微发红，不由得笑了起来，"你也真是的，怎么就口是心非起来？到角门瞧瞧，不买东西也就是了，何必弄得这般紧张。"

许慕辰站在门口伸长着脖子张望，守门的钱婆子手里抓着一把瓜子剥着吃，一边安慰他："今日没人出来买货也是常理，谁会想到你二十九还挑着担子出来呢，明儿就过大年了，谁都该在家里歇息着呢！"

"我是想着明日要过大年，今日再来卖一日，没想到都没有人出来。"许慕辰无精打采地看了一眼宁王府空荡荡的园子，四处都是白茫茫的一片，一阵寒风吹来，树枝上的积雪纷纷扬扬地洒落，就如扬起了一片灰尘。

"你呀，早些挑着担子回去吧，你哥哥不是说你生病了吗？就该在家里躺着歇息，怎么又出来挨冻了呢？"钱婆子盯着许慕辰看了好半日，只觉得这货郎生得实在好，就连她都怜惜他还要冒着寒风大雪出来卖货。

"咦，那边来了几个人！"许慕辰眼睛忽然亮起来，快活得发光。

雪地上走过来三个人，走在中间的那个，正是他日思夜想的柳蓉。

钱婆子眯着眼睛看了看："哦，原来是小蓉啊，今日她父母是来给她赎身的，怎么不见她带包袱出来哩？"

"妈妈，多谢你放了我爹娘进去。"柳蓉冲着钱婆子甜甜地一笑，"我可得再买些零嘴给您吃才行。"

钱婆子又惊又喜："小蓉，你可真是个好心肠的姑娘，以后咱们见不着面了，妈妈只盼你过得好，嫁个好郎君。"她伸手指了指许慕辰，

"嫁个这样的，就挺不错啦！"

许慕辰笑嘻嘻地望着柳蓉，钱婆子说得真是不错啊，他不就是最合适柳蓉的人吗？

"哼！不过是个卖货的罢了。"柳蓉瞟了许慕辰一眼，毫不留情地给了他会心一击，"我心目中的好男儿，才不是个只知道挑着货郎担，眼睛往姑娘们身上看的男人呢。"

"哟，你年纪轻轻的，咋就这么不怕羞呢！"钱婆子笑得眼睛都眯成了一条缝，"货郎，人家小蓉还看不上你呢！"

许慕辰牢牢地盯着柳蓉，拍了拍胸脯："小蓉姑娘，你可别看不起我，在下一定会做个铁骨铮铮的好男儿，保准让你满意！"

玉罗刹与空空道人看了看柳蓉，又看了看许慕辰，两人乐得合不拢嘴，这两人看起来真是相配，男才女貌，虽然柳蓉口里对许慕辰十分不客气，可看着她的眼神就知道，其实她心里头得意得很呢。

钱婆子有些迷糊，方才她不过是随口那么一说，可现在瞧着好像两个人还真有点那意思呢。她塞了几颗瓜子到嘴里囫囵嚼了两口，捡着肉吃了，呸呸呸地将壳吐出来道："货郎，莫非你挑货卖还真卖出个媳妇来了？"

"谁做他媳妇？"柳蓉朝许慕辰意味深长地看了一眼，扭身就往回走，许慕辰着急了，"哎哎哎"几声便想追上去，却被钱婆子一把拦住："货郎，你可不能进去。"

许慕辰伸手指了指玉罗刹与空空道人："他们刚不进去了？"

"他们是小蓉的爹娘，当然能进去！"钱婆子还是很忠于职守的，"你还当真以为自己是她的男人了？等着你们成亲后再说吧！"

许慕辰有些怏怏不快，自己又不能一把将这老婆子按在墙上，只能讪讪地退了出来，眼睛扫了玉罗刹一眼："听说两位是去赎女儿的，怎么又让她自己回去了？"

玉罗刹摇了摇头："丫头说了，她还想在宁王府赚些月例银子，要我们过两年再来接她。"

"是哟是哟，宁王府给下人的银子不少，每年还有四套衣裳，吃的喝的都要比家里好，也怪不得小蓉不跟你们回去，在这里她的日子可是有滋有味呢。"钱婆子继续剥瓜子，就像老鼠一样，缩在角落里窸窸窣窣。

柳蓉回到内院，林妈妈满脸带笑地迎了过来："小蓉，你决定留下来啦？"

"是。"柳蓉点了点头，"在宁王府吃香的喝辣的，还能拿银子，所以我不走了。"

林妈妈慈爱地看了她一眼，看来小蓉对她爹娘卖了她这件事情怨念很深啊，可是不管怎么样，在宁王府确实比在家里吃得好穿得好，为何不留下来呢？

"小蓉，外院要几个人过去做打扫清洗，你去吧，在那边还能另外拿一份工钱。"林妈妈对柳蓉的手脚勤快还是很满意的，派了柳蓉过去肯定不会砸场子，"你去前院找吴管事就是了，他会告诉你该怎么做的。"

柳蓉点了点头，她还正想着摸到外院去打探一番呢，此刻正好就有了个机会，可真是打瞌睡的时候有人送枕头，这下就能光明正大地去外院了。

跟几个小姐妹一道跨过垂花门，走过一条小径，刚刚转了个弯儿，就听见前边有人说话，柳蓉耳力好，将那低低的说话声也听了个一清二楚："王爷一直不见我，可这事情非比寻常，我琢磨了两日，只觉得那货郎实在形迹可疑。"

旁边那人似乎在安慰他："吴管事，您这份细心，咱们宁王府里头都没几个比得上，我方才见着王爷过去，满脸笑容，似乎有什么高兴的事儿，你再去找他说说看。"

货郎？柳蓉的心忽然就提了起来，宁王府有人注意到许慕辰了？实在是他生得太打眼了些，让人不由得侧目。她低着头与几个丫头继续往前走，才走七八步，就见着前边有两个中年男子并肩站着，那个年纪大些长着一把山羊胡子的男子望了柳蓉她们一眼，指了指前边一幢屋子道："去那边，自然有人会告诉你们怎么做。"

柳蓉应了一声，走到了屋子里头，那边有几个婆子，见她们过来，赶紧将要做的事情给交代了："明日年三十，府中一早就要祭祀，今日赶紧把这间屋子里全部清扫一遍，不仅是扫地擦窗，就是祭祀用的金银器具都要擦得亮光光的，知道了吗？"

"是。"众人拿了笤帚抹布开始干活，柳蓉自告奋勇去擦外墙，婆子瞧了她一眼，点了点头："你自己当心一些。"

柳蓉提着一桶水拿了抹布出去，那吴管事还站在走廊前头，絮絮叨叨地诉苦："王爷素来小心，只是不知道为何，这两日变得格外奇怪，连我都不肯见了。"

"唉！过年事情多，明日王爷要进宫参加除夕夜宴，大年初一要跟着皇上去祭拜祖宗，哪里还有空听咱们禀报事情，不如压一压，等过了初七八再说。"旁边那个男人劝慰着吴管事，"咱们派人到角门处守着，万一那货郎再过来，派人将他捉住盘问清楚来历便是。"

"你说得也对，我即刻就派两个强壮些的去角门守着，等抓到人再跟王爷去说。"吴管事摸了摸山羊胡须，若是真抓住了奸细，这也算是大功一件呢。

青莲色的暮霭沉沉，越来越深，畅春园里的宫灯开始亮了起来，一盏又一盏，连绵不绝，仿佛将整个皇宫都镶嵌上了一道金边。灯光在迷离的暮色中从柔和慢慢变得明亮，恍若天空中万点繁星落入人间。

今晚是除夕，照例宫中夜宴，皇亲国戚们都要来畅春园参加夜宴，这是一年里宫中最热闹的时候。

畅春园门口站着几个提着宫灯的宫女，正在窃窃私语："宁王好像比去年又老了些。"

"是呢，胖了一圈，感觉他走路更吃力了。"

"你没见他方才那目光？真是人老心不老！"一个穿着红衣的宫女撇了撇嘴，一脸嫌恶，"只往咱们胸前看呢！"

"许侍郎过来了！"有人惊喜地喊了起来，几个人赶紧站直了身子。

许慕辰大步走了过来，一脸的意气风发，黑色的大氅被北风吹起。

迈进畅春园，许慕辰就见到了宁王正坐在左侧的一张椅子后边，肥硕的身子，就像一只癞蛤蟆趴在那里。

"多谢王爷赠送的重礼。"许慕辰朝宁王拱了拱手，"受之有愧。"

宁王哈哈笑了起来："许侍郎，不用客气，你受了委屈，本王自然要安慰一二。本王还想着要给你做个大媒呢，就是不知道许侍郎准备什么时候再成亲？"

许慕辰被许明伦再一次革职，宁王觉得是个好机会，派人送了不少珍贵的东西给他，还洋洋洒洒地写了一封长信，以格外亲切的口吻表达了对这事情的不理解："许侍郎为了大周呕心沥血、日日操劳，为何皇上将你革职了？实在可惜、可惜、可惜！"

或许宁王实在想不出什么好的词语来，一连写了三个可惜，许慕辰拿了信给许明伦看："皇上，人家都在替我鸣不平呢。"

许明伦笑得格外舒爽："他那点金银财宝就能将你收买了去？慕辰，你不会让朕失望吧？"

"皇上，咱们可是多年好兄弟。"许慕辰正色，忽然想到了什么，又添了一句，"你可千万别跟我来抢蓉儿，免得伤了和气。"

许明伦的脸色一黯，什么？许慕辰与柳姑娘的感情竟然突飞猛进了，称呼都这么亲热的。许明伦嫉妒地看了许慕辰一眼，想到自己去宁王府角门那边去看柳蓉时，她一个劲儿地催着自己回宫，显然是不想跟自己多待。许明伦怅怅然地叹了一口气："柳姑娘，是个好姑娘，你可不能辜负她。"

咦，皇上的意思是不跟自己来抢柳蓉了？许慕辰大喜，朝许明伦行了一礼："多谢皇上放手，皇上以后自然能找到自己的如意娇妻。"

许明伦心里头酸溜溜的，他可真不想说放弃，就柳蓉那样机灵可爱的姑娘，到目前他还只遇到过这一个，可是既然许慕辰与柳姑娘心心相印，自己也不能去横插一杠子了，毕竟强扭的瓜不甜。

做了无数心理斗争，许明伦挣扎着祝福了许慕辰，可心里还是很惆怅的。

除夕夜宴来了不少人，皇亲国戚坐得满满的，宫娥们手捧美酒佳肴、新鲜瓜果在座位间穿梭，笑意盈盈地放在桌子上，脸若春花，粉嫩生香。

宁王一把拉住了前来斟酒的宫娥的衣袖，小宫娥吓得脸色发白，几乎要惊叫出色，旁边宁王妃跟没有看见一般，只是笑得端庄贤淑，目不斜视。

"王爷……"小宫娥战战兢兢地喊了一句，"春月还要去送东西。"

宁王伸手摸了一把小宫娥的脸，这般粉粉嫩嫩，摸上去光滑无比，真是舒服。小宫娥等他一松手，花容失色地快步跑开了，好像有鬼在追她一样。宁王瞅了一眼她的背影，有几分气愤，要是许明伦这么摸她，她肯定欢喜得不知道怎么样才好了！

当皇上就是好，这么多美人儿，随他挑选，喜欢谁陪着谁就得陪着。只不过，听说皇上有些不正常哟，宁王一想着许明伦与陈太后因着选妃一事母子不和，就觉得遗憾，这等艳福，为何不送给他？

听说皇上与许侍郎有说不清的关系，自己暗地里瞧着，果然不假。

上回他误以为郑三小姐与许慕辰情深意笃，还一心想着要将郑三小姐送进镇国将军府里去讨好这位英武过人的许侍郎，可没想到许慕辰竟然一点都不理他，与苏国公府的大小姐和离以后就过着闲云野鹤的生活，许老夫人说要给他再娶位娘子，许慕辰便索性不回家了，听说最近才在镇国将军府见到他的身影。

现在……唔……宁王看了看，许慕辰正坐在自己对面，而居正位的许明伦，貌似正情意绵绵地往许慕辰这边看，这真是秃子头上的虱子，明摆着的事情！

看着陈太后越来越阴沉的脸孔，宁王有说不出的开心，暗暗筹划，到时候他就打着清君侧的旗号起兵，口里说是要除掉许明伦身边的阴险小人，实则可以两人一并除掉！或许……宁王忽然心血来潮，暗暗地兴奋起来，或许他还能尝尝许慕辰的味道，是不是入口即化的小鲜肉！

那张脸生得比女人还美，压到身下肯定滋味不错，宁王蠢蠢欲动了起来，一只手抓紧了酒杯，眼睛盯住了许慕辰，脸色带了些潮红。

宁王妃坐在一旁，默不作声，这么多年来，她始终没有跟上宁王的思维。

当时宁王是很受宠的皇子，她刚刚嫁给宁王时，就听家中父母总在说，指不定以后她就是太子妃。

宁王娶她是因为父亲是兵部尚书，宁王妃知道得很清楚，否则以她这样的容貌，怎么会吸引这好色的王爷。成亲才三个月，太上皇就立了太子，大皇子根正苗红，是皇后娘娘嫡出，老臣们一并拥护，即便宁王的母亲当时的宠妃一哭二闹三上吊，也没能挽回这败局。

宁王做太子与做皇子，对于宁王妃来说，没有半点不同，做太子要管理他的良媛良娣，做皇子就管管他的姬妾，宁王妃对大周的锦绣江山没半点欲望。

江山再好，跟她何干？能拿来吃吗？

宁王若坐上那把金光闪闪的龙椅，便会后宫佳丽三千，宁王妃想不通自己有什么实惠。

太上皇驾崩，太子即位，才过几年就得了怪病，挣扎了几个月，很快就成了先皇，宁王妃那时候有些提心吊胆，生怕先皇驾崩跟宁王有什么联系，也怕宁王在先皇出殡的时候忽然发难，万一兵败身死，自己也要跟着陪葬。

万幸的是，没有出什么岔子，一切仿佛如常，只是宁王那些日子里眉头紧皱，心事重重。

他不会跟自己说起政事，自从自己父亲被免去兵部尚书一职，宁王就对自己越发冷淡了。宁王妃手里拿着酒盏，脑袋低垂，现在宁王府里养了三十房姬妾，她都几年没有跟宁王同床共枕过了。

要不是为了自己的两个儿子，宁王妃真想和离出府，可她咬着牙挺住了,她走了,儿子怎么办?要眼睁睁地看着被那宋侧妃虐待不成?日子再难过,也该为儿子们着想,儿子都成亲娶妻了,自己还要和离,那不是让他们这一辈子都抬不起头来了?

只是,毕竟意气难平。

方才宁王竟然胆大包天,当众调戏宫娥,宁王妃只觉得自己全身发冷,宁王做事越来越肆无忌惮,到时可不要牵连到自己与儿子……

听府里的管事婆子说,皇上虽才登基一年,就已经大刀阔斧地推行了新政,天下百姓安居乐业,个个都夸皇上仁义,天下归心。如此太平盛世,宁王还想要谋逆,那不是往死路上奔?宁王妃忧心忡忡地皱了皱眉头,强装笑颜饮了一口酒,心中苦涩。

畅春园夜宴以后,烟花骤起,乌蓝的夜空里银光流泻,一朵朵花卉在空中盛放,就如瑶池仙苑满园春。众人站在五凤城楼看烟火,城楼下边有乐府奏乐歌舞,一派繁华景象。

"你看出什么来没有?"许明伦与许慕辰并肩站在城楼上,两人窃窃私语。

"我觉得宁王略显猖狂了些,或许他以为自己得了宝藏,就能收买人心发起兵变了?"许慕辰觑了宁王一眼,见他满脸红光,一双眼睛色眯眯地盯着不远处侍立的宫娥,"竟然做出这般丑态!"

两人站在一处,言笑晏晏,在旁人看着,皇上与许侍郎的关系实在是只可意会不可言说。

"快,快些拿嗅盐给我。"陈太后心急如焚,手脚冰冷,心中暗想,无论如何,过了春节,她就要掀起一波选妃的巨浪!只要是四品以上的官员,有及笄的女儿或者孙女,不论嫡庶,只要是美貌娴静,就一律送进宫来候选。

广撒网,多捞鱼,总有一款适合他!

陈太后咬了咬牙,自己不能任凭皇上再任性下去,为了大周的江山社稷,皇后是绝对的必需品,即便皇上喜欢的不是女人,也要跟女人生了孩子再说!

许明伦觉得身上一阵发凉，转脸看过去，对上了陈太后咬牙切齿的脸。

他打了个哆嗦，母后这神色好像有些不对劲啊！

风急天高，夜色沉沉，这初二的夜晚，黑得伸手不见五指。

可就是这样的天气才适合夜间漫步，一条黑影贴着墙面走得飞快，悄无声息，一翻身就飞过了院墙，落到了另外的院子里。

书房那边灯光迷离，柳蓉飞身上了屋顶，轻轻拨开几块瓦片，眯着眼睛往里看过去。

屋子中央坐着一个人，肥头大耳，神态有几分像宁王，可柳蓉一眼就认出，这只是一个西贝货。宁王的肚子更大一些，坐在那里，肥肥的一堆肉，这人坐在椅子上还没填满，跟宁王的肥胖程度还是有些差距的。

书桌旁边站着那个叫秦璞的老者，嘴唇一张一合地在说话，柳蓉仔细听了几句："你装病就该装得像一些，老是想着吃吃吃，哪里是个病人？"

假宁王哼哼唧唧："我胃口好，想吃。"

"你别哼唧，我给你带消夜来了。"秦璞将一个盒子放到桌子上头，假宁王双眼放光："秦大人，我错怪你了，你是个好心人！"

秦璞将盒子打开，里边是一笼小包子，大约有十只，跟蒜头差不多大小："你看，我把自己明日的早餐都让给你了，你也该知足了。"

假宁王眼泪汪汪："这些塞牙缝都不够啊！"

"有得吃就不错了，还叽叽歪歪的，人要知足！"秦璞很严肃地望着假宁王，声音逐渐变得严厉，"王爷交给你的任务，你务必要做好，这些天你就在书院这边，千万不能进内院，也别打什么歪主意，王爷的姬妾，可不是你能染指的！"

假宁王忽然激动了起来："我喜欢香姬！"

"混账东西，香姬也是你能幻想的！"秦璞气急败坏，连连顿足，"那可是宁王的新宠！"

"秦大人,你也喜欢她吧?还是你将她推荐给宁王的呢。"假宁王忽然一板脸,"不要以为我不知道你们两人那点子事情!我要是不趁着这个好机会与香姬去睡几个晚上,也太对不住自己了,你敢向王爷告发我,我就先告发你!"

秦璞咬牙切齿地扑了过去,可手才落到假宁王的脖子上又停住了。

这个冒牌货不能死,皇上这些天对宁王看得很紧,昨日天坛祭天,一定要宁王跟着去,这宁王府里或许早就安插了皇上的眼线,万一不见宁王活动,那皇上定会看出破绽!

宁王府现在必须要有个肥笨如猪的胖子不时地走动走动,这个已经是最像宁王的了,自己要是把他那啥了,哪里还能找出跟宁王如此像的第二个人来?

秦璞的手停在了那里,恨恨地望了假宁王一眼,又将一双枯柴一样的手撤了回去。

"那好,你先吃了消夜,我再派人去通知香姬,说你晚上会过去。"秦璞十分无奈,这完全是没有办法的办法。

而且宁王好色,几乎每晚都要进后院,现在虽然传出去说王爷病了,可总不能每日都独宿在书房里,完全不是王爷的风格。

假宁王露出了快活的笑容,他吃力地扶着椅子扶手站起来,挪到桌子旁边,伸出肥胖的手指抓向那个盒子,忽然间目瞪口呆:"秦大人,这里的包子呢?"

秦璞一转头,盒子里空空如也,那十个包子不见了踪影。

"秦大人,你可真狠心,一个也不给我!"假宁王痛哭流涕。

"糟糕,书房里有人!"秦璞毛骨悚然。

刚刚他只跟假宁王厮打了一会儿,也没听到脚步声,没觉察到意外,怎么这十只包子突然凭空消失了?

假宁王擦了擦眼泪,也意识到了这一点,惊恐万分:"秦大人,有鬼!不可能是人!"

柳蓉一只手拿着包子捏了捏,撇了撇嘴,姐不就是个大活人?亏得下边那两只那样惊慌失措，还拼命地往桌子下边钻！

秦璞身子瘦弱，"呲溜"一声就躲到了桌子下边，而那假宁王就没这么快的手脚，他吃力地跪倒在地，手脚并用地往里面爬过去，刚刚钻进一个脑袋，在肩膀那里就卡住了，不住地蹬着两条肥胖的腿，带着哭音喊了起来："我没做坏事，别抓我，别抓我！"

柳蓉嘻嘻一笑，从身上拿出了一个小竹筒，揭开盖子，倒提着那竹筒往下边摇了摇，数只小虫子落到了书桌旁边，欢快地蹦蹦跳跳着，从假宁王的裤脚里钻了进去。

"啊啊啊啊……"声嘶力竭地喊叫声打破了夜晚的沉寂，一盏灯光亮了起来，又一盏亮了起来，顷刻间宁王府飘荡着各种灯火，有明亮的，有昏暗的，有忽明忽暗的，一齐朝书房这边奔了过来。

秦璞此时已经清醒过来，宁王不在府中这件事情，势必不能让人知道，他抓住了假宁王的手："你别露出脑袋来！"

假宁王也知道自己杀猪般的嚎叫声带来了什么样的后果，他顺从地点了点头，将脑袋埋到了秦璞的背上，以柳蓉的角度来看，那就是小蚱蜢上压了一只大乌龟，乌龟还显出一副羞涩的模样，脑袋都不敢抬。

书房的门被推开了，一群人涌了进来，个个目瞪口呆。

王爷与秦大人的姿势好奇怪啊！

王爷死命地压在秦大人身上，一副心满意足的样子，连脑袋都不肯抬一下。而秦大人眼中那绝望的目光，已经深深地表明了他方才肯定受到了某种虐待。

秦璞挣扎着从书桌下探出了半个脑袋来，声音嘶哑："没事没事，你们都回去歇着！"

没错，那声嚎叫就是秦大人发出来的！众人一脸"我懂了"的神色，飞快地退了出去，还体贴地关上了房门。

"没想到王爷这把年纪了还沾上了断袖之癖！"一个年轻男仆拎着灯笼打着呵欠低声道，"秦大人那脸色，可是十分难看！"

"我觉得奇怪的是,连秦大人这样的王爷都下得了嘴,那以后我们……"旁边的伙伴打了个哆嗦,"咱们可怎么办才好啊!"

他这话一出,众人个个心惊胆战,用手抓紧了自己的衣裳前襟,没想到,这年头就连做个安静的美男子都不行了。

正月初三的上午,天色放晴,乌云似乎被一口气吹散了一般,露出了清澈的一片蓝天。阳光从空中投下万点金光,照得雪白的地面熠熠生辉。

钱婆子坐在角门那里,屋子里头还有两个年轻力壮的男仆,三个人热了一壶酒,一边就着一碟花生米慢慢地吃吃喝喝,一边说着昨晚的怪事:"王爷这般年纪,忽然就转了口味,实在有些莫名其妙。"

"可不是?"一个男仆忧心忡忡,"以后都不敢被王爷看见了。"

"呵呵,宁王喜欢的是秦大人那样瘦筋筋的,你们不用担心。"钱婆子似乎很有把握,起身从一个小柜子里摸了好半天,才摸出几个油纸团子来,"我这里有好东西吃,五芳斋的糕点。"

两个男仆接了一个油纸包过来:"钱婆子,你可真有钱。"

"我能有啥钱?还不是那个货郎卖得便宜!"钱婆子掰开饼子,塞了点到嘴里咂吧咂吧两下,闭着眼睛道,"真好吃。"

"货郎?"两个男仆相互看了一眼,不用说,肯定是吴管事叮嘱他们注意的那个。

"是咧是咧,就是从货郎担上买来的。"钱婆子不知就里,笑得牙齿都在外边晒太阳,"两个货郎都生得俊,只不过那个弟弟更俊些。"

"两个?"男仆面面相觑,那到底抓哪一个?

"嗯,两个,加上他们那个爹,就是三个了。"钱婆子连连点头,"我都认识。"

"啊?三个?"怎么又多了一个?

"是啊,错不了,三个!要是算上他们那个叔叔,就是四个了!"钱婆子丝毫没有注意到两人头上爆出的汗珠子,笑得很开心,"说来也怪，那个老货郎与他弟弟生得都不咋样，两个儿子却这般俊。"

两个男仆不敢再问，再问只怕又要多出一个来了！

"上好的绣线胭脂水粉，五芳斋最新的糕点啦……"悠长的吆喝声铿锵有力，似乎要贯穿云端，远远地传了过来。

"来了来了！"两个男仆精神一振，相互对视一眼，很有默契地点了点头，不管是不是吴管事交代的那个货郎，来一个他们就抓一个！

许慕辰挑着担子晃晃悠悠地朝角门走过来，身后的雪地上有两行深深的脚印。钱婆子站起来，眯着眼睛看了看，伸手热情地招呼着："货郎，今日才初三，你咋就来了哩？"

"待在家中也没事情好做，不如出来走一走！"许慕辰笑着将担子放下来，"我想见小蓉姑娘，妈妈看在这新春我还出来卖货的份儿上，就放我进去吧！"

"哼！你还想进园子找人！"两个男仆凶巴巴地从角门那边的小屋子里冲了出来，"走，跟我们去见吴管事！"

许慕辰不慌不忙："你们吴管事要买货？麻烦他出来自己挑。"

"谁要买你的东西！"一个男仆恶狠狠说了一声，另外一个忽然住了嘴，"许、许……"

他曾经被吴管事派到外头去买东西，在京城街头见过一群姑娘追着许慕辰跑的情形，心中震撼无比，他那天回去后晚上做了一个梦，迷迷糊糊中，他变成了那位许侍郎，一群姑娘赶着过来讨好他，他哈哈狂笑，笑着笑着从梦里醒了过来。

从此以后，许慕辰就成了他心目中的偶像。

偶像来了，他是要上去问泡妞秘籍还是听吴管事的吩咐将偶像抓起来呢？那男仆挠了挠脑袋，一时间不知道该怎么做才好。

许慕辰一脸带笑望着他："能不能去帮我找下做粗使丫头的小蓉？"

"好好好……"男仆赶紧应了一声，乖乖转身。

"哎哎哎，你、你、你……怎么跑了？"同伴大喊了起来，"快来抓他啊！"

没有人回答他，离开的那个跑得比兔子还快，一瞬间就没影了。

## 第十三章 彼此确定心意

小小的院落里爆发出阵阵笑声,似乎能将树枝上的雪震下来。院子里头坐着一群丫鬟婆子,正围着火堆说话。

"小蓉,小蓉!"门口探进来一个脑袋,林妈妈站了起来,"你怎么到内院来了?"

"有个货郎在角门要找小蓉!"那男仆笑了笑,又贪馋地看了一眼那边,好多小丫头,个个生得眉清目秀,看着都养眼。

柳蓉站了起来,心里有些欢喜,许慕辰自从二十九露了面,再也没有来过,肯定是事情比较多腾不出空来。宁王已经动身去了苏州,柳蓉原以为许慕辰会跟着过去的,却万万没想到他今日竟然还能过来。

院子里的小丫头们听说货郎过来了,纷纷站起来要去买些零嘴回来吃。

那年轻货郎卖的东西便宜,又生得实在俊俏,小丫头们个个都想要再见他一面,这可是个大好时机。

林妈妈见着转瞬间院子就空了,不由得摇了摇头,这群小丫头,十四五岁的年纪,就已经是春心萌动了,见着长得好看的男人,眼睛都能冒出光来。

柳蓉与小伙伴们一起快乐地奔跑在雪地上,心里头美滋滋的,有几日没见许慕辰,心里头颇有几分想念,晚上睡觉的时候,闭上眼睛,脑子里就是那张脸在晃来晃去。

自己什么时候对他有了不同一般的感情？柳蓉想了想，觉得应该是自己给他下药，将他引以为傲的那张脸毁得面目全非的时候，弱者总是能受到更多的同情，自己对他的那一丝丝愧疚不断扩大，慢慢地竟然也就心里有了他。

只不过许慕辰也没什么不好，柳蓉勾了勾嘴角，除了那张脸生得俊是个致命的缺陷，其余算起来还是个五好青年呢。

五好青年正意气风发地站在门口，而那个叫嚣着要把他上交给吴管事的男仆，正躺在雪地上，哎哟哎哟叫个不停，他的脑袋刚刚抬起来，就被热情如火直奔五好青年而去的小丫头们踩了下去，好不容易又挣扎着起来几分，身上又被踏上一脚。

我容易吗我？那男仆被连踩数下，最终放弃了挣扎，摊手摊脚躺在那里，就如一张被踩扁的纸，在雪地上形成了一个硕大的"大"字。

"小蓉！"见到柳蓉，许慕辰非常激动，"我本来要来陪你过除夕的，只是除夕那日要去宫中参加夜宴，没有法子……前日和昨日，皇上喊了我过去议事，后来我还要安排人跟踪……"

柳蓉瞪了许慕辰一眼，身边全是宁王府的丫鬟婆子，他说得这般肆无忌惮，不大好吧？

小丫头们竖着耳朵正听得仔细，一个个惊喜万分地嚷了起来："货郎，是不是你卖的东西价廉物美，连皇上都知道了？"

那个去喊柳蓉的男仆赶紧为偶像澄清："他才不是普通的卖货郎呢，他是镇国将军府的长公子，刑部侍郎许大人！"

"哇，好赞！"丫头们眼睛里冒出了粉红色的心形泡泡，"难怪一见这货郎就觉得他不是寻常人，原来竟是闻名京城的许侍郎！"

"是啊是啊，早听说许侍郎是京城八美之首，果然，名不虚传！"有小丫头激动得一张脸都红了几分，"许侍郎，我喜欢你！"

"喜欢个屁啊！"躺在地上的那个男仆终于匀过气来，支撑着将上半身抬了起来，"人家可是高门大户里的公子，又是堂堂的侍郎，能看得上你吗？"

小丫头奔过去，抬起脚恶狠狠地一踩："我喜欢他，又没说他要看得上我！我心里喜欢一个人不行吗？关你什么事！"

这角门处一时间热热闹闹，全是小丫头们叽叽喳喳的声音。

柳蓉似笑非笑地望着许慕辰，这人可真能招蜂引蝶，心中暗地掂量了下，五好青年与这张俊脸，哪个比重更大。

"小蓉，怎么了，你为何笑得这般古怪？"许慕辰顾不上身边一群花痴状的小丫头，心中慌慌的，看着柳蓉嘴唇边的笑容，他心中就有不妙的感觉。

不妙，大大的不妙！

"我觉得，你有这么多人喜欢着，还找我出来做甚？"柳蓉伸手指了指那一群满眼放光的小丫头，哈哈一笑，"许慕辰，你莫非要一网打尽不成？就让我做一条漏网之鱼不行吗？"

许慕辰没有反应过来："什么意思？"

柳蓉白了他一眼，转身就走，钱婆子不住地叹气："什么意思都不知道。小蓉是说你的桃花运太旺，她不高兴啦！"

许慕辰张大了嘴巴站在那里，这不关他的事啊！全是那些人自己扑了过来的，怎么这笔账都算到他头上了呢？呆头鹅一样站在那里，看着柳蓉的身子越走越远，许慕辰猛地反应了过来，纵身一跃，身子飘出去数丈之远。

"好帅气……"小丫头子们张大了嘴巴，一双双眼睛瞪得溜圆。

"小蓉，小蓉！"许慕辰心急如焚，急急忙忙赶上了柳蓉，双手挡住了她，"你怎么都不给我一个说话的机会？"

"好，你说。"柳蓉停住了脚步，笑微微地看着他。

"我……"许慕辰摸了摸脑袋，这话题真是久远，从哪里说起才好？

他五岁进宫做伴读，刚刚进宫，当时的陈皇后就一把抱着他不肯放手："哟哟哟，长得跟粉团子一样，快来和本宫说说话。"

那时候许慕辰只觉得心里美滋滋的，能得到皇后娘娘的喜欢，那是何等的荣光！等长大些，到了十五六岁，宫里的宫女、府中的丫鬟，一个个都追着他看个不停，甚至有一次一个宫女粗鲁地一把推倒他，对他上下其手，想要占些便宜。

他跳了起来，将那宫女抓住扔出去很远，从此以后，宫里头就没有人再敢打他的主意了，只不过他与许明伦的传说就越传越远，甚至连当时的皇后娘娘都觉得十分担心，以至于每次他前脚刚进宫见许明伦，后脚皇后娘娘必然要跟着过来，将他当贼防。

再后来，许明伦登基，为了不让宁王怀疑，他变成了一个浪荡子弟，一上街就引得一大群姑娘追着跑，可那真不是他的本意啊，那是皇上授意的！皇上要他变成这样，以防宁王太警醒，觉得他们两人乃是新锐的对手，会万分小心。

这计策看起来成了一半，可却把自己给陷进去了，许慕辰一双眉毛皱得紧紧地："小蓉，真不是我的错。"

这番诉说真是血泪史一部！

柳蓉同情地看了看许慕辰，很认真地问："那个宫女怎么能把你扑倒？"

"她说皇上找我，我跟着她走了一段路，没想到她忽然转身将我推倒了。"许慕辰老老实实地回答，不敢说谎。

"哼！我才不相信，你身手那么好，竟然会被她随意就推倒了，分明是自己想倒！"柳蓉的眼睛睁得溜圆，"你以为我是傻子不成？"

"那是……"许慕辰痛心疾首，"那宫女太会选择位置了，最狭窄的过道处，旁边是密密麻麻的紫藤花，而且，事出突然，我就算想施展轻功，也没地方躲！"

显然柳蓉不相信他的话，白了他一眼，大步朝前走："你骗鬼呢。"

许慕辰只能拔足狂追，两人一前一后在宁王府里开始捉迷藏。

"哇，为什么小蓉也跑得这样快？一转眼就没了身影！"围观群众发出了啧啧惊叹，"他们两人果然相配，都是脚下生风！"

许慕辰紧紧跟在柳蓉身后,分明见着他与她只有一臂的距离,可就是追不上。从后边看,她娇小玲珑的身子灵活得跟兔子一样,几转几拐,行走如风。

"我知道,你一定是在吃醋!"许慕辰灵机一动,大喊了一声。

柳蓉脚下一滞,许慕辰说的什么话?什么叫自己在吃醋?自己为啥要吃醋?他可真是自我感觉良好!

高手过招,不能有半分马虎,柳蓉这稍稍停顿,就给了许慕辰机会,他终于赶上了她,一把抓住了她的胳膊:"蓉儿,你听我说!"

蓉儿?柳蓉错愕地看着许慕辰,他对她的称呼由苏锦珍变成柳姑娘,等她进了宁王府以后便成了小蓉,现在怎么又变了?

这称呼真腻,柳蓉心里颤了颤,这是师父师爹喊自己的,从许慕辰嘴里喊出来,她也是醉了。

"蓉儿!"许慕辰见柳蓉愣在了那里,趁热打铁,"我喜欢你。"

"喜欢你的人多着呢。"柳蓉歪了歪嘴角,"许慕辰,求放过。"

"蓉儿,你别这副样子,我知道你心里肯定也是喜欢我的。"许慕辰振振有词,"要不然你怎么会跑开?肯定是受不了那么多姑娘围着我。"

"臭美啊,你!"柳蓉气呼呼地使劲挣扎,"许慕辰,你放开,本姑娘才不跟你腻歪!"

"可我就是要跟你腻歪。"许慕辰死死地抱着柳蓉不放手,李公子的高招是胆大心细脸皮厚,正是要紧关头,他一定要拿出来试一试!

"放开手!"

"不放!"

"放开!"

"我就是不能放!"

"快些放开啦!"

"不行,我就想这样抱着你!"

"好吧,不放就不放!"柳蓉咬了咬牙,两人在比内力呢,两双脚已经一寸寸地将地面都踩塌了几分,可许慕辰还是不肯放手。

说实在话,要单纯比内力,许慕辰肯定不及柳蓉,从小柳蓉便由玉罗刹督促着苦练武功,加上终南山里那珍奇的云棕树果,她从小到大当零食吃,还有空空道人不时精心烹饪一些进补的汤药过来……诸种原因,许慕辰要想赶上柳蓉,那是绝对不可能的。

只不过,柳蓉暗戳戳地想,许慕辰的怀抱真温暖啊,大冬天的有人抱着相互取暖,真舒服啊,特别是抬头就看到一张俊秀的脸,赏心悦目啊……

算了,他喜欢抱着,就让他抱着吧,柳蓉决定不再挣扎,有人愿意送上门来当暖炉,不要白不要!只不过这大白天的,就在园中相互抱着,好像有些羞羞脸的感觉啊,要不要提议晚上再来抱?

好像也很不妥当,许慕辰会以为自己有什么别的意思,晚上……柳蓉的脸瞬间就红了。

"蓉儿,怎么啦?"许慕辰发现柳蓉忽然有了娇羞的模样,心中大喜,李公子教的招数真管用,自己要给京卫指挥使司去说说,以后减去李公子一半的训练量——做人要有良心,滴水之恩当涌泉相报,更何况这可不是滴水之恩,而是关系到自己的终身大事啊。

"许慕辰,你也不看看场合。"柳蓉嗔怨地说了一句,话才出口,她就不由得打了个哆嗦,这话是自己说出来的吗?怎么变得软绵绵娇滴滴的了?她本来是打算神清气爽,用虎虎生威的声音,可是这扭扭捏捏,好像从喉咙里挤出来的声音是怎么一回事?

这话分明是在暗示他什么,许慕辰放眼看了下周围,一群宁王府的下人正站在不远处围观,已经有热情的观众振臂高呼:"在一起,在一起!"

"蓉儿,你听到了没有?她们都在喊让我们在一起。"许慕辰大胆了几分,颤抖着将自己的头轻轻贴了过去,把嘴唇印上了柳蓉的额头。

柳蓉猛地跳了起来:"她们说让我们在一起,我们就一定要在一起?

哼！"

许慕辰痛苦地摸着下巴："牙、牙齿要被撞断了！"

"啊？"柳蓉有些紧张，许慕辰说话的声音真的好像在漏风呢，她伸出手去摸了摸许慕辰的下巴，"对不起！是我不好，我应该……"

话音未落，她的身子又被两只手环住，许慕辰含含糊糊地耍赖道："蓉儿，你必须得赔偿我！好歹我也是个帅哥，门牙撞掉了，那不跟老头子一样了？"

自己好像真有些对不住他哎，柳蓉心里有几分愧疚，低声说了一句："那你准备要我怎么赔你？"

"亲我一下。"许慕辰指了指自己的嘴唇，"你的脑袋撞痛了它，当然要来亲亲它，让它舒服一点。"

"亲了它就会舒服？"柳蓉疑惑地看了看许慕辰，忽然笑了起来，"你把我当傻子呢，许慕辰，你真是想得美，看我不一巴掌扇死你！"

"别别别……"许慕辰猛地低头，在柳蓉嘴上啄了一下，拔腿飞跳开，大声高喊，"谋杀亲夫啦，啦啦啦……"

"许慕辰，你别跑。"柳蓉又羞又气，赶着许慕辰往外边跑，"该死的许慕辰，竟然敢偷袭我！"

"许大人，许大人！"从角门那边涌进了一群官兵，"宁王果然是假的，已经被拿下了！"

柳蓉停下了脚，打闹归打闹，可不能让许慕辰在他的部下面前失了脸面，她站在一旁看着许慕辰处理事务，有板有眼，方才那嬉皮笑脸的模样已经不翼而飞，不由得也佩服了几分，许慕辰这般年纪轻轻，就能做到刑部侍郎，许明伦无疑是个助力，但也须他自己有本事，看他的手下都是一副唯他马首是瞻的模样，说明许慕辰还是有自己的长处。

许慕辰将事情都布置好，转头看了看柳蓉，面色沉静："蓉儿，我不逗你了，你要怎么样就怎么样，如何？"

柳蓉也愣住了，许慕辰如此诚恳，自己还真不好拉下脸来训斥他，两人面对面站在那里，头顶上有细细的雪花末子纷纷洒落。

"小蓉，小蓉！"玉坠从那边走了出来，手里头拎着两个包袱，"我把你的东西一并收拾好了，咱们可以回去了。"

"啊？"柳蓉吃了一惊，恋恋不舍地看了看园子，"宁王谋逆，应该不会跟那些下人有什么关系吧？皇上会不会满门抄斩？"这么些天来，她与林妈妈她们相处十分融洽，真不忍心看着她们因着宁王受到牵连。

"你想多了。"许慕辰笑了笑，"皇上是明君，宁王谋逆是他的事情，他的党羽肯定是要清算，但跟这宁王府的下人有什么关系？皇上肯定不会这么做的，他还想收买民心呢，怎么会做这样滥杀无辜的事情。"

"那就好。"柳蓉瞬间快活起来，接过玉坠手中的包袱，"我实在想回去见师父师爹和大顺了！"

"你师父师爹追着宁王去了。"许慕辰简单地说了一句，"你就在义堂里照顾大顺他们吧。"

回到义堂，大顺很开心："姐姐，你总算是回来了！"

柳蓉伸手摸了摸他的脑袋："你想姐姐啦？"

大顺点了点头："想，好想姐姐呢。"他伸手在衣裳兜里摸了摸，掏出了一个小荷包来，"姐姐，你看，这是许大哥给我们的吉利钱！姐姐也有，许大哥给了我，让我转交给姐姐！"他伸手拉着柳蓉就往屋子里头走，"我帮姐姐收好了。"

一个淡绿色的荷包，上边绣着一枝寒梅，口子由五色丝线镶边，下边垂着淡黄色的穗子，一束一束，整齐而光滑。将锁口的绳子拉开，里边有两张纸，柳蓉将那两张纸拿出来一看，一张是银票，四通钱庄，大周通用，一万两。

"姐姐，怎么许大哥不送你银子啊？"大顺还不认识字，见着只是两张纸，非常失望，"我还以为许大哥会给你一个大银锭子呢。"

柳蓉的脸色微微一红，赶紧将银票折了起来，师父每年除夕都会给她吉利钱，一般是一个小银锭子，做个新春好彩头，像许慕辰这般大手笔一出手就是一万两的,实在让她觉得吃惊,这也太多了些!

大顺攀着柳蓉的手一个劲儿地往另外一张纸上瞅:"姐姐,这个字是不是子?"

柳蓉低头看了看,纸上写着四句古诗:青青子衿,悠悠我心,但为君故,沉吟至今。

"是不是?我认得那个字!"大顺的手指着"子"字,勤学好问。

柳蓉心里扑扑直跳,将那张纸揉成了一团,朝大顺点了点头:"对,大顺真聪明,就是个'子'字!明年姐姐请先生来教你们念书,大顺就能认识更多的字了呢!"

"太好了太好了!"大顺欢呼雀跃,"明年我就能念书啦!"

好不容易将大顺打发走,柳蓉又将那个纸团子展平,上头已经是皱皱巴巴的一片,四行字似乎要从纸上跳出来,一直跳到她心里去。视线不住地在那纸上逡巡,越看得久,心里就越慌慌的一片,伸手抓住了自己的衣襟,柳蓉忽然间觉得自己快要喘不过气来。

第一次接触到这种字眼,虽然不说火辣辣,可却依旧让她不由自主地颤动了起来,似乎有人拨动了她的心弦,那嗡嗡嗡的声音不断,汇集成一种说不出的欢快音律在耳边回旋。

自己为啥会这么心浮气躁呢?柳蓉用力喘了一口气,以前师父也教过她诗歌,没哪次像今日这般反应大的。柳蓉伸手摸了摸自己的额头,只觉得有些发烫,整个人也迷迷糊糊的,好像意识不清楚。

"糟糕,不是感了风寒吧?"她想到今日与许慕辰两人站在寒风里,就在那胡泊之畔拉扯了好一阵子,是不是伤了风?柳蓉就势往床上一趟,拿着信笺的手哆哆嗦嗦抖个不停,看起来自己还病得不轻呢。

到了晚上许慕辰才知道柳蓉得病的事情,他押着假宁王秦璞之流的人在刑部,审讯了大半日,又进宫向许明伦回禀进程,到了要用晚饭的时候,这才在陈太后疑惑的眼神里飞奔着出了皇宫。

太后娘娘,我可真没有染指皇上的意思,许慕辰心中如有千万匹那个啥呼啸而过,为何太后娘娘看他与皇上的眼神那般奇怪?他喜欢的人是蓉儿，真的不是他的好兄弟许明伦啊！他很正常，不正常的是那些自以为正常却说别人不正常的人！

许慕辰没有回镇国将军府，而是骑着马飞奔着来了义堂，才进门，蹲在走廊下边的大顺就飞奔着过来哭着道："呜呜呜，许大哥你终于来了……"

见大顺哭得伤心，许慕辰赶紧翻身下马："大顺，怎么啦？"

"姐姐、姐姐……"大顺哽咽着擦了擦眼泪，"姐姐病了！我给姐姐去请大夫，那个福寿堂的薛大夫说，他才不会来义堂给人看病呢。"

"什么？"许慕辰吃了一惊，"蓉儿病了？竟然还有人不肯过来给她看病？"他气势汹汹地转过身，飞身上马，扬起了鞭子，"我去去就来！"

两盏红色的灯笼低低地垂在屋檐下边，昏昏暗暗的灯透过那层纱照了下来，就像没有睡醒的人，眼睛半睁半闭，一排木板竖得整整齐齐，一溜儿的暗褐色，在这将暮未暮的傍晚时分显得有些老气。

旁边一扇小门开着，从外边看过去黑黝黝的，许慕辰翻身下马，大步走了过去，伸手在门板上拍了两下："伙计，有大夫否？"

小门里伸出个脑袋来，看了许慕辰一眼，见他锦衣华服，立即神色恭敬起来："这位公子，可是家中有病人急需大夫？"

许慕辰傲然点了点头："薛大夫在否？"

"在在在。"伙计点头哈腰，从里边请出了薛大夫，"来了个富家公子，诊金肯定足足的！"

薛大夫听了心中高兴，赶紧背上行医的袋子，屁颠屁颠地走了出去。到了外边见着许慕辰，俊眉星目，穿着云锦长袍，外边还披着一件大氅，更是笃定，今晚肯定能捞不少银子，就冲他那件大氅来看，可不是一般的富家公子！

"公子，不知道贵府在哪条街上？"薛大夫一拱手，抬起头来时心里有些犯嘀咕，怎么这公子身后没有跟着马车呢，难道要自己走路过去？

许慕辰一探身,伸手抓住薛大夫的腰带,将他提了起来,薛大夫还没弄得清怎么一回事,瞬间就四脚悬空了,他奋力地挣扎着划拉了两下胳膊:"公、公子……你、你、你……"

"我来请你去看病!"许慕辰扬鞭打马,一只手捉着缰绳,一只手拎着薛大夫,才一会儿工夫,就消失在街道拐角处。

店伙计这时才如梦方醒,大喊了起来:"快来人啊,有强盗劫了薛大夫!"

许慕辰拎着薛大夫到了义堂,将他往地上一扔,薛大夫连滚带爬,好一会儿才站了起来,战战兢兢地望着许慕辰,抱着走廊柱子不放手:"公子,我们家没什么银子,开个药堂一年到头也赚不到几个钱,你要是想绑架勒索,最多开口要一万两,超过一万两家里就出不起啦!"

"哼!"许慕辰上前一步,薛大夫吓得脸色都发白了:"两万、两万……到处借钱还是可以凑满的。"

"谁要你的两万两银子!"许慕辰看着薛大夫那老鼠胡须不住在发抖,心中就有些厌恶,"两万两银子我还没看在眼里!"

"难道公子想要三万吗?"薛大夫见着许慕辰步步走近,闭上了眼睛号啕大哭起来,"五万,我有五万两银子放在床下的暗格里!还请公子高抬贵手放过我!"

"谁在这里嚎呢?"柳蓉躺在床上,本来就有些心神不宁,听着外边有人凄厉的惨叫,怒气冲冲地走出来,"本姑娘想好好睡一觉都不行!"

薛大夫头昏脑涨,这边被俊秀公子步步紧逼,那边又来了只母老虎,虽然这母老虎长得挺清秀,可现在薛大夫看起来,完全是张着血盆大口想要扑过来吃掉他——这义堂里收留的都是孤寡老弱和一些无父无母的孤儿,肯定是他们没银子办不下去了,这才将他捉过来的!

早一个时辰有人来药堂请他来这里给人看病,他嫌着没油水,不来,没想到原来是这些人早就设好的圈套,想将他扣押到这里,让家里拿赎金过来买人!薛大夫痛哭流涕,这么多年辛辛苦苦攒下来的银子,眼见着就化作了滔滔江水,一去不回头了,好心痛啊!

见着柳蓉出来,许慕辰心中欢喜,走进她身边关切地看了一眼:"蓉儿,听说你病了,快让这位大夫把下脉。"

薛大夫听到"把脉"两个字,停下了鬼哭狼嚎,疑惑地看了看柳蓉,难道真的是请他来看病的?可这位姑娘瞧着也不像是生病的样子,方才吼他的那一声,可是声如洪钟,中气十足得很呢。

"原来公子真是让在下来看病的?"薛大夫小心翼翼地问了一句。

"不然呢?"许慕辰白了他一眼,"谁让你狗眼看人低,开始去请你,竟然不肯来。"

薛大夫摸了一把额头上的汗,连连点头:"是是是,小人有眼无珠,不该嫌贫爱富,应该有医者父母心,哪里都要去。"

柳蓉甩了甩手走了进去,本来自己觉得好了不少,可一见到许慕辰,就有些不自在,气息都急促了起来。她坐在床边稳了稳心神,看着薛大夫跟着大顺走了过来,连忙摆手:"我该是今日伤了风,不用把脉了。"

"怎么能不把脉呢?既然都请了大夫过来,自然要好好瞧瞧。"许慕辰跟着走了进来,脸上有着焦急神色,"蓉儿,你可不能忌医!"

柳蓉望了许慕辰一眼,乖乖地将手伸了出来:"好吧,有劳大夫了。"

薛大夫将手指搭在柳蓉的手腕上,仔细诊了一回,眼中流露出疑惑的神色:"这位姑娘的脉象有些奇怪,从望与闻来看,面色红润,身体也没有发热,该没有生病的,可她这脉象却实在古怪,时而快时而慢,就跟在弹琴一样,高高低低起起落落,在下无能,实在弄不懂这是什么怪病了。"

"什么?"屋子里头另外三个人都惊叫了起来,"怪病?"

薛大夫连连点头:"不错,在下行医也有不少年了,可还从没有见到过这般奇怪的脉象。"

"呜呜呜,姐姐,我不要你死!"大顺抱住了柳蓉,放声大哭起来,他本是无父无母的孤儿,好不容易才遇到这么好的姐姐,她怎么能死呢?大顺抱着柳蓉的胳膊,冲着薛大夫怒吼了起来,"我姐姐没有得病,全是你这老头子在胡说八道！"

"是是是，我在胡说！"薛大夫拎着那药袋子，将许慕辰拉到一边低声道，"公子，你还是去另请高明吧，这病可不能拖啊，越拖就越难治了！"

许慕辰沉重地点了点头，迈开步子就往外走，他决定进宫去请太医。

听说柳蓉得了怪病，许明伦也急得像热锅上的蚂蚁，恨不能插上一双翅膀飞出去见她："小福子，快去将太医院里几位医术最好的御医请去义堂！"

许慕辰长长地舒了一口气："多谢皇上！"

"慕辰，朕想去见她。"许明伦的眉头皱在一处，一颗心似乎被人揪得紧紧的，大气儿都不能出。

"皇上，你要想想自己的身份。"许慕辰出言提醒，"堂堂九五之尊，如何能随意出宫去看望一个平民女子？"柳蓉是他的，许明伦能少见一次就是一次，许慕辰心道。

许明伦颓然倒在椅子里，口中喃喃有声："朕知道，朕知道，可朕就是放心不下。"

"皇上，"许慕辰见着许明伦那模样也有些难受，伸出一只手放到他肩膀上安慰着他，"皇上，你只管放宽心，有首席御医去了，蓉儿不会有事的。"

"许侍郎，你不要太放肆！"门口传来一声怒斥，两人抬头一看，陈太后正愤怒地盯着许慕辰那只手。

"呃……"许慕辰赶紧放手，"太后娘娘安好！"

"安好安好！哀家还能安好吗？"陈太后哆哆嗦嗦地指着许慕辰，"许侍郎，哀家限你一个月之内速速成亲！"

"一个月？"许慕辰摸了摸脑袋，"准备聘礼的时间都不够呢。"

"不管怎么样，一个月里你一定要成亲，若是你找不到合意的小姐，哀家来给你赐婚！"陈太后咬牙切齿杀气腾腾。

许慕辰脑中灵光一现，哈哈大笑起来："太后娘娘，一个月内慕辰一定会请你来赐婚的！到时候太后娘娘一定要下旨才是。"

"请哀家赐婚？"陈太后将信将疑地看了许慕辰一眼，"许侍郎，这是你的真心话？"

"真心话，再真心不过了。"许慕辰拱手行了一礼，"还请太后娘娘成全。"

"好好好。"陈太后脸上这才有了些许笑容，"那哀家就等着你带那位小姐进宫，哀家亲自给你们赐婚。"

许慕辰浑身轻松地出了宫，快活得哼起了小曲儿来。

柳蓉虽然真实身份是苏国公府的小姐，可是她似乎根本就不想回去认回自己的父母，以她现在的身份地位，要想嫁进镇国将军府，只怕是困难重重，不如求了太后娘娘赐婚的懿旨，这样家里就不会有人反对了。

人逢喜事精神爽，许慕辰骑着马一溜烟回了义堂，院子里亮堂堂的一片，到处都是灯笼，照得四周都明晃晃的。院子中央坐着不少老人孩子，从宫里请来的御医们正在给他们诊脉，一派热火朝天的场面。

许慕辰有些奇怪，大步走了过去，揪住大顺问："你姐姐呢？御医怎么说？"

大顺满脸都是笑容："好几个御医都给姐姐看过了，都说姐姐身子好得很，没病！"

"啊？真的吗？"许慕辰也高兴了起来，长长地出了一口气，可心里却依旧还是有些不放心，眼睛四处张望着，就见柳蓉端着一个托盘从厨房那边出来，上头放着新沏的茶水，热气腾腾。

"蓉儿！"许慕辰大步走了过去，将那托盘接了放到走廊的桌子下边，一把拉住了柳蓉的手，"你没事？再让御医看看，我要亲眼看着御医给你把过脉才放心。"

王御医笑着看了许慕辰一眼，看起来这位许大公子是喜欢上了这位柳姑娘啦！许慕辰是皇上面前的红人，他不敢扫了他的面子，赶紧伸手搭住柳蓉的脉门。

"咦?"王御医低低惊呼了一声,刚刚柳姑娘分明还好好的,脉象平稳,现在却十分紊乱,实在是莫名其妙!

"怎么了?"几位御医都停下手中的活计,凑了过来,"哪里有什么不对?"

王御医指了指柳蓉的手腕,磕磕巴巴地说:"各位且来一起会诊。"

众人有几分好奇,一个个替柳蓉诊过脉,脸上也流露出了惊奇神色:"方才分明还是好好的,为何现在脉象又这般玄妙了?"

大顺在旁边钻出个小脑袋,友情提供线索:"我姐姐生病,是从她收到许大哥的信开始的,许大哥给我姐姐留了个荷包,里边写了几句诗,我姐姐看着看着就脸红了。"

几位御医都神情严肃地望向许慕辰——原来罪魁祸首就是他!

只不过想想当年许侍郎走马经过京城的大街,不少姑娘追着喊着要送瓜果鲜花给他,实在是已经有这前科了,许侍郎写给柳姑娘的,肯定是情意绵绵的话,否则柳姑娘怎么会忽然就方寸大乱了。

王御医的目光从许慕辰与柳蓉交握的那手上扫过去,不住顿足,心中暗呼"坑爹",这不明摆着柳姑娘是见了许侍郎才会有这脉象紊乱之症吗!

"许侍郎,你放心,柳姑娘得的病我知道了。"王御医摸了摸胡须,得意扬扬,"此病名唤相思,这治病的药,就是许侍郎你啊。"

许慕辰早就从大顺的话里琢磨出了柳蓉的病情,听着王御医这般说,高兴得一抱拳:"多谢王御医指点迷津!"

柳蓉又羞又气,转过身就往后院跑,许慕辰赶紧追了过去,大顺也想跟着跑,却被王御医一把拉住:"你跟着去做甚?许侍郎要给你姐姐治病呢。"

"许侍郎又不是大夫,他怎么会治病?"大顺只是不信,手舞足蹈想要跟着过去,他个子虽然小,可却有劲,跟小牛犊子一般,眼见着王御医就要拉他不住。义堂的管事赶紧跑了过来,两只手一合抱,就将大顺扛上了肩头:"走走走,我带你出去转转。"

许大人正是追妻的要紧关头,怎么能让人去打扰呢?

今晚,天空中依旧没有月亮,只有一线微光从那冷冷清清的星子上闪出来,义堂的后院,空荡荡的一片,靠着墙放了一排武器,大刀长枪长棍,被星辉映着,闪着点点寒光。

"蓉儿,你别跑。"许慕辰拔脚追了过去,将柳蓉逼到了院墙那边,"你怎么也不等等我?"

"等你做甚?"柳蓉瞄了他一眼,"我想一个人到后边院子透透气。"

"你不等我怎么行?"许慕辰笑嘻嘻地凑过去,"没听王御医说,你得的病必须由我来治?我不来,你的病怎么才能好?"

柳蓉哼了一声,心里头微微有些甜:"胡说八道什么?王御医分明说你是药,你还敢凑过来?小心我将你剁碎了熬药喝!"

"只要能治好你的病,我粉身碎骨也无所谓!"许慕辰的心也是扑通扑通乱跳,这样的情话,他还是第一次说出口,自己都觉得自己油腔滑调了,只不过想想李公子的教导,他决定继续脸皮厚下去,"蓉儿,来,你下嘴吧。"

清冷的星光照着一张俊秀的脸,可嘴里说出的话却让柳蓉情不自禁地打了个寒战:"许慕辰,你够了。我不想跟你说话了。"

"够了?"许慕辰很开心,一把抱住了柳蓉,"既然你不想说话了,那该轮到我说话了!"

"你有什么要说的?"柳蓉只觉得落入了一个大火盆子,全身都被烘烤得热乎乎的。

"我还是要说那四个字,我喜欢你!"许慕辰伸出手捧住了柳蓉的脸,猛地一低头,就触到了她的嘴唇,"蓉儿,我喜欢你,真的很喜欢你。"

"唔唔唔……"柳蓉有些惊慌失措,第一次有个男人这般粗暴直接地亲上了她的嘴唇,在她还没来得及说话之前,就有热乎乎的一团贴了过来,她挪了挪脑袋,想要避开一些,许慕辰穷追不舍地追过来,两只手将柳蓉抱得紧紧的,让她半分也动弹不得,"蓉儿,你别躲着我,我知道你心里是喜欢我的。"

"许慕辰!"柳蓉终于忍无可忍地喊出声来,"你可真是自恋。"

"不是我自恋,是你的脉象出卖了你。"许慕辰一把攥紧了柳蓉的手。

暖乎乎的温度将柳蓉包围,许慕辰的目光就如那漫天的星光一般,落在了她的眼眸里,两人相互对望着,慢慢地,鼻尖越来越近,最终贴在了一处,成了密不可分的一个整体。

她的呼吸融合在他的气息里,细细而短促,夹杂着说不出来的甜蜜:"蓉儿,以前都是我不对,我有眼无珠得罪了你,请你原谅我。"

柳蓉想撇嘴笑,可嘴唇被许慕辰压得死死的,还不住在辗转,那火热的一份情,随着他由浅至深的亲吻慢慢地传送了过来,从她的唇瓣落入了她的心田,就如炙热的熔岩,她觉得好像全身都燃烧了起来。

北风呼啸,可却阻挡不住那如火的激情,他们站在白雪皑皑的后院,不用任何言语,从彼此的目光中就能感受到对方的心意。

那个晚上,许慕辰终于赢得了柳蓉的心,可却丧失了不少的权利——

蓉儿说的一切都是对的!

蓉儿交代的事情要马上去做,不能拖延!

哪怕蓉儿说得不对,也要参考第一条!

总之,归纳成为一句话:听蓉儿的话,跟蓉儿走!

柳蓉白了他一眼:"许慕辰,你可是刑部侍郎,难道还要跟着我去做飞贼不成?"

许慕辰赶紧讨好地笑:"蓉儿,我给你写份清单,京城里哪些人家为富不仁,你可以放心下手,不必愧疚。"

"不错,算你聪明。"柳蓉满意地点了点头,揪住了许慕辰的耳朵,"以后若还是有人跟着你跑,当街献殷勤怎么办?"

"我目不斜视,就当没看见!"许慕辰赶紧做出保证,"有了蓉儿,我干吗还去看那些庸脂俗粉?谁都没有我的蓉儿美,谁都比不上我的蓉儿心地善良!"

柳蓉嫣然一笑:"你算是个明白人。"

"蓉儿,等着正月初八以后,我带你进宫觐见太后娘娘,请她为我们赐婚。"许慕辰喜滋滋地握着柳蓉的手,真是不容易啊,追了这么久,感觉腿都要跑断了,总算是抱得美人归了。

"去见太后娘娘?"柳蓉翻了翻白眼,"她会不会以为我是苏国公府的大小姐?"

"有可能。"许慕辰看了柳蓉一眼,"你与苏大小姐长得太像了,简直是一模一样。"

柳蓉笑了笑:"我才不要姓苏,我就爱姓柳。"

师父姓柳,她自然也要姓柳。

盼星星盼月亮,总算是过了正月初八,这春节休假就算到头了,文武百官照常上朝,文英阁里的奏折才过一日便堆得高高的,许明伦望着那些奏折只是头疼,许慕辰站在一旁却是神清气爽:"皇上,微臣想觐见太后娘娘。"

"不准。"许明伦拉长了脸。

"皇上,木已成舟,我与蓉儿情投意合,你不如顺水推舟。"许慕辰朝许明伦拱了拱手,"指不定太后娘娘给你选的,就是最合适你的人。"

"哼!朕心里还不清楚?"许明伦望了一眼许慕辰,眼里全是羡慕,"有时候朕真希望能变成你,不用坐在这皇宫里批阅奏折,想做什么就做什么,最最要紧的,是可以娶到自己喜欢的姑娘。"

陈太后那边已经初选了一百位贵女,许明伦想死的心都有了,若是自己的母后将这一百位贵女都选进宫来,他肯定就没清净日子过了。

父皇只有十来位妃嫔,就已经争得鸡飞狗跳了,要是进来一百位……许明伦打了个哆嗦,他还不如出家做和尚呢,落个耳根清净。

许慕辰同情地看了许明伦一眼:"皇上,你好些跟太后娘娘说说,她肯定还是要照顾你的情绪的,毕竟你是她唯一的孩子,怎么可能不为你着想呢?"

陈太后坐在暖阁里,心情大好,桌子上摆着一幅幅美人像,看得她眼花缭乱。

"哀家得喊了皇上来自己挑!"陈太后朝霜清望了一眼,"去盛乾宫看看,皇上有没有回来,若是回来了,请他来东暖阁这边来看美人儿。"

霜清答应了一声,刚刚走到门口,就见着许明伦与许慕辰联袂而来,不由得笑道:"这可真真是母子连心!太后娘娘刚说要去请皇上,皇上就已经到门口了!"

"皇上!"陈太后见着许明伦跨步进来,脸上笑得就如开了花,"快过来瞧瞧,这些美人儿,可真是个个美貌!你自己挑挑,看看喜欢谁!"

许明伦淡淡地扫了一眼,冷冷哼了一声:"不及某人。"

许慕辰站在不远处,眼睛瞄了一眼那几张图像,心中暗道:确实,不及某人。

陈太后连忙让宫女们换一批:"这几张拿掉,换几张别的过来!"她的目光扫到站在一旁的许慕辰,有些惊诧,"许侍郎,你是陪皇上来选妃的?"

"太后娘娘,慕辰今日求见,是想请太后娘娘给微臣赐婚的。"

"赐婚?"陈太后一愣,忽然想起上次答应许慕辰的事情来,脸上的笑意愈发深了,"是哪家的小姐?快快传进宫来让哀家瞧瞧!"

既然许慕辰自己提出要成亲,看起来他跟自己儿子还真没什么不可说的秘密。放下了心中的大石头,陈太后八卦之心开始熊熊燃烧——她要掌握第一手资料,名满京城的许侍郎,究竟是被哪位小姐给收服了?

## 第十四章 太后赐婚

陈太后揉了揉眼睛,柳蓉笑着走上前一步。

陈太后又揉了揉眼睛:"这……不就是苏国公府的大小姐吗?"

她瞥了一眼许慕辰,心中有几分不满,不是都扔了和离书给苏大小姐,如何又求着要娶她?看起来许慕辰脑子有些不正常啊。

柳蓉笑着向陈太后行了一个大礼:"太后娘娘安好。"

"苏大小姐,快起来。"陈太后抬了抬手,"你不是与许侍郎和离了?上回你来宫里,态度还很坚决呢,说不要再跟许侍郎在一起,如何现在又改口了?"

陈太后笑吟吟地看着许慕辰与柳蓉,暗自好笑,好一对欢喜冤家,分明相互喜欢,可却装出一副矜持的模样来!

柳蓉正色道:"太后娘娘,我不姓苏,我姓柳。"

"什么?"陈太后吃了一惊,"你不是苏国公府的大小姐?"

"民女还没那样的好命呢。"柳蓉笑靥如花,"民女自幼生长在终南山,跟着师父一道生活,去年才到京城来逛一回,连苏国公府的大门都没进过。"

"此话当真?"陈太后更是惊奇不胜,"霜清,快些去苏国公府,传了苏大小姐进宫来,哀家倒要瞧瞧,苏大小姐与柳小姐有多像。"

哼!欺负她年纪大了眼睛不好使?她瞧着她分明就是苏锦珍,许慕辰难道是想捉弄她不成？

苏国公府听着说太后娘娘要传苏锦珍进宫，一个个紧张了起来，苏老夫人一脸疑惑："这好端端的，太后娘娘怎么要传珍儿进宫？"

苏大夫人揣测了一番："莫非太后娘娘想给珍儿赐婚？是不是觉得皇上那次太过唐突，以至于误嫁了许慕辰那花花公子，今儿想另外赐份好姻缘给珍儿？"想到此处，苏大夫人激动起来，站起身子，"我要去给珍儿挑件好看的衣裳，免得她总穿得那般素净。"

苏锦珍望着苏大夫人塞到她手中的银红色衣裳，脸色都白了一片："母亲，我不要太后娘娘赐婚。"

"珍儿，你在说什么呢？太后娘娘赐婚，这是何等荣耀？别人求都求不来呢，你怎么能推辞！"苏大夫人有几分紧张，紧紧拽住苏锦珍的胳膊，"你可千万别做傻事，太后娘娘赐婚，你就高高兴兴接旨。"

"不。"苏锦珍满脸悲哀，"母亲，我要嫁王郎。"

"唉！你怎么又提起他来了？你祖母是万万不会同意的。"苏大夫人摇了摇头，"珍儿，你快别想这么多了，赶紧穿好衣裳进宫去吧。"

"母亲……"苏锦珍双眼含着泪水，楚楚可怜，只不过苏大夫人虽然同情她，可也不能由着她使小性子，强令丫鬟替苏锦珍换衣裳："绫罗、锦缎，你们两人是傻了不成？还不快些给小姐打扮起来，难道想要太后娘娘久等？"

绫罗、锦缎打了个寒战，赶紧走上前来，挽住了苏锦珍的胳膊："姑娘，你可不能抗旨。"

苏锦珍默默坐下来，由着两人给她梳头发，涂脂抹粉。

与此同时，慈宁宫里热热闹闹的，柳蓉正给太后讲许多宫外趣事，讲到杂耍时便问太后借了四个玉球，她拿了四个球轮流地往空中抛，四个球的颜色各异，不断地在空中飞旋，成了一个颜色鲜艳的圆圈，就如流星不断地飞驰而过，一个接着一个，绵绵不绝，四个球环环相扣没有一个掉下来。

看得陈太后连连惊呼："哟哟哟，柳小姐，你是怎么做到的？这球怎么就没一个掉地上的？"

"太后娘娘，这个要眼到心到手到，只要三样都到了，那就很容易啦。"柳蓉停了下来，双手一捞，四只玉球全在手中，滴溜溜转个不停。

"真的吗？很容易？"陈太后忽然来了兴趣，"柳姑娘，你教教哀家。"

慈宁宫里的人都震住了，太后娘娘这是怎么了？被鬼附体了吗？说好的雍容华贵呢？

"娘娘，这是桩技术活，您还是不要轻易尝试。"大嬷嬷站了出来，出言相劝，照顾好太后娘娘是她的职责，自己怎么能坐视不管？要将四只球抛得滴溜溜转，可不是一件容易的事情，没有几年工夫，能做得下来吗？万一太后娘娘没有玩好，一只球从天而降，忽然砸到了头顶上，那那那……大嬷嬷一边想着，腿都软了。

"哀家这么些年都没见着什么好玩的东西了，好不容易柳小姐带了新玩意过来，你却不让哀家练？"陈太后有些不乐意，"那你先练几下给哀家瞧瞧。"

"是。"大嬷嬷打了个哆嗦，斑驳的银丝里的翠玉簪子都要掉下来了。

柳蓉笑了笑："嬷嬷，你别紧张，其实很容易的。你左手拿一只球往上抛，到了一半，赶紧右手抛一只，等着左边那球到了头顶，右边这球到了一半，再抛左手的第二只球，懂吗？"

大嬷嬷战战兢兢地接过四只球，手都在发抖，柳蓉看她那可怜样儿，决定让她只抛两只。抛两只比抛四只容易多了，才一阵子，大嬷嬷便掌握了技巧，将两只玉球抛得团团转，笑得前俯后仰："没想到这么容易。"

柳蓉趁机进言："太后娘娘，经常练习抛球对您的身体有好处，既活动了身体、锻炼了眼神，又能提高了思考能力，练得久了，人就会觉得全身都有力气，而且想事情快多了。"

"真的吗？快拿一对球来，哀家来练练。"陈太后已经将许慕辰请求赐婚的事情扔到了一旁，大跨步走到了柳蓉身边，缠着让她教自己抛球。

故此，苏锦珍走进慈宁宫的时候，大殿里站着十来个宫女，陪着陈太后在抛球，各色小玉球此起彼伏，欢声笑语，好不热闹。

这都是怎么一回事？苏锦珍疑惑地看了看，一眼就扫到了站在大殿中央，正在指指点点的柳蓉，瞬间那颗提起来的心就慢慢地落下去了，太后娘娘传自己进宫，不一定是要给自己赐婚的，肯定是柳姑娘将她们两人当初换了身份的事情告诉了太后娘娘，太后娘娘觉得新鲜，才将她传来看个究竟的。

陈太后玩得开心，根本停不下来，许慕辰见着苏锦珍来了，在旁边小声提醒："太后娘娘，苏大小姐来了。"

"唔。"陈太后有些不满地看了许慕辰一眼，恋恋不舍地将一双玉球收了起来，"咦，真的长得很像。"

苏锦珍与柳蓉并肩站到一处，高矮胖瘦都一样，脸也如同是一个模子里倒出来的，眉毛眼睛鼻梁嘴唇，无一不同。若是要说有区别，就是两人的神色，一个眉间带着些哀愁，而另外一个，朝气蓬勃，眼睛里闪动着快活的光彩。

"没想到这世上真有这般相像之人。"陈太后惊叹了两句，看了看许慕辰，"许侍郎，你确定要哀家给你赐婚？"

苏锦珍听说赐婚两个字，心都要从喉咙口里跳了出来，她不住地摇头："太后娘娘，臣女不想再嫁许侍郎。"

柳蓉朝许慕辰一龇牙，看，人家都嫌弃你呢，亏得你还把自己当成宝贝。

许慕辰一副委委屈屈地小模样，当时自己这般作践名声，都是皇上故意整他的！唉！所以说交友不慎，后果不堪设想啊！

陈太后笑了笑："苏大小姐，你别着急，哀家不是给你赐婚。"

"啊？"苏锦珍一愣，这才开心起来，抿嘴笑了笑，"太后娘娘，是臣女心急了。"

"许侍郎，柳小姐人很好，就连哀家都很喜欢，可你确定你祖父、祖母会答应？毕竟柳小姐出身乡野，这身世还欠了些……"陈太后有些惋惜地看了看柳蓉，虽然她也觉得柳蓉与许慕辰很搭，可这身世却是个问题，她懿旨赐婚，镇国老将军与他的夫人会不会埋怨自己乱点鸳鸯谱，把不合适的都凑到一块儿去了？

"太后娘娘，您可是大周地位最尊贵的人，您下懿旨赐婚，还有谁敢说不是？"许慕辰有几分焦急，赶忙朝陈太后行礼，"太后娘娘，您已经答应过慕辰了，可不能食言而肥。"

陈太后坐在那里想了想，叹了一口气："好吧，哀家就给你们两人赐婚。"

自己要是不赐婚，许慕辰被逼的真去勾搭皇上怎么办？陈太后决定让皇上给柳蓉赐个封号，反正不过是一个封号，俸禄什么的又不让他来操心。

许明伦被请到了慈宁宫，走进大殿的时候，表情是痛苦的。

他知道柳蓉今日会进宫，故此一直刻意回避，一个人躲在盛乾宫里舔伤口，就像一只受伤的猫。

可偏偏他的好母后不肯放过他，许明伦整个人几乎是崩溃的。

而更令他崩溃的是，竟然还要自己赐柳蓉一个封号，好让她顺顺当当地跟许慕辰成亲，亲娘咧，你是在朕的心窝子上插刀子啊！

陈太后兴致勃勃："皇上，也不宜封得太高，就封个县主吧，封号嘛……"她手中两个玉球在不住地转来转去，陈太后眼睛一亮，"就叫玉球县主好了！"

玉球县主……柳蓉似乎遭了雷劈，一动也不动地站在那里。

她可以想象到人家听到这个封号，目光会不自觉地往她某处看过去的场景……太后娘娘，您能不能不要目光这般短浅！就是"玉石县主"都会比这"玉球县主"好听吧……

玉……球，柳蓉有深深的绝望。

赐婚的事情就这样定了下来。

亏得许明伦看懂了柳蓉的悲伤，在下旨的时候，用的是玉簪县主，听上去立即高大上有没有！玉簪哎，可以说是头上的首饰，也可以说是那盛夏夜晚静静开放的花卉，怎么都比玉球好听。

陈太后有些不开心："嗯，哀家赐的那名不好听吗，玉球……"她一伸手，掌心两只小球在不住地转，"你瞧瞧，瞧瞧，这玉球多么精致。"

许明伦坚持己见，赐了封号玉簪，见着柳蓉眼中感激的目光，许明伦顿时觉得跟母后顶撞很值。

许慕辰笑得合不拢嘴，总算是放心了！

柳蓉拉了拉呆呆地站在一旁的苏锦珍，压低声音道："听说你们家不同意你跟王公子的亲事，为何不趁着太后娘娘心情好，求她也赐个婚呢？"

苏锦珍得了提醒，忽然扑通一声跪倒在地："臣女斗胆，请太后娘娘为臣女赐婚。"

陈太后惊得睁圆了眼睛："怎么又来个求赐婚的？还当我是月老了不成？"

柳蓉笑得甜甜的："都是太后娘娘心肠好，苏大小姐才敢请求太后娘娘赐婚，否则换了旁人，一张脸孔板得像上了浆子，谁还敢来求呢？太后娘娘是民女这一辈子见过的最和蔼可亲的人了，就连那大肚能容天下的弥勒佛都没太后娘娘这般宽的心！"

这是在说他的母后吗？许明伦瞪大了眼睛，表示不相信。

许慕辰也不相信，他对太后娘娘太了解了，太后娘娘的胸怀只比那纽扣大一点点。

只不过很显然陈太后却相信了，只见她满脸笑容，乐得嘴都合不拢了："柳小姐真是了解哀家。苏大小姐，你快些起来，且和哀家说说，你想嫁谁？"

苏锦珍听了这话，大喜过望，规规矩矩地给陈太后磕了三个响头才爬起来："臣女想嫁的是京城城北王家村里的一个读书郎，他去年秋闱中了举人，就等今年二月的春闱了。"

"王家村？"陈太后心里头直嘀咕，这门第又是个不对的，即便苏大小姐和离了，可毕竟还是国公府的小姐，怎么能嫁到小乡村去？

"太后娘娘，臣女非他不嫁，还请太后娘娘开恩。"苏锦珍见着陈太后犹豫，知道又是那门第问题，心中着急，泪珠子吧嗒吧嗒地落下来，眼圈红红的，看得让人都觉得有些心痛她。

许明伦望着苏锦珍，虽然她与柳蓉长得一模一样，可却丝毫引不起他心中的悸动，只不过瞧她楚楚可怜的模样，许明伦还是有些于心不忍："母后，你就替苏大小姐赐婚吧，只有跟自己喜欢的人在一起，这日子才会过得有滋有味。"

陈太后深深地看了许明伦一眼，皇上这话里有话啊，看起来他决定让步了。看着许慕辰喜欢上了柳姑娘，他最终还是决定放弃了？一瞬间，陈太后只觉得自己的儿子真是品格高尚，为了让自己深爱的人幸福，竟然主动放手。

唉！哀家的这一颗心啊，也就放下来了。

既然许明伦都发了话，陈太后也就不再坚持，大笔一挥给苏锦珍也赐了婚。

苏锦珍目瞪口呆地站在那里，又是欢喜又是感激，眼泪汪汪的，都不知道该说什么才好了。柳蓉在旁边一伸手，将苏锦珍按着跪到了地上："还不快谢恩！"

自己这位姐妹还真是有些反应迟钝呢，柳蓉暗自想着，莫非是在苏国公府待久了，人都反应慢了？好在自己放养惯了，天性未曾泯灭，故此这般机灵聪明又大方！

"蓉儿，咱们等着你师父、师爹回了京城再办亲事。"得了赐婚的懿旨，许慕辰总算是放下心来，情意绵绵地握住了柳蓉的手，"你要什么聘礼，只管开口，我们镇国将军府不说是大周首富，但怎么也还是有些家底的。"

他深知柳蓉爱财如命的个性，当然要投其所好。

柳蓉点了点头，毫不客气："等我师父、师爹回来，我们一家三口商量了再说。"

别以为在深山老林里住着就眼皮子浅,师父见的好东西多着呢,终南山的小屋子下头,还有一间地下室,埋了不少金银珠宝,都是师父与她多年积攒下来的。师父是大财迷,她是小财迷,师徒两人齐心合力奔走了这么多年,攒下来的东西不一定会比不上镇国将军府的富庶哟。

玉罗刹与空空道人在半个多月以后回了京城。

他们带了一群暗卫出去,回来的时候,绳子拴蚂蚱一样,带回来一大串人。

许慕辰瞪着眼睛看来看去,不见宁王,有些奇怪:"前辈,宁王呢?"

玉罗刹嘴角抽了抽:"死了。"

"死了?"许慕辰一着急,生要见人死要见尸啊!

空空道人慢吞吞道:"许侍郎,你别着急,尸首我们给运回来了,因着他太胖,又还要用棺椁装着,故此行动迟缓,要回来得慢些。"

"哦哦哦,这就好。"许慕辰擦了一把汗,脸上露出了笑容,"前辈,宁王是怎么死的?"

柳蓉拉着玉罗刹的手晃了晃:"师父你把他杀了吗?"

玉罗刹冷冷地哼了一声:"你师父我是什么人物,怎么会屑于动手去杀那样的人!"

空空道人宣布了答案:宁王看见了宝藏,心里头高兴,大笑了三声,一口气没提上来,蹬了蹬腿,就这样死了!

"唉!我还做了不少准备,设下机关,没想到还没用上,他竟然就自己死了!"空空道人说出来都觉得郁闷,好像伸出拳头去打人,结果拳头还没挨着那人的身子,那个人就自己倒地身亡了。

空空道人精心设计了一个局,他与玉罗刹带着暗卫一道跟踪宁王到了苏州,打算在宁王找到财宝的时候,他与玉罗刹两人依旧乔装成金花婆婆与雪岭老人的模样现身,以鬼魂的身份来向宁王讨债,说他过河拆桥,自己帮他破解了花瓶的秘密,却被他关在密室,活活被闷死。

来投靠宁王的那些江湖人士多是贪婪之辈,本来也不是一心一意效忠宁王的,若是听到这番煽动,肯定会有人临阵反水,一巴掌扇过去,将宁王弄死,然后再来平分宝藏,这时暗卫现身,一网打尽。

设计很完美,可老天爷却很残酷,连让他们露面的机会都没有。

两人带了暗卫追踪着到了南峰寺的石壁,埋伏在洞口听着里边的动静,以选择适合的时机好冲进去,可万万没想到,他们听到几声大笑以后,里边乱糟糟的一团,有人大喊:"王爷不行啦,快来人啊!"

等他们冲进去,宁王已经躺在地上,嗝屁了。

而宁王收买的那些江湖人士一看到洞里那么多宝藏,一个个都红了眼睛,为了金银珠宝厮打起来,宝藏洞里横七竖八躺满了他们的尸体,故此玉罗刹与空空道人他们根本都不用费吹灰之力就将那一群正在苟延残喘的江湖人士捉拿殆尽。

"蓉儿,我终于给师父报仇了。"玉罗刹身子微微颤抖,虽然金花婆婆曾经将她关在绝壁之下,可婆婆也是为了她好,不想让自己与那负心郎再来往,她不会因为这事情就将师父的恩情抹杀的。

"生死门余孽……"柳蓉睁大了眼睛,那个香姬已经被许慕辰捉拿了,小袖她们也应该逃不掉吧?

"呵呵,一个也没得逃!"空空道人一挑眉,"敢来算计我的阿玉,那纯粹是找死!"

呀!柳蓉有些懊恼,自己还打算亲手给师父报仇,没想到都轮不上自己出手了。她瞪了一眼站在身边的许慕辰:"哼,都怪你,要不是你,我就跟着师父他们去寒山寺了。"

许慕辰赔着笑,道:"蓉儿,你不是还有重任在身?没有你,师父师爹怎么能一举剿灭那些匪人?"

"那倒也是。"柳蓉想了想,笑了起来。

宁王死了,许慕辰心里头其实还是有些难受,宁王说来说去还是自己的亲戚,他是皇上的亲叔叔,也是自己的堂叔,只是为着心中那点阴谋，最后将自己葬送在了寒冷的山洞里头。

柳蓉见许慕辰神色黯然，有些奇怪："宁王死了，你干吗这副模样？"

"唉！他是我堂叔，想想小时候也曾经逗过我，那时觉得他好和气。"许慕辰叹了一口气，"真是世事难料。"

"唉！他那么胖，就算不死在藏宝洞里，说不定哪天喝口水都会被呛死了呢。"柳蓉拍了拍许慕辰的肩膀，"你难道没有比宁王更重要的事情跟我师父、师爹说？"

"哦哦哦！"许慕辰忽然想起来要与柳蓉成亲的这桩事情来，脸上瞬间又是神采奕奕，"前辈，我有个好消息要告诉你们。"

"是不是皇上奖励了金子给我们？"玉罗刹眼中冒着金光。

"这……"原来蓉儿是跟着她师父学的啊，一提到金银就快活。

"前辈，我跟蓉儿要成亲了。"许慕辰的脸红了红，"还想问前辈想要什么样的聘礼，我好回去与家里人商量，快些置办好送过来。"

"什么？成亲？"玉罗刹大喊了一声，"怎么没媒婆来找我？"

"前辈，是太后娘娘赐的婚。"许慕辰见着玉罗刹面有不悦，心中一慌，"前辈，赐婚的懿旨蓉儿也有一份。"

"哼！我才不管这么多！太后娘娘赐婚怎么了？这成亲也是要三媒六聘的好不好！我将蓉儿养了这么大，怎么能随随便便将她就这样嫁出去。许大公子，我原来瞧着你是个不错的，现在看来也很不靠谱！"

玉罗刹当年在金花门痴痴地等着苏国公府的大公子遣媒人来求亲，没想到等了几年，却只等到苏大公子另娶他人的消息。对于玉罗刹来说，不管谁赐婚，没有媒人就不算是一桩被人认可的亲事。柳蓉虽然是她从苏国公府偷来的，可养育了这么多年，就如她的亲生女儿一般，她只想给柳蓉最好的，一切都要按照正常的程序来走。

许慕辰被玉罗刹的严厉谴责吓了一跳："前辈，那在下马上去找京城里最有名的官媒来上门提亲。"

玉罗刹神色稍霁："这还差不多。"

大堂那边打门帘的小丫头正坐在走廊上说着闲话，两人眼睛一瞥，就见着一个人影快步朝这边走过来。

"大公子安好。"两个小丫头赶快跑到门边，每人撩起一幅双面锦夹棉的门帘儿，笑眯眯地将许慕辰送了进去，才放下门帘，其中一个给对方使了个眼色，说道："大公子好像有些着急呢，眉头都皱在了一处。"

"大公子就算皱眉也很好看。"另外一个小丫头低低地嘀咕，"就是不知道太后娘娘赐婚的那位县主能不能配得上咱们大公子。"

"太后娘娘赐婚，应该错不了。"前边开口的那个叹息了一声，"可惜咱们出身不好，只能远远地看着大公子，心里头爱慕一下罢了。"

这边许慕辰一进门便心急火燎地道："祖母，京城里最好的官媒是谁？"

许老夫人抬起眼皮子来看了他一眼："辰儿，你总算知道要派媒人去人家府中提亲了？"

许慕辰一摊手："我怎么知道还要派媒人呢？太后娘娘赐婚，我以为直接成亲就行。"

"辰儿，你不是说这亲事你来弄，不用我们插手？"许老夫人嘿嘿一笑，"什么时候又想起来找祖母了？"

许慕辰语塞，他想全部包办，主要是怕许老夫人发现柳蓉只不过是出身草莽，到时候会在婚事上轻慢她，故此将柳蓉的身世瞒得密不透风。

许老夫人将太后娘娘的懿旨看了又看，上边也是写得含糊其词，只说玉簪县主，温婉贤惠，堪为良配，可她根本对这位要进门的新媳妇一无所知。许老夫人拿着京城名媛册翻了好半日，都没有找到一个有玉簪县主这个封号的，琢磨来琢磨去，估计是外地的贵女。

多半与太后娘娘沾亲带故，要不然她怎么会这般热心？许老夫人想着，太后娘娘不是个不靠谱的，想来这孙媳妇应该是个不错的，辰儿要一手将亲事包揽了，也是怕自己太操心，这可是孙子的一份孝心，许老夫人于是索性将这亲事丢到一旁，不去管。

没想到自己这孙子真是不谙世事，竟然连媒人都没打发，姑娘家里还不知道会多生气呢。许老夫人有些紧张："京城里官媒最好的是北门那边那位，姓岳，你明儿赶紧打发人去请她出面，这纳礼也得丰厚些，别丢了咱们镇国将军府的脸面。"

许慕辰拖着许老夫人的胳膊："祖母，快些教我，还要做什么？"

许老夫人叹了一口气："我说过了我来帮你操办，你又不肯。"

"不用不用，您只管歇息着，我都这么大了，还不能对付？"要是许老夫人接手来办这亲事，一看要到深山老林里去提亲，还不得被吓呆？

"那就让你母亲帮衬着。"许老夫人看了看许慕辰，有几分怜惜，"辰儿，看你为这事情操心，人都瘦了一圈。"

"没事没事，我能办得好。"许慕辰赶紧逃之夭夭。

要母亲给他办，那……更惨了，母亲比祖母更看重门户，而且还很固执，若是让母亲来办他的亲事，还不如让祖母来呢。

许慕辰一刻也没停，赶紧骑马飞奔去了北门，找到那岳媒婆，将来意一说，岳媒婆高兴得眼睛都眯成了一条缝："好好好，我明日就去提亲。"

太后娘娘赐婚，镇国将军府的大公子，对方是有封号的小姐，自己这一趟出马，肯定能赚得盆满钵满，半年都可以不用出山。

"我给你一千两银子。"许慕辰甩出一张银票，看得岳媒婆一愣一愣的："许大公子，这是要我去替你去买纳礼的吗？"

"不，是给你的酬金。"

"啊？"岳媒婆脚下一软，捧在手心里得银票飞了出去，眼见着就要落到炭火盆子里头了，她一边奋不顾身飞身扑过去，用身子将炭火盆子压住，一边招呼旁边被吓呆的小孙子，"快些，将那银票捡起来。"

许慕辰一弯腰，将那张银票攥在手心，弹了弹那上头的灰："岳媒婆，我给你这么一笔银子,可是有条件的。"

岳媒婆灰头土脸地从炭火盆子上爬起来,胸前的衣裳已经被火给烤出了一个黑洞,伸手捻一捻,窸窸窣窣一阵响,几片焦黑焦黄的碎屑掉了下去,还伴着一股烧煳了的味道。

"许大公子,什么条件?你说,你说。"岳媒婆顾不上换衣裳,只是催促着许慕辰快说条件,一千两银子哩,她两年才能挣够这么多呢,今天这一笔就能挣这么多了!高兴得她一双手都在打哆嗦,眼睛巴巴地望着许慕辰,不知道他会开多为难的条件。

"你去提亲以后,不能去镇国将军府复命,要去刑部府衙那边找我,玉簪县主的一切事情,都不能透露给任何人听,你明白了吗?"许慕辰很严肃地望着岳媒婆,目光渐渐冷了几分,"若是你敢说一句多余的话,我可不会饶你!"

岳媒婆打了个寒战,连连点头:"我知道了。"

"知道就好。"许慕辰将银票递了过去,"你且拿稳了,明日我去买好纳礼,后日你就出发去终南山,我会让我的长随领着你去的。"

"什么?终南山?"岳媒婆大为好奇,"玉簪县主难道是住在山里头不成?"

"你多嘴了。"许慕辰冷冷地看了她一眼,岳媒婆赶紧伸手捂住了自己的嘴巴,眼睛惊慌地望着许慕辰一掌下去,木头桌子掉了个角,"第一次,我拿你们家的桌子试试掌力,第二次……"他的眼睛一瞟,"你知道的吧?"

岳媒婆靠着墙,大气都不敢出:"我知道,我知道。"

这许大公子可真凶啊,岳媒婆看着许慕辰远去的背影,伸手抹了一把汗,赶紧回自己屋子里去找衣裳换。虽然心里头害怕,可见到银票还是美滋滋的,到了女方家中说媒,到时候还能拿一笔钱呢,也不知道会有多少。

经过差不多半个月的长途跋涉,上吐下泻的岳媒婆总算在富贵的带领下到了终南山。

她总算明白了许大公子为啥给她一千两银子了——实在太不好赚了！

岳媒婆今年五十有六，可家中的几个孙子要娶媳妇，所以她不得不继续挺着身板来给人家说媒，年轻时候喜欢戴一朵大红绒花在耳朵边上，这把年纪也不好意思戴了，只能包布插个银簪子。

人年纪大，乘船坐车的实在有些受不了，富贵建议她骑马，岳媒婆吓得脸都白了："骑马走这么远的路，我这把老骨头索性就埋到终南山算了，都不用回京城啦。"

一千两银子做丧葬费，还不知道够不够呢。

但是，与长途跋涉相比，上终南山才是更恐怖的事情！

现在已经是二月时分，终南山上已经有了点点春意，枝头到处都是新绿，叶子嫩得似乎吹口气就能化掉，而早春的桃花已经开了，淡淡的粉红粉白颜色在山间小径上飘来飘去。

岳媒婆一边走一边欣赏着眼前风景，正是心旷神怡的时候，忽然听到一阵可怕的呼啸"呜呜呜呜……"

那呼啸声，阴冷又尖锐，让人听了心里头发抖。

岳媒婆的一双脚被牢牢地钉在地上，全身打着哆嗦："富贵，这是啥在叫唤哩？"

富贵也在抖个不住："好像是狼……是狼吧……"

岳媒婆嗷呜一声，转身就往后边跑。

儿子，媳妇，这里太可怕了，我要回家！

才走一步，旁边的树丛里传来一阵哗啦啦的响声，岳媒婆大叫一声，眼睛一翻，身子一软就倒了下去。

富贵站在那里，也是被吓得动都不敢动，眼睁睁看着岳媒婆马上就要跟地面做亲密接触，这时从旁边的树林里蹿出了一个人，在岳媒婆还没摔个狗啃泥的时候，一把将她扶住："阿婆，你还好吧？"

岳媒婆虚弱地睁开了眼睛："多谢你……"

呼呼的热气朝岳媒婆脸边冲了过来，一条柔软的东西带着水迹从她脸庞扫过,岳媒婆努力睁眼一看,就见到一个毛茸茸的东西,一双碧绿的眼珠子正瞪着她。

岳媒婆哼都没哼一声,直接晕倒过去。

玉罗刹拍了拍身边的狗熊:"大灰,你怎么能故意吓人呢。"

那只狗熊有些委屈地坐在那里,扭过脖子,沉默而坚持,就是不朝玉罗刹看。

我不过是想来试试,看这个老婆子死了没有,怎么说我吓人呢?大灰愤愤不平,主人总是误会自己,每次下手都好重!

空空道人胳膊底下夹着两只狼钻了出来,笑逐颜开:"阿玉,你瞧瞧,一次捉了两只,我厉害不厉害?"

富贵站在一旁双腿直发抖,好不容易稳住心神颤着声音问:"两位,请问这里跟半山腰的竹林还有多远?"

玉罗刹转头看了他一眼:"你们找那竹林做甚?"

"我们从京城来的,替镇国将军府的大公子来向玉簪县主求亲,我们家大公子交代,说玉簪县主的父母就住在终南山半山腰的竹林那处。"富贵战战兢兢地看着玉罗刹和空空道人,又是熊又是狼,自己还能不能有活路?

空空道人看了一眼富贵身边放着的几个礼盒,心里头高兴,将两只狼放到了地上:"阿玉,是来向蓉儿提亲的呢!"

两只狼得了自由,抖了抖身子,欢快地朝富贵蹿了过去。

"啊……"山间传来惊恐万分的呼叫声,久久盘旋不绝。

岳媒婆睁开眼睛的时候,发现自己躺在炕上,她摸了摸脸,又摸了摸身体与手脚,发现没有哪个地方缺一块少一块,这才放了心。

"大娘,你醒啦?"玉罗刹歉意地朝岳媒婆笑了笑,这是许大公子派过来的媒人,竟然被自己养的大灰给吓晕了,可真是对不住呀。

岳媒婆战战兢兢地看了玉罗刹一眼,见她三十多岁年纪,一张脸生得白净,唇边还有浅浅的笑意,不像是个穷凶极恶的歹徒,这才放下心来:"夫人,我那同伴哩?"

玉罗刹伸手指了指旁边的屋子："他还没醒呢。"

原来也被吓晕了，岳媒婆心中暗道，不管男人还是女人，看见野兽都会心惊胆战，怎么这个女人一点都不怕？

玉罗刹朝门外边招了招手："大灰，还不进来给大娘赔不是？"

一只肥硕的熊从外边摇摇晃晃地迈步走进来，抬起大脑袋，朝岳媒婆嗷嗷叫了两声，岳媒婆瞧着就心里害怕，将身子朝炕里边挪了挪："夫人，快些让它走了吧！"

大灰很不满意地瞅了瞅玉罗刹，它本来才不想来道歉呢，自己的主人实在太固执，你瞧瞧，自己一进来，那老婆子好像又要晕过去了一样。

"大娘，你莫要害怕，这是我随便养着玩儿的，它不会咬人的。"玉罗刹伸手揉了揉大灰的脑袋，向岳媒婆亲身示范大灰的温和乖巧，人畜无害。

大灰偏了偏脑袋，它的一部血泪史，竟然就被玉罗刹几个字就概括完毕——哪里只是随便养养？它吃过的苦头还少吗？

经过玉罗刹的努力与大灰的配合，岳媒婆总算是放下心来："夫人，我想跟你打听个事儿，是不是有位富贵人家隐居在这终南山啊？前不久太后娘娘才给赐完婚，那位小姐的封号叫玉簪县主。"

"哈哈哈，就是我们家呀！"玉罗刹笑着点头，"我是蓉儿的师父，一日为师终生为母，她就是我的女儿！"

岳媒婆怀疑地看了看这屋子，青砖砌成，布置得很简单，看不出有半分富贵人家的影子……玉簪县主？岳媒婆委实纳闷，这个封号又是怎么来的？莫非这女人是准备冒充，将自己的徒弟冒充送到镇国将军府去？

要是自己将这桩亲事弄砸了，那许大公子还不得将自己给砍了？可是……岳媒婆打了个哆嗦，看了看玉罗刹与她身边的大灰，自己现在好像就很危险，到底该怎么办？

"柳姑娘！"窗外传来富贵的声音，岳媒婆这才松了口气，富贵醒了就好，他认识那位玉簪县主，自然知道是真是假。

柳蓉笑嘻嘻地走了进来："师父，许慕辰派的媒人来了？"

岳媒婆上上下下打量了柳蓉一番，心中不由得暗自赞叹了一句，这姑娘生得真是灵秀，跟菜地里才长出来的水葱一般，站在那里亭亭玉立，一双眼睛又黑又亮，好像是一泓清泉，引着人往那边奔。

"姑娘，你就是那玉簪县主？"

"是。"柳蓉朝岳媒婆笑了笑，"你瞧着我不像？"

岳媒婆犹犹豫豫没敢回答，后边跟着走进来的富贵开了口："岳媒婆，这就是玉簪县主啊。柳姑娘，你啥时候跟我们家大公子成亲啊？他现在每天都睡不好觉，天天在盘算着怎么办亲事才更热闹。"

玉罗刹听着很满意："这还差不多，想娶我徒弟，媒人都没有怎么行。"

原来真是正主儿，岳媒婆这才放心，高高兴兴将怀里的礼单拿了出来："终南山离京城太远，来来回回地跑也不是个法子……"

到现在岳媒婆才恍然大悟，难怪许大公子要给自己一千两银子，要是按着规矩来，这媒婆至少得跑六趟，一趟一百多两银子的跑路费，也不算贵啊，终南山那么远！

玉罗刹点了点头："那倒是，这三媒六聘也就是个意思罢了，太后娘娘都下旨赐婚了，还用得着去合八字？肯定是十分好。"

听着玉罗刹没有坚持按着规矩来，岳媒婆松了一口气，恭恭敬敬地将礼单奉上："夫人，你瞧瞧，这是镇国将军府开出的聘礼单子，贵府觉得可否满意。"

玉罗刹只是瞥了一眼就交给了柳蓉："蓉儿，你自己瞧瞧，看看东西合不合意，齐不齐全？"

柳蓉也懒得看，交给了空空道人："师爹，你瞅瞅。"

空空道人将那张大红烫金礼单接了过来，仔仔细细来来回回地看了好几遍，满意地点了点头："不错不错，没什么遗漏，该有的都有。"

"那好，咱们就商量日期吧。"玉罗刹笑了起来，"许大公子瞧着还真是诚心。"

许慕辰心急,让岳媒婆带了一个好日子过来,三月十八。岳媒婆心里头估摸着该是许大公子自己看的日子,哪有这般匆忙的?现在都二月中旬了,离成亲只有一个月了,人家姑娘还得备嫁妆,终南山到京城,嫁妆挑子那么多,走官道走走停停的,怕是差不多要走一个月,即便走水路,也得二十来日。

"三月十八就三月十八。"玉罗刹笑道,"蓉儿,你明日送岳媒婆回京城,免得许大公子心里头不安,眼睛都要望穿了!嫁妆你别着急,我跟你师爹置办好了就会赶着送过来,保准不会耽搁你的事情。"

岳媒婆的嘴巴张得老大,这玉簪县主家是恨嫁不成?她还觉得许大公子选的日子太早了,没想到人家现在就打算直接把姑娘打发出门了!

空空道人在一旁不住点头:"这心里头彼此喜欢,就恨不得每一日都能见着对方,像那时候,我每日不过来看你师父一趟,就觉得心里空荡荡的不好受……"

"呸!你够了。"玉罗刹举起手来将空空道人的脑袋扭到一边,脸上飞起了一片红晕,"闭嘴。"

"好好好,我不说了。"空空道人心里头美滋滋的,"阿玉,你用了我给你新做的那个凝脂膏?多用用,你手指那些粗皮就能去掉了。"

"你是嫌弃我的手粗?"玉罗刹白了他一眼,空空道人赶紧摇头,"阿玉,我怎么敢嫌弃你?这一辈子我就是要陪着你,让你每日都过得高高兴兴的。"

岳媒婆与富贵听着两人说话,感动得不行,眼泪都快掉下来了,柳蓉叹了一口气:"师父,师爹,你们要恩爱到旁边屋子去嘛。"

……

这位玉簪县主真是不拘小节啊!

岳媒婆在终南山住了一个晚上,第二日跟着柳蓉动身回京城了,临别之际，玉罗刹笑吟吟道："大娘从京城过来一趟也真是辛苦，我可得给你送上一份厚厚的大礼才是。"

"夫人实在客气。"岳媒婆听着有东西拿，心里头也欢喜，这玉簪县主家里瞧着穷，可几十两银子总能拿得出来吧？

"呜呜呜呜……"外面传来一阵嚎叫，跟岳媒婆昨日听到的叫声一样，阴冷刺耳。

岳媒婆打了个寒战："那、那、那是什么？"

只见空空道人一手拎着一只狼的脖子走了进来，脸上露出了快活的神色："捉了大半夜，总算又把它们捉住了，还想跑，跑到哪里去！"

玉罗刹随手抓过一只——真是随手那么一抓，一只张牙舞爪看起来愤怒异常的狼就被她提在手里："大娘，这乡里也没啥好东西，你带着它们回去吧，自己养着玩也好，剥了皮做衣裳穿也行。"

狼的眼珠子恶狠狠地盯着岳媒婆，她手脚都有些发软："这礼物真是太厚重了，我可不能收。"

"别客气啦，大娘。"玉罗刹很热情地将狼往岳媒婆手里头塞，"不过就是两只狼，要是大娘多住几日，我最少要给你弄个八九只来。"

岳媒婆都快要哭了，她真不想养这些狼啊，看着那白森森的牙齿，岳媒婆的手指都抖动了起来："夫、夫人，你还是自己留着吧，我真不用。"

推过来推过去，僵持了好一阵子，玉罗刹见着岳媒婆坚决不收，很是惆怅："好吧，那就算了。"

岳媒婆感激得眼泪汪汪地往外流："我这就走了，夫人，你别送啦！"

玉罗刹还是坚持把他们送到了山脚下，很热情地挥着手："大娘以后有空来玩啊！"

岳媒婆的内心完全是崩溃的，以后有空都不过来！

这次回去有柳蓉带路就顺畅多了，直接包了条船，拐进大运河里到京城，这春水才涨上来，东风又强劲，也就十五日便到了京城。

岳媒婆小心翼翼看了一眼柳蓉："玉簪县主在京城下榻哪间客栈？

可是福来?"

这亲事还有不少的后续事情要做,总得要知道柳蓉的落脚点。

福来客栈乃是京城最好的客栈,在里边住的人,都是外地的土豪,岳媒婆想着,虽说这位县主出身乡野,可怎么样也是皇上亲封的,总得要住到那种地方去,方能显示自己的身份。

"福来客栈?"柳蓉愣了愣,连连摇头,"我在京城有地方住。"

真是财不露白呢,真正有钱的,根本不会显山露水,岳媒婆不住感叹自己的见识少,只看这玉簪县主身上没戴什么首饰,却不想人家在京城有豪宅。

一行人从码头下车,富贵坐在车辕上指路,不多久便到了义堂。

岳媒婆:……

这就是豪宅吗?

"到时候玉簪县主出阁,要到这里接亲?"岳媒婆诧异道。

"是啊,我就住在这里,不成吗?"柳蓉浅浅一笑,唇边开出了一朵花来。

院子里一群小孩子正在追逐玩耍,有个跑到了门边,一抬头就见着了柳蓉,便高兴地大喊了起来:"蓉姐姐回来了!"

正在打打闹闹的孩子们都一窝蜂地冲了出来:"蓉姐姐!蓉姐姐!"顿时耳边好像有千万只鸭子在嘎嘎乱叫。

大顺从那群孩子里头挤了出来,一把抱住柳蓉:"姐姐,姐姐,呜呜,你回去了这么久,大顺好想你!"

柳蓉笑着摸了摸他的脑袋:"姐姐这不是回来了吗?"

大顺吸了吸鼻子,有些伤感:"姐姐,他们都说你要跟许大哥成亲了,到时候你住的就是大宅子,还有好多人伺候你,穿的是绫罗衣裳,每天能吃好多好东西。姐姐,我们都好羡慕你,为你高兴!"

"为我高兴怎么还哭啦?"柳蓉瞧着大顺和周围孩子们的脸色越来越不好看,有些奇怪,"你们到底是为我感到高兴还是难过啊?"

"姐姐,呜呜……姐姐,你成亲以后就不会到义堂来看我们了!"

大顺憋着气说出了这句话,转过身子抹眼泪,旁边的孩子们也眼泪汪汪地看着柳蓉:"蓉姐姐,我们都好舍不得你,真希望你不要成亲。"

岳媒婆听得目瞪口呆,赶紧开口:"男大当婚女大当嫁,你们的姐姐到了年纪该要嫁人了!许大公子有钱又生得俊,这样的如意郎君,打着灯笼都找不到哇,你们怎么就不替你们的姐姐想一想呢?"

大顺身子背对着柳蓉,肩头不住地耸动:"我阿爹阿娘死得早,好不容易多了个姐姐,才过了半年好日子,姐姐就不要我了!"

柳蓉蹲下身子,拿出帕子来给他擦眼泪:"姐姐怎么会不要大顺呢?大顺那么乖,又这么聪明,姐姐很喜欢,才不会不要你呢!"

"真的?"大顺的眼里全是泪,"姐姐,你成亲以后还会来看我们?"

"那是当然!义堂就是咱们的家!"柳蓉点了点头,她才不想到镇国将军府里住着呢,成天被关在院子里头,实在闷得慌。

"太好啦,太好啦!"孩子们欢呼起来,又蹦又跳,一脚跨进门的许慕辰有些莫名其妙:"什么太好啦?"

大顺看了许慕辰一眼,心里有些许不高兴,开始他瞧着许大哥是个好人,还暗地里替姐姐绣了鸳鸯的帕子送给他,可现在一想到他竟然要将姐姐带走,心里就有些不爽:"许大哥,我姐姐说不跟你成亲了,她要留在义堂照顾我们。"

"什么?"许慕辰大惊失色,走上前去,一把攥住了柳蓉的手,"蓉儿,你可不能出尔反尔,咱们不是说好了吗?要一生一世都在一起,你怎么就忘记了呢?"

柳蓉瞧着他那着急模样,有些故意捉弄他:"我觉得我那时候想错了。"

"蓉儿,你想的、说的、做的都不会错!"许慕辰拉着她的手摇了摇,"你忘记了?咱们还订条件了呢。"

"是啊,我姐姐想的说的做的都不会错,她刚刚说的那句话就是对的啊!"大顺贴在柳蓉身边,一双眼睛盯住了许慕辰,脸上有着挑衅的神色。

许慕辰一头雾水,不知怎么了,大顺对他的态度忽然发生了转变,原来一直亲亲热热喊他"许大哥",还将柳蓉绣好的帕子偷出来送给他,怎么现在态度就变了呢?这里头到底有什么问题?

岳媒婆笑着道:"许大公子,他们都担心玉簪县主成亲以后就不会再来照顾他们了。"

原来是这样!许慕辰长长地吐了一口气:"大顺,你们放心,成亲以后,你们的蓉姐姐还是跟成亲前一样,想做什么就做什么,我绝不会干涉她!"

"真的?"大顺将信将疑,"可是,听管事大叔说,你们家里规矩很严,做你的妻子以后都不能出院子了,要出去,除非是参加京城里达官贵人府上的宴会,想要到义堂来,那是不可能的!"

柳蓉伸手拍了他的脑袋一巴掌:"你信他瞎说,腿长在我身上,爱到哪里就到哪里。"

要是许老夫人与许大夫人不答应她出来,自己也懒得向她们去请示,镇国将军府那道围墙,还拦不住她。

"真的?"大顺破涕为笑,"太好了,太好了!"

许慕辰拉着柳蓉就往一旁走:"蓉儿,好久不见你了,咱们到旁边说说体己话。"

"有什么好说的?"柳蓉白了他一眼,见着他两条眉毛都快耷拉下来,就像师父喂的那只大灰一样,扑哧笑出了声,"好好好,我听你说话。"

许慕辰越来越有师爹那气质了,跟打不死的小强一样,柳蓉见着许慕辰那黏糊糊的两道目光,心中疑惑,是不是师爹向许慕辰面授机宜,教了他的"忍者神功"?

"蓉儿,你都不想我吗?"许慕辰开口说话,带了些哀怨,柳蓉激灵灵打了个寒战:"许慕辰,我得先去穿件衣裳,怎么听你说话,我全身发冷呢?"

许慕辰一把将她抱住:"蓉儿,这样就不冷了。"

柳蓉奋力挣扎:"放开我,万一大顺他们跑到后院来,看见咱们这样子……"

"干吗去管别人,你只要管我就可以了!"许慕辰缠缠绵绵地将脸贴了过来,"蓉儿,一日不见如隔三秋,你算算,我们都隔了多少秋了?"

"我算术不好,你自己算去。"许慕辰今日这嘴巴上涂了蜜不成?柳蓉听着这话只觉得心里忽然慌慌的一片,可又觉得很熨帖,再加上许慕辰那粗重的呼吸在她耳畔,更让她有些心荡神摇,不能自已。

"蓉儿,咱们已经将近四十日没见面了。"许慕辰声音哀怨,"算起来都有一百二十余秋啦!你怎么也不说想我,我可每日都想着你,一闭上眼睛,脑子里全部是你对我笑和我说话,想你想得我晚上睡觉都睡不好。"

柳蓉有些惭愧,她好像没这感觉啊!

这些日子在终南山,她的身心全部被师父的宠物大灰占据了,为了跟它增进感情,她每天都要花大量的时间与大灰待在一起,带它出去觅食,跟它玩耍,还努力与它沟通,每日里玩得筋疲力尽,上了床眼睛一闭就呼呼入睡,睡得又香又甜,一觉睡到大天亮,揉揉眼睛又是新的一天。

想起许慕辰,还是在每次师父絮絮叨叨时:"唉!蓉儿,你就要出阁了,虽然那个许大公子是个不错的,可我这心里怎么就这样不踏实。"

玉罗刹提起许慕辰的名字,柳蓉有些赧然,心里甜蜜蜜的,可等着与玉罗刹讨论完毕,她带着大灰出去玩耍以后,就将许慕辰抛到脑后了。

空空道人也跟柳蓉提及过许慕辰,只不过他是对柳蓉进行各种虐夫指导:"男人不能惯着,三日不打,上房揭瓦……"

柳蓉嘻嘻一笑:"师爹,这是你的亲身体会?"

"是啊,要不我怎么追到你师父的?"空空道人一点也不觉得羞愧，继续详细讲解，"首先你不能让许大公子觉得你少了他就过不下去，一定要让他有一种……呃……"空空道人拍了拍脑袋，"让他觉得自己是一块抹布！"

"抹布？"柳蓉有些好奇，"为什么？"

"想要拿来擦桌子的时候就会去碰碰他，平常不用太把他放在心上！"空空道人大力点头，"只有这样，许大公子才会有危机感，才会想尽办法讨好你！"

"哦，师爹，我明白了，就是让他心里觉得有些悬，觉得我随时都能将他扔到一边？"柳蓉点了点头，"师爹，你可真是说出了你的肺腑之言啊！"

空空道人满脸微笑："蓉儿真是聪明！"

于是，在有大灰占据了她的日常生活，有师父师爹轮流教她各种御夫之术以后，柳蓉成功地将许慕辰塞到了一个小角落里，只有看到许慕辰站到自己面前，才惊觉其实自己还是挺喜欢她的，忽然间就对自己的没心没肺感到有些不好意思。

许慕辰完全不知道自己已经被人算计，还在一脸痴情地问柳蓉："蓉儿，你肯定一直在想我，对不对？我瞧着你身子又清减了，肯定是因着想我想得太多。"

真的，你想得太多……

只不过柳蓉还是决定让他心里头好受一些："嗯，我偶尔还是会想起你的。"

"只是偶尔？"许慕辰有几分失望。

"那你还想要怎么样？"柳蓉撇了撇嘴，"你又不是大灰！"

"大灰是谁？"许慕辰咬牙切齿，"告诉我，我去把他大卸八块！"

"大灰啊……"柳蓉忍着笑，翻了个白眼，"大灰长得可俊了！我好喜欢它那傻乎乎的模样！每次一见到它，我就开心得很，跟它在一起，旁的事情都忘得一干二净了！"

"他住在哪里？"许慕辰的俊脸上已经结了一层寒霜。

"它跟我师父师爹住着,上次你去终南山,应该见着它了吧?师父说是十月末在山里逮到的。"柳蓉朝许慕辰眨了眨眼睛,"怎么了,你怎么就这样不待见一只可爱的大灰熊?"

嘶哑的长声嚎叫仿佛还在耳边萦绕,许慕辰忽然想起那次去终南山的时候,玉罗刹怪空空道人设陷阱不给力,本来想逮兔子,结果却抓了一只熊。

"真是那只大灰熊?"许慕辰忽然有些不好意思,扭扭捏捏了起来。

天哪,他竟然在跟一只大灰熊抢醋喝!

柳蓉到京城五日后,玉罗刹与空空道人也赶了过来。

他们来时,身后还跟了一支长长的队伍,义堂的院子瞬间就停满了无数马车,车夫们从车辕上下来,一个个拿着脖子上挂着的毛巾擦汗,眼睛从玉罗刹的脸上掠过去,有些战战兢兢的样子。

柳蓉目瞪口呆:"师父,你怎么带了这么多东西过来?"

不就是成亲吗?镇国将军府那么多聘礼,师父还打发她这么多东西,到时候她跟许慕辰那小院子里能不能放得下?

"蓉儿,你是师父在这世上唯一的亲人了。"玉罗刹眼圈子红红,一只手搂住了柳蓉的肩膀,"当年你还是一个尺把长的小小婴儿,师父抱着你都有些手脚发软,只要你一哭,师父就不知道该怎么办才好,不过不管怎么样,你总算是慢慢长大了,现在都要成亲了呢。"

空空道人有些不满:"阿玉,我就不是你的亲人了吗?"

玉罗刹反手将空空道人推到了墙角:"别打岔!我跟蓉儿的感情,跟你的不一样。"

"那你对我是什么感情?"空空道人满脸兴奋,又跟着贴了上来,柳蓉暗自叹气,果然许慕辰就是学到了师爹的精髓,脸皮厚得惊人,不过这脸皮厚也有脸皮厚的好处,师父这么强势,师爹却一点都不觉得委屈,反而甘之如饴。

"我先跟蓉儿说完话,你到旁边好好站着,等会我再来告诉你我对你是什么感情。"玉罗刹白了空空道人一眼，拉住柳蓉的手，眼中略带伤感，"蓉儿，你在师父身边长了十七年，真舍不得你离开，师父跟你说，以后那个许大公子要是敢给你气受，你就赶紧回来！你是师父的眼珠子，这么多年一直如珠似宝地爱护着，怎么能被别人欺负！"

闻讯前来的岳媒婆刚刚走过来，听着玉罗刹的谆谆交代，一张脸都垮了下来，不是该教如何贤良淑德，怎么还没成亲就教着让她回娘家？

"要是你那婆婆，还有祖婆婆对你不好，说要给许大公子添什么姨娘贵妾，你别理睬她们！那些高门大户里头的条条道道，你可别一样样地捡起来，让自己活得累！"玉罗刹又开始唠唠叨叨，她本来不是个喜欢说话的人，可这些日子，忽然间就多愁善感起来，心里头好多的话，就像沉积了千年，要瞬间爆发一样。

"夫人，这高门大户有高门大户的规矩……"岳媒婆想来想去，自己还是该尽到媒婆的职责，好好提点一二，要不然到时候玉簪县主嫁过去，真按她这个不懂世事的师父说的去做，京城里就多了一对怨偶，自己这金牌媒婆的招牌不是要被砸了？

"高门大户啥规矩？"玉罗刹有些不解，"这人生在世，不就是要过得快活？做啥事都还要顾及着一个破规矩，还不如不要活了。"

"咳咳，小门小户的，随随便便也就算了，可人家可是镇国将军府，做什么事都有自己的规矩，哪里能由着你们来？"岳媒婆连连摇头，决定为了确保柳蓉在婚后不与许慕辰吵闹，必须先好好给她上一课。

"首先，要孝敬长辈。"

"这是肯定的了，百善孝为先嘛。"玉罗刹点了点头，"我们蓉儿可是有孝心的孩子。"

"晨昏定省这些不消说，长辈要你做什么你就要做什么，不要去反抗，要做个贤惠识大体的媳妇。"岳媒婆扳着手指头道，"方才说要纳姨娘，长辈赐，不敢辞，怎么能不收下？高门大户里头，哪个男人没有三妻四妾？"

"屁话！"玉罗刹暴躁了起来，想到了自己当初与那苏大公子相恋，苏国公府那些老家伙一个劲反对，说什么她身份太低，无父无母，哪里能做苏国公府的当家主母，到了最后，那个没骨气的就娶了别人，这就是岳媒婆说的"孝敬"吧？

柳蓉抓住了玉罗刹的手："师父，你别急躁，岳媒婆说的一般是这样的，可事情总有例外，若是许慕辰敢纳妾，那我便回终南山就是，让他去跟那些姨娘们过日子。"

"蓉儿，咱们还没成亲呢，你怎么老是想着要回终南山？"许慕辰急急忙忙朝这边扑过来，眨巴眨巴了眼睛，"你听别人胡说八道做甚？"

"什么是胡说八道？你听听人家怎么说的？"玉罗刹指了指岳媒婆，"她是你们家派过来的媒婆，说的话自然是代表了你们家里的意思，可怜我蓉儿还没嫁过去，就来了这么多条条框框绑住她，我看啊，这亲事还不如不办！"

许慕辰很严肃地看了岳媒婆一眼："岳媒婆，谁叫你来多嘴多舌的？你再胡说八道，就把那一千两银票退回来！"

我这不是为你好吗？岳媒婆委委屈屈地看了许慕辰一眼，不敢再多说什么。

"蓉儿，你要相信我，要是我有二心，就天打雷劈，不得好死！"许慕辰举起手来当众发誓，"我许慕辰心里只有柳蓉一个，别的女人对我来说都是浮云！"

柳蓉瞧着许慕辰那一本正经的模样，笑着点了点头："你别着急，我相信你。"

玉罗刹也被感动了："许大公子别再说啦，你是个好人，我知道的。"

许慕辰这才放下心来，用手揉了揉胸口，他这些日子过得真是提心吊胆，别人都说成亲之前，准新娘会彻夜难眠，对亲事各种担心，现在可全是反过来了，他实在害怕柳蓉忽然撂下一句"我不嫁了"。

岳媒婆默默退下,好吧,既然人家乐意做个妻奴,自己也没啥好说的了,只要两人和和气气的,她就依旧是金牌媒婆李岳氏。

"来来来,蓉儿,看看我与你师爹给你准备的嫁妆。"玉罗刹笑容满脸,引着柳蓉往那几十辆马车旁边走过去,"你师爹心思比我细,全是他写下来,我再去弄……"

"师父辛苦了。"许慕辰赶紧拍马屁,溜溜的。

马车夫见着玉罗刹走过来,脸上惊恐的神色愈发深了,玉罗刹淡淡道:"你们都给我到一旁去歇着,没叫你们别过来。"

"这些人都是路上的强盗。"空空道人指了指缩手缩脚走开的车夫,向柳蓉解释,"我们本来是跟一个商队一起走的,没想到一伙不长眼的山贼还想要来抢嫁妆,打死打伤了好几个人呢,你师父一生气,就把他们都捉了过来,每人喂了一颗蝎毒丸,让他们赶着车马过来了。"

"哼!竟然想到老娘手里抢东西!"玉罗刹脸上有薄薄怒意,柳蓉很多嫁妆都是这些年她千辛万苦收集过来的,件件精品,他们竟然想染指?做梦去吧!

这些歹徒,自己先弄了他们做苦力,赶马车抬嫁妆,到时候再把他们送去官府,为民除害!

玉罗刹觉得,自己虽然也做抢劫的事情,可她抢的都是为富不仁的人家,她那可是劫富济贫,她是女侠,正义的化身!像这一群没骨气的,只会埋伏在半路上拦截过往路人,算什么玩意,统统都得去官府待着,送到西北去做苦役!

蝎毒丸?师爹又弄出啥新鲜玩意来了?

柳蓉眼睛往空空道人身上一扫,他走了过来,低声道:"咳咳,现做的,临时捏出来的泥巴团子,里边拌了点有颜色的粉末,看了还是有些像毒丸的。"

玉罗刹揭开盖在马车上的帆布,露出了一个个精美的箱子,她随意拎出一个,将盖子打开,顺手拿起一件,在阳光照耀下,只见地上有无数的光影闪动。

岳媒婆吃惊地瞪着那尊托在玉罗刹手上的雕刻，这是什么做的？她以前从来就没看见过，晶莹剔透，从这面看过去就能瞧见另外一面，玉罗刹穿着的浅绿色的衣裳不时在雕刻后边飘扬，一会儿添了点底色，一会儿又变得十分纯净。

这可真是好宝贝，自己也去过不少高门大户人家，可都没见识过这般晶莹透亮的东西，岳媒婆疑惑地看了看玉罗刹，莫非是真人不露相，这才是真正的富家高门？

玉罗刹又打开了一个箱子，里边装着成串的珍珠，大小差不多，打磨得圆溜溜的，上头那层淡淡的粉色不住地变幻着光彩，还有一些散装的珍珠，玉罗刹随意抓起一把来摸了摸："你可以磨了粉吃，你师爹说要多吃这个，肌肤才嫩。"

作孽哟！岳媒婆看了只觉心疼，药堂里卖的珍珠粉，哪里是这样的珍珠磨出来的粉末？那些都是又小又不规则的，哪里像这种，一看就知道是上好的东珠，颗颗有指甲盖大小，而且都是差不多大小，一颗少说也要几百两银子吧？就这样磨成粉末，吃了，吃了……岳媒婆心疼得一抽一抽的，虽然不是她的东西，依旧心疼。

玉罗刹揭开另外一个箱子，里面全是整整齐齐的金锞子，一个约莫有十两，打成各种各样的形状，什么花开富贵、花好月圆，都是吉利话儿，岳媒婆略微估算了下，一箱子里头应该装了三百多个金锞子，一箱子下来就该有三千两金子。

"大娘，你上回实在是辛苦了，还不要酬金，实在不好意思。"玉罗刹从箱子里随意拣出两个金锞子来，"拿着吧，给家里的孙子去玩。"

岳媒婆激动得满眼都是泪花，紧紧地攥着金锞子，连声道："许大公子与玉簪县主可是天生一对，地造一双，天下再也没有比他们更相配的一对了。"

许慕辰脸上露出了笑容："岳媒婆你这句话倒是说得没错。"他拉住柳蓉的手，深情款款地望着她，"这世上，真没有像我们这样般

343

配的人了。"

空空道人站在一旁耸了耸肩,他要是开口,阿玉肯定会打他,只能自己想想了:我与阿玉也是天生一对地造一双呢!

## 第十五章 拜堂成亲

三月十八这日，京城的天气很好，天空明澈如被水冲洗过一般，瓦蓝瓦蓝的一片，空中偶尔掠过几只鸟儿，扑扇着翅膀，带着一阵清新的春风，似乎那翅膀扇动的刹那，京城的花朵就一朵朵地竞相开放了。

义堂的院子里种着一排桃树，正是桃花盛放的季节，院落里到处飘着粉色的花瓣，孩子们站在树下不住地跳着、叫着，手里攥着柳蓉发给他们的小荷包，脸上全是笑容。

院子中央铺了一张席子，柳蓉穿着大红吉服坐在那里，玉罗刹满眼含泪，看着那老管事的婆娘拿着梳子给柳蓉盘发。

本来按着礼节要请有身份地位的全福太太来梳头的，只是柳蓉觉得京城里那些贵夫人们，只怕是不肯踏进义堂这扇门的，还不如不去请她们。许慕辰也害怕万一请的那个全福太太知道是来义堂梳头，再去偷偷告诉自己的母亲和祖母就坏了，也就点头同意了柳蓉的提议，将义堂管事的婆娘请了过来。

管事婆娘没想到自己有生之年竟然还能给一位县主送嫁，拿着梳子的手一直在发抖，柳蓉的头发早上刚刚洗了，这时候还没全部干透，攥在手心里，感觉湿漉漉的一把。

"哎呀呀……"管事婆娘有些沮丧，"县主，我……"

柳蓉笑着安慰她："没事没事，反正要吃过午饭后才会来迎亲，咱们先歇着。"

两位喜娘目瞪口呆："县主，吉时可不能耽搁。"

玉罗刹一板脸："什么吉时不吉时的？蓉儿什么时候梳头都是吉时！"她一脚踏上那张席子，坐在了柳蓉身边，搂着她的肩膀，有些动情，眼泪在眼眶里打着转，瞧着就要落下来，"呜呜，蓉儿，师父可真是舍不得你……"

柳蓉窝在玉罗刹怀里，闻着她身上传来的熟悉香味，也是眼泪汪汪："师父，你就是蓉儿的母亲，以后蓉儿就喊你阿娘！"

"真的？"玉罗刹又惊又喜，"蓉儿，你愿意做我的女儿？"

"师父，不是说一日为师终生为母吗？我喊你娘也是应该的。"柳蓉站直了身子，恭恭敬敬地朝玉罗刹磕了三个响头，"阿娘，蓉儿一定会好好孝敬你的。"

玉罗刹伸手抹了把眼泪，一把扶起了柳蓉："蓉儿，娘的好闺女！"

大顺站在一旁也很麻溜地跪了下来："既然姐姐认了娘，我也要认娘。"

玉罗刹高兴得合不拢嘴，没想到自己竟然儿女双全了，她开心地望了望柳蓉，又看了看大顺："唉！可惜呀可惜，娘要回终南山去，不能常常见到你们了。"

"娘，你为啥一定要回终南山啊？住到京城不是很好吗？"大顺伸手指了指身边的小伙伴们，"大家都很喜欢阿娘呢，娘你可以留在这里，我们一起快快活活地过日子。"

柳蓉也激动起来，捏住玉罗刹的手："娘，你就留下来吧。"

"真的可以吗？"玉罗刹脸上放出光来，"那我跟你爹先回终南山把那些机关给撤了，收拾收拾再来京城，以后就住在这里了！"

她都已经成亲了，还怕见到那个负心人吗？苏大老爷有什么好的？还真不如陪在自己身边这么多年的空空道人呢。

哭一场笑一场闹一场，不多久以后就是送嫁喜宴了，义堂里的老人孩子都是今日来观礼送嫁的客人,足足开了十桌酒席,正好凑了个十全十美。用过饭以后,管事娘子摸了摸柳蓉的头发:"干透了,可以盘发啦。"

盘发的时候有规矩,全福太太必须一边梳头发一边念赞词,可像管事婆娘这种,只知道围着灶台转的人,哪里会什么文绉绉的赞词?昨日晚上她才晓得自己要来做玉簪县主的全福太太,惊得打破了手里端着的饭碗,可她连碎了一地的碗片都没来得及收拾,就赶着去了胡同里最有学问的老秀才家。

老秀才虽然有学问,可他也没给人唱过这种成亲时候用的赞词,赶着翻了好几本古籍,这才翻出了一段话来,指指点点了一番:"你瞧瞧这个……"

管事婆娘白了他一眼:"我要是认识字,还要来问你?"

老秀才苦着一张脸,从《诗经》里的《桃夭》说到了《礼记》里的《婚义》,听得管事婆娘头昏脑涨,好不容易记住了几句,可等到今日又忘了个干干净净。

她拿起梳子一边给柳蓉盘发,一边努力想着昨日老秀才跟她说的话,好不容易才想到了一句应景的:"桃花开得真好看啊,到处都是桃花……"低头看了看柳蓉,她灵机一动,索性胡编了几句,"新娘子长得真好看呀,跟桃花一样!"

两个喜娘差不多都快晕过去了,这全福太太是从哪里请来的啊?连赞词都不会念!那边管事婆娘倒是越说越起劲:"等着桃子长出来了,新娘子与新郎官就摘下来自己吃,吃不完的拿出去卖,千万记得卖五个铜板一斤,可别卖便宜了啊……"

周围一片静悄悄的,大家都在仔细听管事婆娘唱赞词,全福太太真是体贴,连新郎官与新娘子以后挣钱的路子都想好了,还温馨提示了价格,真是贴心啊!

管事婆娘见众人都是一副赞赏模样,越发得意,想到什么就说什么,帮柳蓉盘完头发,已经是口干舌燥,接过大顺递过来的茶盏,一口气喝了三碗才觉得喉咙里有了些湿气。

这边才盘好头发,迎亲的队伍就已经来了,许慕辰端坐在马上,穿着大红吉服,更显得意气风发。柳蓉轻轻撩起盖头看了他一眼,发现这一次身后没再跟着一群大姑娘小媳妇哭着喊着,微微一笑,没想到去年还被人追着走的小鲜肉许慕辰,今年就掉了身价。

估摸着是他才成亲几个月就和离了,寒了一群芳心吧。

大顺扶着柳蓉往门口走:"姐姐,我现在力气小,还不能背你出门,只能扶着你出去了。"

"没事没事,不管怎么样,你都是我的好弟弟。"柳蓉握紧了大顺的手,"好好孝顺爹娘,知道了吗?"

"嗯。"大顺点了点头,他真没想到,自己失去爹娘以后,还能找到关心疼爱自己的姐姐,今日又认下了阿爹阿娘。这日子是要越过越好了呢,大顺默默看了看天空,一缕白云从蓝天上慢慢悠悠地飘过,他忽然想起自己过世的爹娘来。

"爹、娘,你们就放心吧,儿子会过得好好的。"

许慕辰迫不及待地从大顺手里接过柳蓉,搀扶着她上了花轿:"蓉儿,总算等到这一日了。"

柳蓉掀开盖头白了他一眼:"你又不是第一次成亲。"

喜娘赶紧拉着她的手:"玉簪县主,不要乱动,一切要符合礼仪规矩。"

许慕辰有些不悦:"我跟我娘子说话,要你们来插嘴做甚。"

两个喜娘顿时成了闷嘴葫芦——新郎官都这么说了,她们还能说啥?随便他们去吧,这成亲从头到尾就是乱糟糟的一团,没有一样合规矩的,反正她们只要有银子拿,管这么多闲事做什么!

"这次没有人跟着你的马后边哭了,惆怅否?"

"我还提心吊胆呢,幸亏她们没有跟着来哭,否则还不知道你今晚会怎么整治我呢。"许慕辰一副可怜兮兮的模样,上回成亲,他睡了一晚上的横梁,今晚他可坚决不要这样的待遇!他要化身豺狼虎豹……

坐在马上的许慕辰心里头美滋滋的,想起师爹真是个好心人啊,上回塞了一个小瓷瓶给他:"这是十全大补丸,每日一颗,坚持吃到成亲那日,你就能知道好处了!"

许慕辰听了这个名字,即刻就明白了是什么东西,赶紧一溜手揣进了袖袋里头,这可是好东西,师爹做的,尤其好!他已经见识过那个雪肤凝脂膏,对于空空道人的手艺,充满了由衷的崇拜,回府以后就急急忙忙吃了一颗,当下只觉得丹田处有热烘烘的一团,他打坐运气,那团热气就如耗子一般在他体内走来走去,让他血脉都通畅了起来。

原来不只是那方面有功效,还能增强内力!许慕辰大喜,师爹这份礼可真重!

迎亲的队伍在京城的大街小巷转了一圈,好不容易才来到镇国将军府门口,照旧是一只炭火盆儿,许慕辰赶紧翻身下马,很乖巧地蹲在了花轿面前。

两个喜娘见着新郎官的猴急模样,不由得叹气,媳妇都还没进门呢,就成了这般模样,以后肯定是被虐的对象。

柳蓉从花轿里出来,由喜娘搀扶着趴到了许慕辰的背上,许慕辰背着她一步步跨过了炭火盆子,飞快地走向了大堂。司仪高喊"吉时到",噼里啪啦的一阵喜炮声里,两人跟着司仪的话照做,拜堂成亲。

许老夫人坐在一旁,看着许慕辰与柳蓉拜了堂,乐得不拢嘴,许大夫人却只觉得有些疑惑,这新娶的媳妇,怎么从身形上瞧着有些眼熟?

两个喜娘决定彻底放弃。

新娘子唯一做得可圈可点的是在拜堂的时候,司仪喊着行礼就行礼,而且行得还颇为到位,那腰身弯下去恰恰好,跟新郎官几乎要碰个头对头。

只是被搀扶进了洞房以后,新娘子的本性就暴露无遗了。

首先是叫着要掀盖头。

"哎呀呀,这盖头可是只能由新郎官来掀的!"喜娘慌忙伸手去按柳蓉的手,"先揭开不吉祥,不能揭不能揭!"

柳蓉一甩手,两个喜娘就东一个西一个地趴到了床上,两人惊魂未定地撑起身子,新娘子好大的力气!

"什么不吉祥?胡说八道!"柳蓉将蒙在头上的那块红色锦缎扯了下来,"哼!我又不是没有自己掀过盖头,这都是第二次进洞房了,我还不知道规矩?上次我也是自己掀了盖头,现在不还是好好的?"

两个喜娘张大了嘴巴望着柳蓉,新娘子竟然是二婚!太后娘娘亲自下旨赐的婚,怎么可能赐个二婚的给镇国将军府的大公子?

"看什么看?有什么奇怪的?他也不是第一次成亲了,我们这不是半斤八两吗?"柳蓉嘻嘻一笑,站起身来,伸了伸手弯了弯腰,"都这么晚了,还真有些饿。"

"县主,县主,你要做甚?"见着柳蓉的手摸到了门闩上边,两个喜娘都快要透不过气来了,难道这位玉簪县主还想穿着嫁衣在镇国将军府到处去逛逛不成?两人奋力跑过去,一把拉住了柳蓉的胳膊,"县主,你可千万别出去,新娘子不能抛头露面啊!"

"我只是想去喊个丫鬟帮我送点饭菜进来。"柳蓉指了指门外,"现在都什么时候了,你们两人难道不饿?"

喜娘这时候忽然才意识到一个问题,玉簪县主竟然没有陪嫁丫鬟!

这位县主到底是个什么出身呢?竟然连个陪嫁丫鬟都没有带就大模大样地到镇国将军府来了,难道不怕夫家的人欺负她?

没有陪嫁丫鬟,没有贴身妈妈,那些嫁妆估摸着也是拿镇国将军府的聘礼银子买来的。两个喜娘同情地看了柳蓉一眼,只觉得这位玉簪县主前途堪忧。

没有娘家支持,想要在这高门大户立稳足跟,谈何容易!

两人同情心泛滥,将柳蓉搀扶了回来:"县主,你且坐着,我们出去让丫鬟给你送饭菜进来。"这天色已晚,自己的肚子也咕噜噜地叫唤起来，跟着县主一道吃了些东西也好，免得饿着肚子挨到半夜。

饭菜还没用完，许慕辰也被人簇拥着进来了，众人见着新娘子正端着饭碗扒拉得开心，红盖头被扔在了床上，一个个瞪圆了眼睛。

柳蓉没有管他们，继续吃饭。

天大地大，吃饭最大。

喜娘局促不安地放下竹筷站了起来："新郎官来了。"

柳蓉抬头朝许慕辰笑了笑："总得等我吃完饭吧？"

"不着急，你先吃。"许慕辰宠溺地看了柳蓉一眼，她吃饭的样子真好看，一点也不装模作样，端着饭碗吃得兴高采烈。

跟着许慕辰进来的一群人大都是他的亲友，上一次许慕辰成亲也来闹过洞房，现在个个站在那里，脸上都是疑惑，这新娘子，怎么好像跟上回那个新娘子长得一模一样？

柳蓉吃过了饭，用帕子抹了抹嘴，大大方方地站起来："听说成亲的晚上总要闹下洞房，你们各位准备怎么闹呢？"

站在许慕辰身后的人你看看我，我看看你，忽然没了主意。

闹洞房，一般是要将新娘子往死里闹的，有时候甚至闹得新娘的眼泪都要掉下来，可面对这样的新娘，大家倒不知道该怎么下手了。

许慕辰这边却按捺不住了，想到了上次柳蓉用的招数，赶忙依样画葫芦用了起来："各位，春宵一刻值千金，还闹什么闹，天色晚了，你们也快些回去歇着吧！"

上回是新娘子赶客，这回是新郎官动手，镇国将军府大公子两次成亲，都让人有意外的惊喜呀。众人站在门口，小声议论了几句："新娘子好像就是上回的那位苏大小姐啊。"

"样子差不多，可好像有哪里不对？"

"苏大小姐不是由太后娘娘赐婚，嫁了个姓王的书生吗？怎么可能再来嫁许大公子？更何况两人早就撕破了脸，写了和离书，这这这……"

洞房的门"吱呀"一声被打开，露出了两张脸孔，许慕辰扬了扬眉：

"各位，意犹未尽可到风雅楼坐着去小酌两杯，记到我许慕辰的账上，明日我让人去结了。"

柳蓉拱手："请勿打扰他人歇息。"

站在门口的喜娘笑着赶客："新郎官、新娘子要圆房了，各位还是回去吧，别打扰了他们。"

宾客们的眼珠子又一次落地，一片唰啦唰啦的响声。

许慕辰与柳蓉两人一道摇手："祝君安好。"

一个伸左手一个摇右手，可真是默契。

好不容易将门口那堆人赶走，屋子里剩下了两个人，许慕辰觉得全身都燥热不安，一颗心痒痒的，恨不能冲上去将柳蓉抱得紧紧的，将她揉碎嵌入自己的身体。

"蓉儿，我总算是娶到你了。"许慕辰小心翼翼地朝柳蓉走了一步，讨好卖乖，"亲事办得好吧？你可还满意？"

"好？"柳蓉嗤嗤一笑，"连晚饭都不让人给我送过来，还说你办得好？打算让我饿肚子过一夜吗？"

"哎呀，蓉儿，你可错怪我了。"许慕辰伸手到怀里一套，就摸出了个油纸包，"我给你带了东西过来，可没想到你已经自己用过晚饭了。"

柳蓉一手将油纸包夺过来，打开一看，里头包了半只鸡，一个猪蹄还有几块糕点。糕点被压碎了，随着纸包的簌簌之声落了一地。

"算你还有良心。"柳蓉将油纸包放到桌子上，伸手到旁边脸盆里净了手，"我吃不下啦，暂时放到这里，等到半夜你饿了再起来吃。"

许慕辰忽然就扭扭捏捏了起来："半夜……当然是吃……你了。"

柳蓉一翻白眼："还弄不懂是你吃我还是我吃你呢！"

玉罗刹昨晚给了她一本画册："蓉儿，你仔细看看，以后用得着。"

打开一看，里边画着一男一女正在练功，柳蓉大喜："师父，这是不是你与师爹两人修的新功夫？"

玉罗刹的脸瞬间就红了："那上头才不是我和你师爹啦！这是我

花了重金在京城的书肆里买来的,你仔细琢磨着,我不多说了。"

见着玉罗刹夺门而出,柳蓉忽然有几分明白了,翻开那画册仔细看了看,恍然大悟,这是在教她明晚成亲该怎么做的——这就是传说中的春宫画册吧?柳蓉兴致勃勃地翻阅了一遍,只觉得很是遗憾,上边根本没有画得太清楚,每幅画都有花草树木遮住了差不多一半的身体。

一定要跟师父说一句,让她找那书肆索赔,这重金花得不值啊!虽说有十八幅画,可能让她看清楚的只有三幅。

柳蓉决定,洞房就拿这三种姿势对付许慕辰!

现在就到了真刀真枪的时候了!

许慕辰的脸越来越红,他伸出两只手,想将柳蓉抱在怀里,可万万没想到,柳蓉比他出手还快,一指头就点中了他的穴道。

"蓉儿,你要做什么?"许慕辰大惊失色,难道圆房之前还要跟自己来比下功夫不成?

"做什么?圆房啊!"柳蓉转身从床头一个箱子里摸出了那卷画册来,"许慕辰,我先来问你,你喜欢哪一种姿势?"

许慕辰目瞪口呆地望着柳蓉将那本画册在他眼前展开,很体贴地给他解释:"我觉得这种姿势肯定有些费劲,你瞧瞧,那腿要抬那么高,累不累?昨晚师父拿了画册要我好好看一遍,我琢磨了许久,决定试试这几种。"

一张张欲盖弥彰的画在许慕辰眼前晃来晃去,他全身的血脉都要偾张了,下边那里更是蠢蠢欲动——他一点都不想再跟柳蓉讨论下去了,他只想真真实实地跟她试上一试!

"许慕辰,你看明白没有?"柳蓉将画册放到了床上,"要是还不明白,咱们一边做一边看,肯定能够领会。"

许慕辰哀求地望着她:"蓉儿,我全明白了,你给我解了穴道好不好?"

"这就看明白了?"柳蓉啧啧赞叹了一声,"是个聪明人。"

才一伸手解了许慕辰的穴道，柳蓉就觉得有热气扑面而来："哎哎哎，许慕辰，你干啥干啥？怎么了？不要乱舔好吧？"

许慕辰喘着气道："你不是说要来试试吗？男人当然要主动了。"

"切，女人就不能主动吗？"柳蓉翻身，压倒了许慕辰。

"蓉儿……"许慕辰觉得好羞愧！他是男人啊，竟然被柳蓉给压倒了！说出去都要变成笑话，不行，他要重整雄风！

许慕辰觑着柳蓉歇气的时候，略微一用力，翻身跃起，柳蓉抓住了许慕辰的一只手："哎哎哎，你怎么起来了？我想试的是那一张！"她将画册拖了过来，很认真地捧到了许慕辰面前，"你看到没有？就是这种姿势。"

"我看不到！"许慕辰呻吟了一声，用力吻住她的双唇，"蓉儿，以后别连名带姓地喊我，喊我夫君，或者喊我慕辰……"

"唔唔唔……"柳蓉完全无法说话，他一点点亲了下来，慢慢地，将她内心深处的那一种蠢蠢欲动唤醒，她逐渐失去了主动性，只能由着许慕辰将她的领地一寸寸占据，最后彻底放弃了抵抗。

"什么？"许大夫人皱了皱眉头，"少夫人没有带陪嫁的丫头和贴身妈妈？"

"是是是。"一个婆子垂手站在那里，脸色有些紧张，"少夫人说想用晚饭，自己没带陪嫁丫头过来，只能喊了府里的丫鬟去端的饭菜。"

"不会吧？"许大夫人低头，端起了茶盏，眼睛望着那微微起了细纹的茶水，心中却有如澎湃的河水，上上下下，没有个停歇的时候。

这到底是哪门子的县主啊？竟然连个陪嫁丫鬟都没有！许大夫人有几分焦躁，想到之前儿子不要自己来插手这门亲事，顷刻间就有了几分明白。儿子第一次成亲，啥都没管，全是她一手张罗的，这一次为啥这般积极？这里头定是有什么古怪。

"夫人，老奴还打听到了一件事情……"婆子有些紧张，咽了一口唾沫,这事情说出来可真是丢人,只不过以她对许大夫人的忠心耿耿,不能不说。在许大夫人惊诧的眼神里,婆子擦了一把汗,"大公子今日是去义堂迎的亲!"

"什么?"许大夫人眼前一黑,茶盏都差不多没端稳,"你确定?"

她知道儿媳妇不是京城人氏,可太后娘娘给赐的婚,人家又是县主身份,即便不是在京城的亲戚家里出阁,至少也会在福来客栈包下一间院子吧?万万没想到……许大夫人全身都有些发软,在义堂出嫁的儿媳妇,这事情要是传了出去,只怕会成为京城贵人圈里的笑话。

辰儿是怎么办亲事的,好歹也该来商量一句!要是媳妇不是世家出身,没那么多银子去租福来客栈的院子,镇国将军府有啊!也不至于要落到这么悲催的地步!

许大夫人眼前花花的一片,只觉得有不少尖嘴猴腮的脸孔在晃来晃去,那些贵夫人最最势利,肯定会抓住这事情说个不停的。一想到这里,许大夫人顿时觉得想死的心都有了。

"夫人……"婆子很担心,"要不要去请个大夫过来看看?"

"不用了。"许大夫人用力捏了捏自己的掌心,明日新妇敬茶,自己可得好好问清楚她的来路,万一是上不得台面的,还得用尽全力去教她这规矩礼仪才是。


春宵苦短,好像才刚合了眼睛,外边的天色就渐渐亮了起来。

许慕辰翻了个身,摸了摸自己的腰,怎么觉得哪里有些不对。

昨晚实在激战甚烈,两人折腾来折腾去,直到丑时才停歇。睡得晚,醒得肯定不比往日早,故此今日没能早起练剑,许慕辰低低地呼了一口气,腰酸背痛,似乎骨头都要散架了。

全怪空空道人给的那个十全大补丸太厉害,或许蓉儿也吃了吧,两个人体力倍加地足。本来蓉儿说好只练三种的,没想到你来我往的,竟然把那画册里的十八种姿势全部演练了一遍。

许慕辰眼睛一瞟,见着柳蓉抱着那画册睡得正香,嘴角浮现出笑容,自己的娘子有时精明有时糊涂,还口口声声说这肯定是一本武林秘籍,故意用这羞人的图画掩盖了它的本质。她要认真研修一番,看能不能看出些什么名堂来。

看来看去的结果,就是两人一起操练来验证这双修大法的妙处了。

秘籍果然是秘籍,练习的时候两人都飘飘然,浑然忘我,只知道互相配合得到最妙的滋味。许慕辰觉得,他以前二十年全白活了,从昨晚起,他才悟出了这人间的美妙。

他伸出手去,抓住画册的一角轻轻一拉,那本册子就从柳蓉的手里掉了出来,还没等他去捡,柳蓉已经睁开了眼睛:"怎么,你想早起偷偷练习武功?"

许慕辰笑道:"娘子,没你的配合,为夫想练也不行啊。"

柳蓉脸色微微一红,见许慕辰眼巴巴地看着自己胸前凝脂般的肌肤,赶紧拉了被子盖住了自己的胸口,朝许慕辰大吼了一声:"看什么看?没事不知道看自己的?"

"娘子,我以前每天都看自己的,成亲以后当然每天都要看娘子的了!"许慕辰笑嘻嘻地扑过去,"我的有什么好看的?当然看娘子的才更有意思!"

"你你你……"柳蓉瞠目结舌,成亲前怎么看许慕辰也是个清纯少年,怎么一夜之间就变了个样?这让她几乎怀疑起自己那时候对许慕辰充满的各种同情心,说不定全是他装出来骗取自己那点愧疚的!

"蓉儿。"许慕辰低低地叹了一口气,温热的气息扑到她的脸上,"咱们现在已经是夫妻了,闺房之乐总要有些!"他一双濡黑的眸子盯住了柳蓉,看得她有些不好意思起来:"你怎么了?"

"我越看我的蓉儿就越觉得你好美。"许慕辰的嘴唇慢慢地贴过来,一点点侵袭着她娇柔的唇瓣,如清晨的露水,滴入了花蕊深处。

"大公子,大少夫人!"外边有人砰砰砰地拍门,"辰时了呢,要去前堂敬茶。"

床上那两个快要凑到一处的人哎呀一声惊跳了起来,柳蓉嗔怨地看了许慕辰一眼:"瞧你,瞧你!都快耽搁大事了!"

成亲第一日,总要做出一副懂规矩的样子来,要像师父说的,把全镇国将军府的人都得罪了,也不是那么好,好歹也要让许慕辰面子上过得去。

柳蓉匆匆穿上衣裳,许慕辰开门,丫鬟们捧着洗脸漱口的器具进来,见着柳蓉,不由得都惊诧了一下,这不是先前那个大少夫人吗?怎么……几个人面面相觑,都惊住了。

苏国公府那位大小姐什么时候又变成了玉簪县主了?

"大少夫人,奴婢们伺候您净面。"

柳蓉伸出两只手,随便那群丫鬟摆布,她心里头明白得很,大家看见她的脸,肯定都会联想到苏锦珍,让她们去猜吧,自己就是不说话。

梳洗打扮好,许慕辰与柳蓉一道去了前堂。

这脚刚刚才踏进去,一屋子的人眼睛都瞪得溜圆,反应跟那些丫鬟一样。

什么玉簪县主?不就是苏国公府的小姐?

许大夫人更是莫名其妙,既然是苏大小姐,怎么会在义堂出嫁?她皱着眉头想了想,忽然想起来,苏大小姐已经被太后娘娘赐婚给了一位姓王的公子,肯定不是她了,只不过世上为何有这般相像的两个人?

许慕辰带着柳蓉拜见各位长辈,许老太爷与许老夫人很快从震惊中恢复过来,喝了柳蓉敬的孙媳妇茶,痛痛快快地将准备好的见面礼放在身后丫鬟们端着的盘子里。

轮到敬公公婆婆茶的时候,许大夫人已经回过神来了,她望了柳蓉一眼,神情严肃——这是一个极好的教育机会,既能让媳妇懂些规矩,又能树婆婆的威风。

先前那位苏大小姐嫁过来,许大夫人觉得她出身名门,这些事情自然不用自己多交代,可这位却是从义堂出阁的,许大夫人一看柳蓉,就觉得她额头上贴了两个大字:穷、酸。

这寒门里头出来的,自然是不懂规矩的,只能自己花大力气来调教她了。许大夫人望着跪在蒲团上的柳蓉,心中暗道,好在这媳妇看起来是个温顺的,端端正正跪在那里,低眉顺眼,一句多余的话都没有。

清了清嗓子,许大夫人开始絮絮叨叨地说起了女诫。

许慕辰听得两眉毛拧到了一处,母亲这是在做什么呢,难道准备开堂讲学不成?柳蓉端着茶跪在那里,眼观鼻鼻观心,一动不动,权当自己在练习打坐。气沉丹田,游走周天,运气入脾肺,终得大成。

许大夫人故意拖着声音慢慢说着,大堂里的人都有些奇怪,面面相觑,许大老爷面子上有些挂不住,夫人要教媳妇如何行事,只管等着敬茶完毕单独喊到一旁去教训便是,现在这么让媳妇跪着听教训,不是故意在落媳妇的脸?

也不知道媳妇什么地方得罪了她,许大老爷不满地看了许大夫人一眼,伸手推了推她,许大夫人就跟没看见似的,继续絮絮叨叨。

"母亲,那茶……"许家三房的一个小少爷,忽然惊呼出声。

柳蓉手中的茶盏,忽然热气腾腾,白色的烟雾直冲向许大夫人的面门。

柳蓉跪着觉得无聊,也知道许大夫人是在故意整治自己,索性用内力催热那盏已经凉下来的茶,许大夫人说得越久,那盏茶就越热,最后竟变成烧开的沸水,汩汩有声。

大堂里的人都紧紧地盯住了那盏茶,只觉怪异,却不知道缘由。

许慕辰心知肚明,柳蓉肯定是在变着法子抗议许大夫人,他有些苦恼,不知母亲今日究竟为何要在大庭广众之下故意刁难柳蓉。他站起身来,将柳蓉手中的茶盏端起,送到了许大夫人面前:"母亲,你说这么多应该口渴了,赶紧喝口媳妇茶吧。"

"辰儿,你……"许大夫人气结,自己正在教媳妇如何伺候好夫君,这可是在给儿子挣权益呢,怎么就这样被他堵住了?

真是好心当成驴肝肺。许大夫人悲伤地看了儿子一眼,许慕辰压根儿没理她,一把将柳蓉拉起:"蓉儿,跪得累了不?先歇歇。"

娶了媳妇忘了娘啊！许大夫人心如死灰，没精打采地喝了一口茶。

"噗……"一口茶水喷了出来，伴着茶盏落地的声音。

好不容易将大堂上坐着的人都敬了一轮茶，柳蓉这才被领着坐到了椅子上。她接过许慕辰的帕子擦了擦汗，看了一眼坐在旁边的人，只见是许三夫人，便冲她笑了笑。

这些人其实上次敬茶的时候就见过了，可是为了这次的见面礼，柳蓉决定装出是第一次跟她们见面的样子，笑得恰到好处，亲近里头带着淡淡的疏离。

许三夫人一愣，但是马上回过神来，冲着柳蓉甜腻腻地笑了笑："侄媳妇，听说你家不住在京城？"

许大夫人心中一紧，糟糕，莫非许慕辰去义堂迎亲的事情被透露出去了？

"是啊。"柳蓉很诚实地点了点头，"我家住在终南山。"

"原来是隐居的世家。"许三夫人脸上露出了一丝理解的笑容，"我们一直在想，怎么先前就没听过玉簪县主这个名字，原来是外地人，唉！也怪可怜的，背井离乡嫁到京城来，娘家人一个也没在身边……"

"三婶娘，我爹娘很快就要搬到京城来了。"柳蓉毫不客气地打断了许三夫人的话，她又不是不知道，许三夫人是个口蜜腹剑的人，那时候绫罗出去打探镇国将军府的闲话，搜了一大箩筐回来说给她听，许三夫人可没少说她的坏话。

许三夫人小心翼翼地看了柳蓉一眼，脸上有尴尬的笑："世家就是世家，到京城买房子就是一句话。"

"我爹娘准备住到义堂。"柳蓉一本正经，"那里有不少可怜的老人和孩子，他们帮忙照顾着，也是一桩善举。"

许大夫人几乎要吐血，自己还想极力捂着这事儿呢，没想到媳妇就直接说了出来，真是没脑子！她的手抖了抖："媳妇，你跟辰儿出去走走，先去熟悉下镇国将军府的各个院子，以后就不会走错了。"

柳蓉正盼着这句话呢，赶紧站起身来，朝许大夫人行了一礼："多谢婆婆指点。"

许慕辰松了口气，蓉儿就是大度，自己母亲有意刁难她，她却一点也没有生气，脸上依旧是笑嘻嘻的。他站起身来，挽住了柳蓉的胳膊："蓉儿，我带你去走走。"

两人刚刚走到门口，就听着后边许三夫人阴阳怪气道："难怪听说昨日是在义堂迎的亲，我还以为是有人误传，没想到却是真话。"

柳蓉抬头看了许慕辰一眼，笑而不语。

许慕辰一掀门帘："走走走，咱们两人过日子，跟她们有啥关系，我爱去哪里迎亲就去哪里迎亲，又不是她们娶媳妇。"

门帘不住地荡来荡去，将外边一线阳光送进来又挡了回去，许大夫人目瞪口呆地望着那门帘，脑海里还是儿子媳妇携手离开的场景，有些酸溜溜的，这时就听着许三夫人用讥笑的口吻道："这次慕辰成亲，一共花了多少银子呢？我看着昨日抬进府的嫁妆颇多，不是拿了咱们府里送过去的聘礼银子买了些被子鞋袜来充数吧？"

许三夫人说得十分尖刻，许大夫人脸上有些挂不住，这时许老夫人很严肃地开了口："既然是给孙媳妇的聘礼，你管她买了些什么？这么大一把年纪了，还是跟那些小丫头子一样喜欢嚼舌头，你也不看看自己的身份！"

听着婆婆训斥三弟妹，许大夫人这才心里舒畅了些，等着大堂里的人散了，许老夫人呼的一声站了起来："老大媳妇，咱们去辰儿院子里瞧瞧，看看孙媳妇都带了些什么嫁妆来咱们府里了。"

原来婆婆也在琢磨着这事情啊，许大夫人应了一句，赶紧扶着许老夫人往许慕辰院子里走去。

玉簪县主没带陪嫁丫头，没带管事妈妈，嫁妆倒是有不少，可都锁到了最后边那一排屋子里，门上落了锁，钥匙她自己拿着了。

许老夫人与许大夫人透过那茜纱窗户往里边看了看，隐隐约约只能看见一个箱子叠着一个箱子，根本看不出来都是些什么嫁妆。

"除非让辰儿媳妇将嫁妆单子交出来。"许大夫人咬了咬嘴唇，"只不过这样做似乎有些不大妥当。"

"你也知道不大妥当？"许老夫人白了她一眼，"人都已经娶进府了，你现在还在这里抱怨又有什么用处？算了，别想太多，以后好好教着便是，她身上虽带了些穷酸气，可毕竟年轻，好改，只是让她别太跟娘家接触，免得好不容易才有些起色，回一趟娘家便又故态重萌了。"

"是。"许大夫人低头应声，只是心里犹自有些不忿，很想知道那些聘礼被亲家家里吞了多少。许三夫人说的话也不是没有道理，这世间卖女儿的多得是，鬼知道那玉簪县主父母究竟打发了些什么！且不说连陪嫁丫头都没打发，但凡给了些好东西出阁的，一到夫家，早就喜滋滋地将嫁妆单子呈给婆婆过目了，她这样藏着掖着还不是心中有鬼？

"蓉儿，可真是委屈了你。"许慕辰跟柳蓉走到院子里十分歉意地道，今日敬茶之事，全是他母亲挑起来的，他只觉心中羞愧，不知为何母亲会如此一反常态，"以前我母亲不是这样的。"

"我又不是没有跟她相处过，早已了解她。"柳蓉嘻嘻一笑，"你别往心里头去，我真没多想什么，毕竟她是你母亲，跟我师父一样都是值得我尊敬的人，她一时间有些想不通，我也不会计较。"

"好蓉儿。"许慕辰抓紧了柳蓉的手，心中甚是宽慰，这事要是摊到那些小肚鸡肠的贵女身上，还不知道又会起什么幺蛾子呢。

"我初来乍到，也该给各房送点礼物才是，好歹也要在你们镇国将军府住几十年呢，总得搞好关系。"柳蓉侧脸望向许慕辰，"你说，送什么才好？"

"怎么还说你们镇国将军府？"许慕辰完全没有抓到柳蓉的重点，只是在琢磨着"你们"两个字，"蓉儿，你这意思，还没将自己当成镇国将军府的主人啊。"

柳蓉也忽然明白自己说错了话，很歉意地朝许慕辰笑了笑："这不是还没习惯嘛。"

两人说说笑笑往前边去了，园子里干活的丫头们都用充满羡慕的目光望着两人的背影，聚在一处窃窃私语："虽然大少夫人长了一张跟先前大少夫人一样的脸，可大公子却完全是两种态度啊。"

"可不是？"有人叹息，"故而说，长相一点都不重要，性格才是最要紧的。"

柳蓉跟许慕辰回到屋子里，两人忙忙碌碌地准备起礼品单子来，许慕辰将府中各房的人都一一列了出来，大致说了下喜好，柳蓉眼珠子转来转去想着该送啥才好。

丫鬟们送糕点茶水进来，许慕辰笑嘻嘻地拈起一块鹅油栗蓉火腿酥："蓉儿，张嘴。"

柳蓉嫣然一笑，张嘴咬住。

端着茶盏的丫鬟手一抖，差点将一盏茶全给洒了。

大公子与大少夫人完全当她们不存在，就这样公然打情骂俏，不好吧？

还是将茶盏放下，赶紧走吧，唉！大公子一成亲，自己连幻想的资格都没有了,两人恩恩爱爱的，自己还能想什么——一旦成亲无幻想，从此许郎是路人啊！

许大夫人打发管事婆子给柳蓉送了两个丫鬟四个婆子过来："大夫人说了，大少夫人总得该有自己的人用，这几个就拨给大少夫人了。"

新来的丫鬟一个叫翠花，一个叫翠柳，都是许大夫人院子里头的二等丫头，此番来许慕辰院子，都是得了许大夫人授意的，要好好盯紧了大少夫人，有什么地方做得不对，要时时刻刻提醒她，若有大事，便赶紧回禀她。

柳蓉挥了挥手："你们下去吧，我有什么事情自然会喊你们。"

翠花进言："大少夫人，高门大户里的小姐夫人，该斯文些。'事情'该说成'事儿'，这样方才能显得文雅。"翠柳慢条斯理，望着柳蓉的眼角里带着一丝不屑，她这做丫鬟的都懂，这位所谓县主出身的大少夫人竟然不懂！

"滚。"柳蓉简简单单一个字，脸上没有别的表情。

"大少夫人，你该说'退下'。"翠花忠于职守，立刻矫正柳蓉的不文明用语，翠柳在一旁不住点头，上回那个大少夫人虽然不得大公子喜欢，可却真是大家闺秀，哪里像这位大少夫人，粗野得跟个乡下人似的，看来大公子的口味真是奇特啊。

柳蓉站起身来，一只手拎住一个丫鬟的衣领，拖着两人到了门边，手下一用劲，就将两人从屋子里头扔了出去："以后没我的话不准踏进屋子半步！"

三月的春光正好，园子里一片姹紫嫣红，许大夫人心事重重地站在繁花似锦之中，两条眉毛蹙到了一处，听着翠柳与翠花的哭诉，心情糟得不能再糟。

都说打狗要看主人面，自己好意给媳妇送了几个下人过去，还想提点她的言行举止，没想到却被她从屋子里扔了出来！这可不是在惩罚丫鬟，而是在扫自己这个做婆婆的面子，好像是在告诉自己，别想安插人手到她屋子里。

虽然自己也带了几分这样的意思，可许大夫人是打死也不会承认的，她只是关心媳妇，想让媳妇成为一个出得厅堂进得卧房的贵妇人！

可是媳妇却一点也不领情，直接将两个丫鬟给扔了出来，没有比这个更闹心的事情了，许大夫人捂着胸口用力喘了口气："你们两人好生服侍着大少夫人，有什么事儿赶紧来告诉我。"

"是。"翠花、翠柳低眉顺眼地走了。

许大夫人一屁股坐在了石凳上，用力将衣裳领口扯开了一些，心里呼呼地烧着一把火，越烧越高。自己的辰儿这般人才，可这婚姻上怎么就如此坎坷？娶的第一个媳妇贤惠端庄，可他就是不喜欢，娶了个喜欢的回来，竟然是乡野丫头还不知尊卑与规矩。

"大夫人。"小径那头走来了两个丫鬟，许大夫人赶紧拢了拢衣领，坐得端端正正，一副贤淑模样。

"大夫人，我们家大少夫人给您送礼来了。"

原来是儿子院子里头的两个丫鬟，两人笑嘻嘻地端着一个大盒子走了过来，行礼上前："这是大少夫人送给您的。"

咦，这媳妇竟然会知道要送回礼？许大夫人有几分诧异，揭开盖子瞧了瞧，就见里边装了好几个小小的坛子，打开一罐，玉白色的一堆粉末，伸手挑了些放到鼻子下边闻了闻，没有什么气味。

"这是什么？"许大夫人有些不解。

"大少夫人说了，这都是上品东珠磨碎以后的珍珠粉，大夫人每日清晨服用一次，便能使肌肤细嫩，容颜不老。"一个丫鬟笑嘻嘻地转述了柳蓉的话，眨巴眨巴了眼睛，"大夫人，你不妨试试，看有没有效果。"

许大夫人矜持地点了点头："我知道了，你们且下去吧。"

等着两个丫鬟一走，许大夫人倒出了一把珍珠粉末放在手心，仔细瞧了又瞧："东珠磨成粉子？她也太能扯了，东珠要多少钱一颗？就这样不知珍惜地磨掉了？"

身后的贴身妈妈笑道："夫人，这东珠也有贵贱之分，若是那些小得米粒大小的珠子，一两银子就能买一两呢，也不是什么值钱的货。"

许大夫人恍然大悟："可不就是这样！竟然拿了这次等的珍珠来磨粉，还要故意说成是上好的东珠，真是可恶。"

自此以后，许大夫人就不大待见柳蓉，总觉得这儿媳妇不好，左看右看都有些不对盘，干脆就将她晾到了一边，除了晨昏定省在许老夫人的主院见面偶尔说几句话外，其余时间都没有找过她，更别说喊了柳蓉过去教她学着打理中馈了。

柳蓉狠狠地在许慕辰面前夸奖许大夫人："慕辰，你母亲真好。"

"怎么了？"许慕辰瞧着她笑意盈盈，就跟花朵一般，心里也开心，用手勾起她的下巴，轻轻在她嘴唇上啄了下，"怎么这样高兴？"

"母亲现在真是对我好，根本不喊我去她院子，也不要我做什么事儿，或许是我送给她的珍珠粉让她觉得满意，故此就抬手放过了我。"柳蓉兴致勃勃，实在是高兴，她每日要做的事情太多，实在没时间陪着许大夫人说些无聊的话。

许慕辰听了这些，倒有些紧张，母亲这态度，摆明就是不喜欢蓉儿，为什么送了珍珠粉给她，她还是这样不高兴？仅仅因着蓉儿的出身吗？他看了一眼柳蓉，小声道："蓉儿，若是苏国公府要将你认回去，你还愿意回去吗？"

柳蓉摇了摇头："我都认了师父做娘了，以后师父就是我的母亲，我干吗还要去苏国公府认亲？"

"唔……"许慕辰没有说话，看着柳蓉那眉眼弯弯的模样，暗自叹气，既然蓉儿不愿意去苏国公府认亲，那自己也不必勉强她，与母亲多说说就是了，只要自己肯不停地说蓉儿的好处，总有一日母亲也会喜欢上她。

许慕辰没有想到的是，他越是夸奖柳蓉，许大夫人心里就越是不高兴，本来是努力想要调解婆媳关系，却没想到两人之间的关系却越发地糟糕。只是幸得许大夫人出身高门大户，自小受的教导便不是那种泼妇骂街式，只是温言软语里漏出几句不屑来，而柳蓉恰恰不是个心细的，哪有空去琢磨许大夫人这话里暗藏着什么含义，只是一味地冲许大夫人笑个不停，弄得许大夫人心中更是不爽。

"媳妇，你瞧瞧这几幅锦缎花色怎么样？"

"都很好看啊。"

"那就送给你父母吧，他们在终南山住着，基本上见不到京城的时兴料子，你将这些送回去可以表孝心，又能让你父母亲穿上新衣裳在亲友前露露脸。"

"多谢母亲。"柳蓉眉开眼笑，胳肢窝里夹了几匹锦缎飞快地走出去，锦缎价格贵，特别是这种花色的，许大夫人也说了不便宜，她得赶紧拿出去放到许慕辰那两间小铺子里给卖了，得了银子送到义堂去养活那些老人孩子。

至于许大夫人话中暗暗讽刺她师父、师爹，柳蓉一点也不在意，她说得没错，师父、师爹常年住在终南山，本来就没见过什么时兴的锦缎料子，师父身上的衣裳，全是从终南山下边那个小镇的成衣铺子里买的。

见着柳蓉夹了那几匹锦缎健步如飞地走了，许大夫人连连叹气："怎么能自己拿着走呢！唉！怎么着也该让下人们动手才是，都是在乡间做惯体力活了，现在成了主子依旧不知道使唤奴婢。"

许大夫人与柳蓉，就在这磕磕碰碰里头过了将近两个月，转眼就到了五月。

五月正是蔷薇盛开的时候，许大夫人来了雅兴，下了帖子请京城里的达官贵人来参加镇国将军府的蔷薇花会，日子定在五月初八。

那日一早起来，就见着天色空蒙，一层淡淡的烟霭飘浮着，日头在云层后边似露不出来一般，地上全是模糊的花影。

柳蓉在后院练了一个多时辰功夫，吩咐翠花、翠柳准备热汤，沐浴更衣以后，从净室里走出来，差点没有被通透的阳光耀花了眼睛。她伸手挡了挡，有些奇怪地望了一眼天空，她进去沐浴的时候还是阴沉沉的呢，这么一阵子就变了天？

翠花依旧改不了拍许大夫人马屁的毛病，喜滋滋地道："我们家大夫人选的日子都是极好的，没有一次天气不好的。"

柳蓉点了点头："佩服佩服，真是能掐会算。"

这丫鬟真是身在曹营心在汉，柳蓉看了她一眼，朝她笑了笑，抬脚就往外边院子里走。师父与师爹也该快到京城了，今日帮着许大夫人将这蔷薇花会办完以后就赶紧去义堂，好去陪陪师父与师爹。

天空一点点放了晴，明媚的阳光从天空中投洒下来，地上跳跃着点点碎金。走在小路上，闻着那馥郁的芳香，有说不出的神清气爽。

许慕辰微笑着站在前院等她，见柳蓉如出水芙蓉一般亭亭玉立，头发上还有着湿漉漉的水珠，走过来摸了一把："好香。"

柳蓉朝他翻了个白眼："没工夫磨蹭，我得快些将头发弄干，要不就没法子按时赶到主院了,毕竟是你母亲今年第一次开游宴,总得显得勤快些。"

"蓉儿,你真是善解人意。"许慕辰拥着她往屋子里头去,"走,我给你去弄干头发。"

穷苦人家的姑娘头发洗了自然干,大户人家的小姐,自然有丫鬟伺候着擦干,柳蓉最近与许慕辰一道想出了个好主意——用内力将头发上的水逼出来,他们两人经常在沐浴以后将屋子门给关上,盘腿打坐,看谁的头发干得快。

许慕辰经常是个输家。

他头发已经削薄了不少,可依旧比不过柳蓉,每次柳蓉的头发已经干透,而他的还是半干,柳蓉有时看不过眼,伸手抵住他的后背,将内力送过去,帮他催干:"下回我让师爹给你带些云棕果来,也好提提你的内力。"

许慕辰哈哈一笑:"师爹总是有好东西。"

其实,他最想要的是那珍贵的十全大补丸……

两人携手进屋子里捣鼓了一阵子,柳蓉的头发干了,许慕辰招呼丫鬟进来给她梳妆打扮,他看着丫鬟们围着柳蓉忙忙碌碌,心中有些发痒,拿起黛条来要给柳蓉画眉毛:"蓉儿,我给你画远山眉。"

丫鬟们在旁边瞧着心里艳羡得不行,大公子与大少夫人真是夫妻恩爱,这可是大少夫人命里注定有这福气,如此体贴的夫君,可是打着灯笼都找不着!

镇国将军府开的游宴,京城勋贵们自然是趋之若鹜,还没到中午,就陆陆续续有达官贵人携妻带子过来了,后院的花厅里,顷刻间便坐得满满登登的一片。

柳蓉穿了一件樱花红的衣裳站在许大夫人身边,两人笑微微地在门口招呼女眷,许老夫人则在花厅里坐镇,与那些上了年纪的夫人们说着闲话,丫鬟们端着茶盘来来回回地穿梭,一片热闹景象。

"苏老夫人,苏大夫人!"许大夫人笑着朝走来的几位夫人点头致意,柳蓉抬头打量,就见着苏国公府的女眷们已经在婆子的引领下走了过来。

苏老夫人脚下一怔,苏大夫人也停住了脚,苏家其余两房的夫人小姐们都张大了嘴巴,目瞪口呆地望着柳蓉,一时间都说不出话来。

"许、许大夫人!"苏大夫人压制住心中的惊疑,招呼了一声,"这就是您的儿媳妇玉簪县主?"

"是。"许大夫人嘴角浮现出笑容来,自己即便对这儿媳妇有千万个不满意,可在外人面前却不能表露出来,"她跟贵府苏大小姐生得真像,我当时见了也觉得吃惊,还以为是苏大小姐又嫁回来了呢。"

"唉!珍儿是没福气做许大夫人的儿媳妇了。"苏大夫人叹息了一声,苏国公府原来是怎么都不同意苏锦珍嫁给王公子的,可没想到太后娘娘竟然给赐了婚,也只能着手办起这件事情来。好在那王公子颇争气,考上了第二十八名进士,苏国公府暗地里给他去运作了下,先安排在六部里挂个闲职,就等着有合适的富庶郡县,打发出去做两年知县知州什么的,有了政绩也就好提拔了。

苏大夫人心疼女儿,怕她来镇国将军府故地重游会心里难受,叮嘱她好生待在府中。

苏锦珍知道母亲的意思,也没多说什么,她本来就对这些游宴不感兴趣,更何况是与她曾经有那么一点关系的镇国将军府举行的。虽说她自己没真正去那里生活过,可在世人的眼里,她曾嫁入过镇国将军府,被人扫地出门了,到时候在自己背后议论纷纷,听着也是扎心窝子痛。

苏大夫人将女儿安顿好,跟着苏老夫人来了镇国将军府,没想到却见着许家大少夫人跟自己女儿长得一模一样,心里头不免吃惊,这天下怎么会有长得这般相像之人?她哆哆嗦嗦地看了柳蓉一眼,充满了疑问。

她生苏锦珍那一晚上,痛得死去活来,一觉睡了过去,醒来以后见着小小婴儿在身边,不胜欢喜,直到某一个晚上,贴身妈妈悄悄告诉她，其实她一次生了两个，另外那一个刚刚生下来就死了，老夫人说不吉利，让人抱着去埋了。

苏大夫人当时就傻了，本来想去问苏老夫人这件事，可是想着再去问也没用了，反正那个女儿已经死了，夭折的孩子是不能进祖坟的，否则会给家族带来厄运。她能做的就是在每次家中祭祀的时候，默默地给自己的孩子上一炷香，希望她早点去极乐世界，或者重新入轮回道，托生一个富贵人家。

过了十八年，这事情也慢慢淡了，可万万没有想到，眼前忽然又出现了一个跟苏锦珍长得一模一样的人！

一颗心怦怦乱跳，苏大夫人望着柳蓉，眼中忽然有泪，只觉得心在抽疼，她有一种很强烈的感觉，这位许家的大少夫人，就是她那个夭折的孩子！

苏老夫人也站得笔直，眼神里全是惊讶，柳蓉朝她们行了一礼，浅浅一笑："苏老夫人，苏大夫人，莫非我今日有什么地方打扮得不妥？"

"哦哦哦，没有，没有。"苏老夫人摆了摆手，扯着嘴笑了笑，"只是有些惊奇，大少夫人竟跟我那孙女生得颇为相像。"

"这天下相像的人多了，何必如此惊奇。"柳蓉挑了挑眉，那两道被许慕辰糟蹋了一番的眉毛立即拱了起来，黑乎乎地趴在她光洁的额头上，像一条千足蜈蚣，苏老夫人瞧着，这模样又与苏锦珍似乎有些不相像了。

只是苏大夫人却还是依旧疑惑，她走上前一步，颤着声音问道："大少夫人，宝乡何处？敢问令尊名讳？"

柳蓉笑了笑："我自小就在终南山里住着，我爹娘……"

她话还没说完，一阵脚步声传了过来，几个婆子哀号着跌跌撞撞地跑了过来，跑到最后边的那个，几乎是手脚并用地爬行。

"放肆！"许大夫人发怒，"大呼小叫的，成何体统！"

"大、大、大夫人！"跑得最快的那个婆子扑了过来，抓住了许大夫人身后那个婆子的手,全身都在发抖,"有两个人,自称是大……"她的眼睛瞅了瞅柳蓉,一副畏畏缩缩的模样,"自称是大少夫人的爹娘,要进府来拜会老夫人。"

"什么?"许大夫人听了也有些惊奇,儿子成亲,自己还没见过亲家哩,这可真是赶得巧,只不过这场合……许大夫人有些犹豫,不知道让他们进来好还是不让他们进来好,万一乡下人不会说话,丢了镇国将军府的脸面怎么办?

"呜呜……"一阵尖锐的呼啸声响起,那几个来报信的婆子吓得全身发抖,"谁、谁、谁把他们放进来了?"

许大夫人莫名其妙:"这两人既是亲戚,为何不能进来?"

"大、大、大夫人……"来报信的婆子的手指都在发抖,"除了亲家老爷和亲家夫人,还、还、还有……"话音未落,她便眼睛一翻,晕了过去。

园子里响起了一片哭爹叫娘声,丫鬟婆子们纷纷朝花厅这里奔过来,完全顾不上门口站着的是优雅的贵夫人与贵女们,跑得比兔子还快。许大夫人站在花厅门口,看着朝自己慢慢走来的两个人,全身冰冷一片,她也想拔足逃跑,可腿就像钉在地上一般,怎么也动不了。

来了两个人。

重点不是这两个人,而是两个人身边走着的三团黑影。

一头灰熊,两只狼。

灰熊摇摇摆摆地走着,屁股扭得十分厉害,两只狼倒是蹦蹦跳跳的,活泼异常,还不时仰着脖子望天长啸几声。

柳蓉开心地迎上前去:"娘、爹,你们来了?"

玉罗刹与空空道人都是一脸的笑:"我们今日一早就到了京城,你爹说先来看看你过得好不好,我们就先找来这里了,没想到正赶上你们府里办蔷薇花会,真是巧了。"

"娘,爹,我来给你们引见一下。"柳蓉挽着玉罗刹的手就往许大夫人面前凑，一只熊两只狼也扭着身子跟上，半步不落。

"母亲，这就是……"柳蓉的话还没说完，许大夫人忽然身子一歪，幸得柳蓉手快，一把扶住了她，"母亲，你别害怕，这是我娘养着玩儿的东西，它们不会咬人的。"

许大夫人声音微弱："真、真、真不会咬人？"

玉罗刹有些气愤："我都训练了这么久，它们怎么可能还会乱咬人？"

她驯服野兽的手段可是一等一的好，听蓉儿唤她"母亲"，那这位便是亲家了，显然亲家在怀疑她的驯兽功夫。玉罗刹摸了摸大灰的脑袋："大灰，你跟那位夫人说个恭喜发财。"

大灰挪着肥肥的身子走上前去，慢慢直立起来，伸出两只前爪，还没合拢，许大夫人已经晕过去了。

玉罗刹走到许大夫人面前，伸手一掐许大夫人的人中，将她弄醒："哎，你可不能晕倒啊！"

许大夫人气若游丝："你、你、你要做甚？"

"我要大灰、阿大和阿二过来跟你亲近亲近！"玉罗刹哈哈一笑，用力抵住许大夫人的背，将她扳直了身子，"你好好看着。"

"我……"许大夫人有气无力，自己曾经设想过千万遍，媳妇的父母是什么样子，土财主、农夫、木匠、泥瓦工……她想到过各种面孔各种身份，可就是没想到会这样。

"阿大，阿二，快过来！"玉罗刹朝两匹狼招了招手，两匹狼摇着尾巴飞快地跑过来，一匹刺溜一下攀上了许大夫人的肩膀，一匹将脑袋靠在了许大夫人新添置的香云纱长裙上头，很满意地蹭了蹭。

"嗷……"许大夫人一声惨叫，顿时又晕了过去。

"这是怎么了？"玉罗刹十分奇怪，"我们家阿大、阿二分明很乖的！"

空空道人点头："是啊，这么乖！"

两匹狼觉得自己受了委屈，脑袋在许大夫人身上磨蹭来磨蹭去。

玉罗刹决定，非要跟亲家解释清楚才行。她略微运气，又一次将许大夫人弄醒。

许大夫人真不想醒过来，她很想就这样晕着，一直到两个可怕的亲家离开镇国将军府再醒过来，可是没法子，她根本无法抗拒醒来的节奏！

玉罗刹使出了分筋错骨手，虽然只用了一成功力，可许大夫人也觉得自己的骨头好像都要断掉了一样，丝毫没有抵御的能力。她只能愁眉苦脸地睁开眼睛："亲家，什么事啊？"

求放过……以后我贴心贴意地对你们的女儿好还不成吗？

玉罗刹笑嘻嘻地说："没事，我就是想让你看看我家阿大、阿二。"

大灰在一旁很不满意地闷吼了一声，玉罗刹伸手拍了拍它的脑袋，将大灰揽了过来："这家伙不高兴了呢，你快说声'大灰乖乖'！"

"大灰……乖……乖……"迫于大灰那巨大的体魄，许大夫人只能认栽。

在众人都臣服在一头熊与两匹狼的淫威之下时，有一个人勇敢地冲了出来。

她一把拉住了玉罗刹："这位夫人，请你告诉我，你的女儿是不是你亲生的？"

玉罗刹瞄了一眼苏大夫人，即刻就明白了，这女人的面目轮廓，与蓉儿有几分相似，该是那位苏国公府的大夫人了，她有些心虚，站在那里不说话，眼睛朝柳蓉身上看了过去。

空空道人跳了过来，双手叉腰："你什么意思？蓉儿就是我们的亲生女儿，你这妇人是嫉妒我们有这样灵秀无双、蕙质兰心、世间少有、人间难得几时见的女儿？"

玉罗刹顿时也醒悟了过来，一把将柳蓉拉到了身边："哪里来的疯妇人，竟然想要觊觎我的蓉儿，真是无耻！"

苏大夫人素来只与贵夫人们打交道，哪里会想得到空空道人与玉罗刹这般横蛮犀利，不由得呆了呆："两位，我只是有些疑问。"

苏老夫人急急忙忙将苏大夫人拉扯到一旁："走走走,他们都说了是亲生的,你还问什么?"那一只大灰熊和两匹狼都虎视眈眈地在看着媳妇儿呢,要是再多问几句,那对乡下人发起横来,放了畜生来咬人,事情就糟了。

苏大夫人怔怔地望了柳蓉一眼,这才恋恋不舍地跟着苏老夫人进了花厅。

门口站着两个婆子,正一脸惊恐地朝外头看,见着苏老夫人走进来,哆哆嗦嗦问道:"老、老夫人,那熊和狼不咬人吧?"

"好像现在还没想咬。"苏老夫人毕竟是见过世面的,已经镇定下来了,朝许老夫人笑了笑,"贵府的亲家有些意思,竟然将熊与狼养着玩。"

许老夫人无奈地笑了笑:"我这孙媳妇能被封为县主,肯定也要有些本领才是。"

花厅里面,夫人小姐们谁也不敢往外边去,都在嚷着让婆子关门:"万一那野兽进来怎么办?伤了人该怎么办?快些将门关上吧。"

"我们大夫人还在外边呢……"

"有大少夫人护着她,没事儿的,关门关门吧。"

……

门外许大夫人心里直打战,硬着头皮拼命地夸奖着玉罗刹的宠物:"好可爱的熊,哪里找来的这样听话!"又看着两匹狼似乎恶狠狠地盯着她,赶紧又赞了它们一句,"这狼都跟狗差不多了,如此乖巧。"

狼就是狼,哪里是狗能比得上的!这妇人眼神太不济,竟然将自己看成是狗!两匹狼十分不满,昂着脖子长啸了起来:"呜呜呜呜……"

许大夫人的一双腿都软了三分,柳蓉拼命搀扶住了她:"母亲,没事没事,这是阿大、阿二想和你亲热哩。"

"我……我……"许大夫人还没来得及开口,就听园子门口一阵脚步声,许慕辰与一群男人从垂花门那边钻了过来。

灰熊黑狼进了院子，下人们惊恐万分，自然只能赶紧去告诉许老太爷，好歹镇国将军府里都是有武功的人，拳脚功夫再不济，舞枪弄棒的力气还是有的。众人听说有野兽出没，赶紧带着刀枪跑到了后院，一见到真有熊又有狼，心中着急，飞快地奔了过来。

"爹，娘！"许慕辰跑近了几步，这才发现原来是玉罗刹与空空道人，赶紧让身后的人停住，"不要紧，这是我的岳父、岳母大人过府来了。"

许老太爷一怔，旋即爽朗地笑了起来："辰儿，不错，不错，看起来你的岳父、岳母身手不凡啊！"

玉罗刹听着许慕辰喊她娘，心里也是乐滋滋的，带着大灰走了过去："还认识老朋友吗？"

大灰竖起身子来，朝许慕辰作了个揖，神态憨憨的，十分可爱。

跟在许慕辰身后的人这才松了口气，原来并不是野兽，是家养的。众人笑着看了看玉罗刹与空空道人，一个劲儿违心地恭维起来："许大公子的岳父、岳母一看便知是世外高人，瞧这穿着打扮，瞧这驾驭野兽的能力，世间有几人能做得到！"

众人交口称赞，而人群中却有一人不言不语，死命地盯住了玉罗刹，脸上露出了疑惑的神色，好像不相信眼前发生的一切是真的似的。

最终，大灰与阿大、阿二被铁链拴了起来，玉罗刹抓着大灰，空空道人管着阿大、阿二，夫人小姐们这才敢在男人们的保护下走出花厅，到内院里四处行走。

苏大夫人将身子靠着苏大老爷，低声道："夫君，你看那个许家的大少夫人，跟咱们珍儿是不是长得一模一样？"

苏大老爷全副精力都在玉罗刹身上，被苏大夫人这么一提醒，啊了一声，这才正眼去看柳蓉。一模一样的脸孔，只是眉目间的那份神色却是迥异，他站在那里，脚下犹如生了根一般，动都不能动。

是她将他的女儿抱走了吗？苏大老爷皱起了眉头，是她想故意报复自己？

"唉……她坚持说许家大少夫人是她亲生的,母亲也说那次……"苏大夫人低下头去,心中有一种说不出的痛苦,"那孩子确实是刚生下来就没了气息,是母亲身边得力的妈妈去埋的,不会有差错。"

"唔……"苏大老爷淡淡地应了一声,不再说话。

他还能说什么?将多年的旧事重提,与身边的夫人和离,他再娶玉罗刹为妻?

这根本就是不可能的事,玉罗刹已经嫁人了,而且看起来她身边那个男子很疼爱她,自己这把年纪了,还能因着一点陈年往事与那江湖好手去争?那男子会一巴掌就把自己打成肉饼的。

"夫君,我们还要不要去问一问?"

苏大夫人有些不死心,毕竟与自己的亲生骨肉有关,当然要问仔细。

苏大老爷此刻已然回过神来,朝她瞪了一眼:"你方才不是问过他们了?人家玉罗刹说了是自己亲生的,你怎么就不相信呢?世间相像之人那么多,这又有什么好奇怪的?难道你认为是母亲把我们的孩子故意送出去一个给他人抚养不成?"

提起苏老夫人,苏大夫人即刻闭嘴不语。

她天大的胆子也不敢去指责自己的婆婆啊!

再说婆婆与她的关系一直很好,没有什么理由将她的骨肉送给旁人抚养。

或许只是巧合吧,苏大夫人望着那边笑靥如花的柳蓉,轻轻地叹息了一声,这姑娘真是命好,竟然能嫁进镇国将军府,而自己的珍儿……唉,真是同人不同命,一样的相貌,怎么这婚事就天差地别呢?

春光明媚,微风吹得湖心亭边的金丝柳枝条不住飞舞,将那春日的金光从叶片抛洒到湖面上,惊起万点粼粼波光。亭子里坐着几个人,旁边还站着一排丫鬟婆子伺候着,连大气也不敢出,因着在丫鬟们闪闪发亮的首饰间,还有毛茸茸的几个脑袋不住地摇来晃去,她们个个战战兢兢,生怕那野兽忽然发横,朝自己的脖子咔嚓一口,那自己小命就玩完了。

这是两府亲家第一次正式会面。

湖边的凉亭里,许大老爷、许大夫人坐在左边,玉罗刹与空空道人居右,下首还有许慕辰与柳蓉相陪。

玉罗刹笑着将背上背着的一个包袱取下来:"亲家,早就想来看看你了,只不过一直忙着搬家,到今日才得空。蓉儿跟我说你挺喜欢吃那珍珠粉,这次我特地替你弄了些上好的东珠过来,时间紧,没能去磨碎再拿过来,亲家你让下人拿去研成粉吧。"

她将包袱皮一揭开,里边就露出了各色珍珠来,颗颗都有拇指大小,看得许大夫人惊讶得张大了嘴巴。这白色珍珠最是常见,可要颗颗都这般饱满却是难得,更别提里边还有粉色与黑色的,这、这、这……竟然要她拿了去研成粉末吃了?

那可真是在吃银子,一杯就得上千两!

许大夫人哆哆嗦嗦地让下人将那包袱收了下来:"亲家,怎么敢当,这么贵重的礼物,我……"她忽然想到了柳蓉送给她的那些珍珠粉,被她当成下脚料转手赏给了一个下人,许大夫人心中热辣辣的,又悔恨又羞愧。

许大夫人想到当时自己还在疑惑新媳妇家境很差,故此不敢拿出嫁妆单子给自己过目,原来新媳妇的娘家富可敌国,真是真人不露相呢!许大夫人羞愧之余朝柳蓉望了过去,她的眼里,柳蓉此时已经变成了一尊金灿灿的雕像,全身上下都闪着金光。

空空道人送了许大老爷一把宝刀,许大老爷接到礼物,笑得合不拢嘴:"亲家真是知道我的喜好,这怎么敢当,这般宝物,不知几何!"

"只要两位好好对我们家蓉儿,这点东西又算得了什么。"玉罗刹将宝刀从刀鞘里抽了出来,寒光一道,从凉亭顶上划过去,"这刀不仅削铁如泥,还能吹发断毛!"她一伸手,便将许大夫人发髻里钻出的一根发丝扯下来。

"哎呀!"许大夫人没想到玉罗刹会忽然动手,本来有些生气,可又害怕身后几只畜生，只能默默忍住了。

玉罗刹将那根头发放到了宝刀的刀刃上，头发竟然真的迎刃而断！

许大老爷击掌称赞："好刀，好刀！"

完全没顾上身边许大夫人哀怨的目光，满腔心思都在他刚刚得到的宝贝上。许大老爷接过宝刀，眉开眼笑："亲家只管放心，我们绝不会让你们家闺女受半点委屈，不管怎么样，只要他们有争执，都是我家慕辰的不对！"

"呵呵，那是当然，我们家蓉儿才不是不讲理的呢。"玉罗刹点头赞同，"要是有什么争吵，肯定是你家儿子不对啦！"

许大夫人只觉愤怒，她的辰儿知书达理，哪里会做错事？要是吵架，自然是媳妇不对在先！只是她还没机会开口表露自己的态度，许慕辰已经抢先出声："我这一辈子肯定不会与蓉儿吵架，她说什么就是什么！"

拉着柳蓉的手，许慕辰笑得谄媚："蓉儿，一切都听你的！"

柳蓉高高地抬起了下巴："我才不会做错事呢，你听我的准没错，是不是？"

"是，是，是。"许慕辰应得飞快，看得许大夫人脑门子一阵抽风，天哪，谁来救救她的儿子，这男子汉大丈夫，竟然受制于妇人，岂有此理，岂有此理！刚刚因着那一包珍珠而稍稍生起的好感，瞬间消失得无影无踪。

"辰儿！"许大夫人沉着脸喊了一声。

许慕辰赶紧转脸："母亲，有什么吩咐？可是茶水冷了？"随即转头对旁边的下人道，"赶紧换热茶过来，都这么呆站着做甚？都不会机灵点儿！"

许大夫人气得话都说不出口，她眼睁睁望着坐在下首的儿子和媳妇，忽然有些心酸，自己养了这么多年的儿子，竟然对另外一个女人言听计从！

男儿气概都去哪里了？夫为妻纲呢？怎么到了自己儿子这里，反而变成妇唱夫随了？

## 第十六章 "小三"插足

许大夫人皱了皱眉,她实在不想看到自己的儿子这般出乖露丑,在媳妇面前跟条摇着尾巴的狗一样——如果可以,她宁愿自己的儿子像一匹狼。

"你跟你媳妇去招呼下来客吧。"许大夫人的眼睛往湖对面看了过去,那边有不少的高门贵女聚集在一处,正在说说笑笑,那说话的声音顺着春风从对面飘了过来,仿佛是鸟儿在啼鸣,婉转动听。

她的媳妇,不就该是那样的?

和同伴们在一处有说有笑,天真可爱,与长辈们在一处端庄贤淑,不会有一丝不合规矩,哪里像自己的媳妇?大大咧咧,根本就不知道怎样做才是适合的。许大夫人心里似乎埋着一根刺,就连装模作样喊一句"蓉儿"都不愿意。

柳蓉有些恋恋不舍,师父师爹过来了,自己当然得好好陪着他们。玉罗刹知道她的意思,微微笑道:"蓉儿你且去,明日来义堂找我们便是。"

义堂,义堂,许大夫人咬牙切齿,能不能不提这个名字了?听着煞是刺耳。

看起来亲家不是个没钱花的主,一出手便是那么大包的东珠,还有削铁如泥的宝刀,眼睛都不眨一下就送了做见面礼,可为何一定要住到义堂里头！若是让别人知道镇国将军的亲家竟然寄居在义堂，还不知道会怎么笑话镇国将军府呢。

许大夫人觉得，剩下的时间，自己应该掌控主动权，给两位乡下来的亲家洗洗脑，让他们在京城买一幢豪宅，然后花银子捐个爵位，这样自己以后介绍自己的亲家时，也能将腰杆儿挺直了。

"娘，爹，那我们先去那边瞧瞧。"柳蓉站起身来，与许慕辰手挽手离开了凉亭。

玉罗刹望着两人的背影，脸上全是满足的笑容："蓉儿与辰儿，可真是般配。"

许大老爷很谦虚地回答："是我们家辰儿配不上你们家蓉儿。"

"那确实。"空空道人连连点头，"我们家蓉儿可是万里挑一的好姑娘，我与阿玉两人自她小时候就开始精心培养她，她也很听话，没让我们失望，呵呵。"

玉罗刹也笑着附和："可不是嘛，普天之下，我都找不出第二个像我的蓉儿这般乖巧听话又懂事的女儿了，而且还生得美貌动人。"

两人说起柳蓉，眉眼间都有一种说不出的自豪模样，看得许大夫人更是郁闷，你们家那个乡下丫头是块宝，难道我们家的辰儿就是根草了？更可气的是许大老爷也连声附和，将许慕辰小时候的糗事都说了出来，逗得玉罗刹与空空道人惊得眼睛瞪得溜圆："哦，竟然会是这样？他也太……哈哈哈哈……哈哈哈哈……"

这不是在卖子求和吗？许大夫人很是悲愤，自家老爷怎么就忽然换了一副面孔，是被压制在野兽们的淫威之下了吗？那只大灰熊和两匹狼有什么了不起的，要是她，她……许大夫人瞅了瞅那尖尖的牙齿，最后还是决定放弃，闭嘴不语，在旁边坐着，不时笑上一两声，表示自己听得很高兴。

柳蓉与许慕辰两人并肩往前边走过去，她指了指前边那一群娇嫩如花的女子："许慕辰，前边有你不少红颜知己呢。"

"蓉儿，你这话说得酸溜溜的，我闻到了醋的气息。"许慕辰伸手将柳蓉的手紧紧拉住,"你不要胡思乱想,你的夫君在成亲之前,花花公子那名声,只是一种表象。"

"哼!"柳蓉仰了仰下巴,"谁信!"

那群贵女们,一个个眼巴巴盯着许慕辰不放,特别是其中一个穿着淡红色衣裳的女子,一脸哀怨,衣裳上精心绣出的淡黄淡白的牡丹都不能让她那面容显得更光彩些。当许慕辰与柳蓉走到她附近时,这位小姐捏着的帕子忽然一松,掉到了地上,被春风一吹,就飞到了许慕辰的脚边。

"许大公子……"那女子娇滴滴地喊了一句,微微一抬头,刚刚好将眉眼展露出来,弯弯的刘海下,柳叶眉斜斜飞入鬓边,一双眼睛里似乎有无限的悲苦,还有那盈盈的泪意,好像风一吹,泪珠子就会掉下来。

许慕辰有些莫名其妙,这女子是谁?为什么那样一副哀怨的模样看着自己?好像自己欠了她一万两银子一样——与柳蓉接触久了,许慕辰也习惯了将什么都用银子来界定。

柳蓉微微一笑,这不就是那位郑三小姐吗?昔日在宁王府,郑三小姐站在水榭边,想要跳入湖中去吸引许慕辰的怜爱,只是自己略微动了手脚,让许慕辰的长衫褪尽,飘飘地飞到了空中,以至于京城里流传了一段佳话,说许大公子与郑三小姐一见钟情,为了得到郑三小姐的芳心,许大公子竟然不惜当众解衣裳,让郑三小姐看到他结实的身体。

"夫君,你难道就忘记了宁王府湖畔,水榭边站着的那位郑三小姐了吗?"柳蓉好意出言点醒,许慕辰到底是装的还是真不记得郑三小姐了?那迷迷茫茫的小样儿还装得挺像。

"郑三小姐?"许慕辰喃喃自语一句,他忽然记起的,是那件离自己而去的衣裳。

"许大公子,你终于记起我了!"郑三小姐又惊又喜,当时京城里都传言许大公子对她一见钟情,她心里头也认定到时候许慕辰一定会将她抬进镇国将军府，哪怕是做他的贵妾，她都甘之如饴。

她每日在府里头等，嫡母也不敢轻慢于她，尤其是许慕辰与苏国公府的大小姐和离以后，她便更是坚定了信心，许大公子肯定是不想委屈自己，要替她将前边挡路的都扫干净，好迎娶她去做正妻。

郑三小姐是这么想的，郑家上下也有几分这样的想法，郑老夫人与大夫人对她一日日好起来，两人甚至还谈道，若是许家来提亲，就把郑三小姐记在嫡母名下，给个名义上的嫡女身份好出阁。

"人家镇国将军府上只怕也会要求咱们这样做，许大公子到时候肯定要袭爵的，当家主母怎么可能是个庶出的？"郑老夫人看了郑大夫人一眼，"你别板着一张脸好像有人对不住你一样，若是月华能嫁入镇国将军府，肯定会对她姐妹的亲事有所帮助，你怎么就这样想不开？"

郑大夫人默默地坐在那里，没有开口，心中酸溜溜的，为何自己的女儿春华就不能嫁去镇国将军府？在她眼里，春华比这个庶出的女儿生得美貌多了，那通身的气质，那大家主母的风范，哪里是穷酸庶女比得上的。

只可惜那位许大公子有眼无珠，竟然看中了府里庶出的！

郑家一心等着许家来求亲，郑三小姐每日都是笑着醒来的，直到太后娘娘一份赐婚的懿旨将她的美梦撕得粉碎。

贴身丫鬟从外边听到传闻，飞奔来告诉她，郑三小姐如遭雷击，坐在那里，一句话也说不出，郑大夫人与郑大小姐急急忙忙来到她屋子，赶着来落井下石："哼！你也不看看自己有没有做正妻的命，人家喜欢你又如何？毕竟你的出身配不上他，还是别好高骛远了，要么就选个小门小户的嫁了，要么就等着去给人家做姨娘，跟你那个没福气的姨娘一样！"

郑三小姐的日子很快回到了以前的那种状态，郑老夫人瞧见她，笑容也少了。

这次许家开蔷薇花会，郑三小姐一个晚上都没有睡好，翻来覆去，眼前全是那个英俊少年，目光灼灼，白色衣裳下那紧致的胸肌。

现在见到了许慕辰，竟然发现他似乎不认识自己了，郑三小姐觉得实在惊慌，莫非他是不想让新婚妻子觉得不高兴？毕竟哪个女人都是心比针尖还细，要是知道自家夫君心里还有另外一个女人，肯定会不高兴的。

可瞧着柳蓉那模样，好像是个好说话的，和气温柔，一脸笑意，郑三小姐忽然有些受鼓舞，大着胆子道："许大公子，我……"

柳蓉笑微微地望着郑三小姐，准备听她往下说。

"我、我……"郑三小姐纠结了很久，这才甩出几个字，"反正我等着你。"

她弯腰将已经落在许慕辰脚边的帕子捡了起来，飞奔着朝小径那头跑去，不敢回头，生怕看到那群贵女们嘲讽的脸，更怕听到柳蓉怒斥她无耻的声音。

许慕辰呆若木鸡地站在那里，怎么会有这样的事情？他紧张地看了一眼柳蓉："蓉儿，我、我、我……"

"你们两人说'我、我、我'倒都是一样的啊。"柳蓉冲他嫣然一笑，伸手指了指郑三小姐的背影，"你要不要去追她？"

"说的什么话！"许慕辰一把抓紧了柳蓉的手，"蓉儿，你别捣乱。"

柳蓉哈哈一笑，甩了甩手："放开！我去追郑三小姐。"

"不行！"许慕辰又来扣她的脉门，两人你来我往，在湖畔开始练习武功。

周围的贵女们惊得眼珠子都要掉下来了："许大公子竟然为了郑三小姐与夫人争斗起来了！看起来许大公子心中还是记挂着郑三小姐啊！"

"可不是……"有人用帕子掩了嘴，"真是可惜，有情人不能成眷属，唉……"

许慕辰觉得他几乎要疯了。

开始他根本不在乎京城里的流言，可当这流言愈来愈烈的时候，他才发现流言蜚语真是杀人利器，特别是，他的小娘子还拿这流言蜚语时不时地调侃他几句："相公，啥时候将那郑三小姐抬进府啊？也别耽搁了她的青春年华！"

"你……"许慕辰扑了过去，他打不过娘子，只能改用别的法子了，嘴堵住她的嘴，往她嘴中吹着气，"哼！叫你胡说！"

柳蓉有些怕痒，若是许慕辰的手放在她腋下一点点的地方，稍微用些力气挠挠，她就会笑起来，有些受不住，这是许慕辰偶然在床笫间发现的秘密，就很厚颜地用了起来——打不过娘子，总要另辟蹊径不是。

不知道想办法的男人就是没用的男人。

柳蓉被许慕辰弄得浑身发软："好好好，我不说了，只是你还真要跟那郑三小姐说清楚，免得人家一直以为你对她有意思，她今年都十八了，还不愿意择夫婿，你说这究竟是什么意思？不要说你不知道，也别说跟你无关。"

"难道不是跟你有关？"许慕辰嘟嘟囔囔，"那次在宁王府，是谁把我衣裳的带子给割断的？要不是那一出，怎么会让人家误会。"

"去，要不是你长了一张老少皆宜的脸，郑三小姐又如何会一直痴痴地等着你？"柳蓉拧住许慕辰的耳朵，"要不要将你这张脸给毁了？"

许慕辰哀怨地看了柳蓉一眼："娘子，是不是为夫昨晚没伺候好你，你怨气才这样重？"

"你……"柳蓉踢了他一脚，"无赖！"

无赖许慕辰还是听了柳蓉的话，让人去送了张帖子去郑府。

送帖子的小厮回来，赶紧找了许大夫人身边的管事婆子说道："我们家大公子，让我送帖子给郑府去了！"

管事婆子睁大了眼睛："当真？"

"我去送的，还能假得了？"那小厮挠了挠脑袋，"妈妈，你别做出那般不相信的神色来，真是我们家大公子要我去送的帖子！"

管事妈妈塞了个银角子到了小厮手中："走走走，别站在这里一番贪馋的样子！"她转身飞奔着跑去许大夫人屋子，"夫人，有个了不得的事儿！"将嘴巴凑到许大夫人耳边，管事妈妈将方才小厮的话巴拉巴拉地说了一遍，这才直起身子来，"看起来大公子心里头还是有郑家那位三小姐的。"

许大夫人咬紧了牙齿，好半日才说话："即便是个庶出的，也比这乡下来的强！"

自从玉罗刹与空空道人在镇国将军府露了个面，许大夫人心里就有了深深的阴影，做梦的时候一只硕大的灰熊与两匹欢快奔跑的狼常常结伴入梦，她分明梦到自己在繁花似锦的园子里行走，忽然阴风阵阵，三个黑影突然就朝她身上压了过来。

许大夫人的梦很有连续性，头一日晚上被惊醒，第二日晚上又从惊醒的那个地方继续了下去，夜夜不歇，昨晚已经到了熊追上了她，用爪子抓住她的肩膀，眼见着那锋利的牙齿就要咬上她的脖子……

今晚是不是最后一步呢？许大夫人正在焦躁不安，忽然听到了这个消息，心中更是郁闷，自己儿子喜欢的人根本就不是那个乡下丫头，不过是太后娘娘赐了婚，这才不得已娶了她，对外还要装出一副夫妻恩爱的模样，还不知道儿子被那乡下丫头暗地里虐待成什么样子呢！许大夫人内心深处的母性被触动了，不行，无论如何自己也得让儿子心想事成！

郑三小姐很显然是喜欢自己的辰儿，只要镇国将军府肯开口，她肯定愿意进门，一个庶出的小姐，能在镇国将军府做到贵妾，也不算辱没了她。再说自己以后多提点提点她，到时候看能不能找到机会，将她的位份升上一升。

乡下丫头家里没什么权势，自然只能由着自己开口说话了，许大夫人闭着眼睛想了想，当下打定了主意，要把郑三小姐给弄进府来。

"大公子是不是约了那郑三小姐，他们会在什么地方见面？"许大夫人凝神想了想，自己究竟是尾随着过去，还是直接将柳蓉喊过来把这事儿给交代了好。

"这个……"管事妈妈一时语塞,深深悔恨自己不该那么快就将那小厮打发走了,好歹也要问问大公子约了哪里。

"什么都没问清楚,你就来回我?"许大夫人脸色一变,"你也跟了我这么多年了,竟然还不知道'稳重'两个字?"

管事妈妈一脸惭愧:"夫人,我……"

"算了算了。"许大夫人摆了摆手,"不知道便算了。"

她虽说是个乡下丫头,但怎么着有个大少夫人的身份摆着在那里,将她喊了过来,好好说上几句,把这事情安置好就好了。许大夫人吩咐那管事妈妈去寻了柳蓉过来:"你跟大少夫人说,我有要紧事儿找她。"

自己不能再看着儿子受苦,有喜欢的人却不能在一起,这分明是一种折磨,许大夫人脸上浮现出了母性的光辉,她一定要替儿子解决了这桩事情!

管事妈妈去了一阵子便回来了:"大少夫人不在府中,出去了。"

许大夫人本来准备了一肚子的话,没想到人都找不到,顿时泄了气,想来那乡下丫头又去义堂了!一想到这里许大夫人就想起这些日子以来柳蓉的所作所为,更是生气。

自从玉罗刹与空空道人来京城了以后,柳蓉隔一两日便要出去看他们,起初角门的婆子还不敢不开门,出去的次数多了,婆子也为难,跑到许大夫人这边来禀报,许大夫人训斥了她一番:"你守了这么多年的角门还不知道规矩?没有腰牌怎么能随意出入?不要看她是主子你就不敢说话,你分内的事情总得要做好!"

看角门的婆子得了许大夫人的话,腰板儿挺得直直的回去了。

后来柳蓉想要出府,她都板着脸道:"大少夫人,需得要有夫人的腰牌,老奴才能给你开门,否则夫人会惩罚老奴的。"

"那好,你就别给我开了。"柳蓉和气地笑了笑,撩起裙子,脚一点地,整个人便拔地而起,越过墙头落在了外边。她朝守角门的婆子挥了挥手,"妈妈,这可不是你放我出去的,夫人不会怪罪你的。"

婆子嘴巴张得老大,好半日都合不拢,眼睁睁看着柳蓉大摇大摆地走了。

从此柳蓉便不往角门那边走了,直接越墙而过。

许大夫人得知后,大惊失色,赶紧喊了柳蓉来训斥,没想到许慕辰却赶了过来护着柳蓉不放:"母亲,你每日有这么多事情忙不过来,怎么还来问蓉儿做了什么?她在府中闲着无聊,去她父母那边走走也是应当的。"

"应当的?她就不会来给我帮帮忙?"许大夫人气得快说不出话来了,人家养儿子,娶了媳妇回来多个人孝敬,自己的辰儿倒好,成亲以后忙着去孝敬别人!

她本来想将柳蓉拘束在家中的,可是想来想去十分无趣,柳蓉到偏厅这边来听她议事,每次都能说出些让许大夫人脸红脖子粗的话来:"下人们的月例可以加一些,他们每日里忙忙碌碌的实在辛苦,还有父母孩子要供养,拿少了只怕他们生活为难。"

镇国将军府最末等的丫鬟是半两银子,二等是一两,一等是二两,这月例银子规格是京城大部分高门大户都用的,许大夫人自认为自己并没有苛待下人,可柳蓉这么一说,她好像就成了一脸尖酸,只会克扣下人工钱的小气鬼一般。

许大夫人几乎要吐血:"你下去吧,以后不用来帮忙了。"

柳蓉十分欢喜,只是表面上还要装出孝顺的样子来:"母亲,你真不用我帮忙了?不是昨日还说日日操劳、心力交瘁?不如媳妇帮你当几日家,你好好去歇息着?"

当几日家?许大夫人牢牢地抓住账簿子,还不知道这几日里她会将镇国将军府弄成什么样子呢,等她再来理事,肯定是一院子的鸡飞狗跳,下人们都会觉得自己还不如那大少夫人宽厚大方呢。

"不用你记挂了,我身子还好。"许大夫人喘了口气,"你自己忙你的去。"

"那我去义堂啦!"柳蓉欢欢喜喜地行了一礼,"多谢母亲宽厚!"

如今她不在府中,定是又去了义堂,许大夫人的内心几乎是崩溃的,她很怕听到这两个字,生怕万一媳妇的出身被传了出去,会成为京城里又一桩笑话。

"你们可知道,镇国将军府的大少夫人,竟然是义堂里出身的?"

"是啊,义堂!"

"啊?竟然是义堂里养大的吗?怎么会给镇国将军府去做媳妇了?"

"以后镇国将军府要她当家,不是穷酸味都要溢出京城去了?"

许大夫人实在不敢再想下去了,咬了咬牙,道:"你去大公子院子门口守着,见着大少夫人回来,即刻请她来见我!"

不行,由不得她这般胡闹下去了,没有规矩不成方圆,许大夫人觉得,无论如何也该让这嚣张的媳妇收敛些才是,将那郑家的三小姐抬进府来给许慕辰做贵妾,第一是能圆了辰儿的心愿,再者也能让那乡下丫头明白,镇国将军府可不会由着她这样胡来。

"快,快些给我打扮好。"郑三小姐眼睛里闪着快活的光,手都在微微发颤。

贴身丫鬟小玲有些紧张:"姑娘,是不是许大公子会来?"

"是,你还啰唆什么?快帮我梳个最好看的发髻。"郑三小姐扑到了梳妆匣那头,在里边摸来摸去,激动得手都要发抖,"我戴哪一支簪子比较好?"

小玲叹了一口气,女为悦己者容,还真没说错,自从许大公子差人送了一张帖子到郑府以后,自家姑娘就已经兴奋得快坐不住了,在屋子里头来来回回转了不少圈。

许大公子说下午申时会来拜府,也不知道是不是为了自家姑娘,说实在话,难道自家姑娘还真打算去做贵妾不成?小玲拿起梳子,一边开始慢慢给郑三小姐梳头发,一边低声劝她:"姑娘,其实,还不如嫁个小官小吏的,好歹也能自己当家做主,何必一定要给那许大公子做姨娘呢,你又不是不知道……"

"闭嘴!"郑三小姐呵斥了一句,她知道小玲准备用自己的姨娘来举例,可姨娘跟她怎么能相提并论?生她的姨娘只是被人当礼物送给父亲的,而许大公子……郑三小姐甜蜜地低下了头,许大公子是真心实意喜欢自己的哟!

好不容易熬到申时,就在郑三小姐脸上妆容都快干了的时候,主院来了丫鬟请她:"三小姐,许大公子来了。"

郑三小姐欢欢喜喜地迈步往外走,想要走得快些能早点见到许慕辰,可又觉得自己两条腿发软,根本没法子动弹。来传话的丫鬟见着她那模样,心中有几分同情,三小姐对于许大公子的心意,郑府上下都知道,可是……她实在不忍心告诉郑三小姐,今日来郑家拜府的,不仅仅是那许大公子,还有许家大少夫人,两人手挽着手走进主院的,看上去十分恩爱。

郑老夫人有些茫然,不知道为何许慕辰会带着柳蓉一道过来,按理说,这事情不是该尽力瞒着自家媳妇的?她扫了一眼笑吟吟坐在那里的柳蓉,心中有些疑惑,这位许家的大少夫人这肚量也太大了吧,竟然能亲自接自家三丫头去镇国将军府?

若真是如此,那自己也该放心了,看起来三丫头过去以后日子不会难熬,若是得了许大公子宠爱,以后慢慢将那身份提一提,虽然不能与正妻相提并论,可毕竟也算得上是个重要角色,能给娘家一点助力了。

女儿孙女,都是为家族谋好处的棋子,每一颗都要好好利用,能攀上镇国将军府这棵大树,自然不能放弃。想到此处,郑老夫人笑得更快活了:"许大公子,大少夫人,两位稍等,我家月华马上就来。"

郑三小姐踏入大堂的一刹那,心里颤了两颤。

一张俊秀的脸孔就如空中熠熠夺目的太阳,照得郑三小姐完全看不到许慕辰身边的柳蓉,飞蛾扑火一般走过去,先匆匆向郑老夫人行了个礼,站在那里扭转了身子,笑容甜甜地望过去。

"许大公……"娇滴滴的声音宛若空谷黄莺,可这婉转的话还没全说出口,蓦然就停住了声息,后边那个字憋在喉咙里,再也不能圆润地吐出来。

她看到了柳蓉。

穿着一身淡绿色的衣裳,虽然没有刻意的装扮,可在郑三小姐看起来,却是大气又端庄,她站在那里,好像都比柳蓉要矮了一大截。

或许是自己心里有些东西在作怪吧,郑三小姐望了一眼柳蓉,有些勉强:"许少夫人。"

柳蓉笑了笑:"三小姐,今日我们夫妇二人来贵府,是有些话想跟你说。"

郑三小姐激动起来,浑身直打哆嗦,看起来真是要跟她说那件事情了!她睁大了眼睛站在那里,身子微微发抖,郑老夫人瞧着实在有些看不过眼,吩咐身边的丫鬟:"去让三小姐坐下说话。"

郑三小姐此刻才如梦初醒,脸色一红,赶忙坐下来,半低着头,羞答答地斜觑了许慕辰一眼,见他剑眉星目,仪表堂堂,心中又是狂跳不已。

"郑三小姐,很抱歉让你误会了。"许慕辰见着郑三小姐那矫揉造作的模样,心里头有些不爽,可毕竟是柳蓉让她产生了误会,自己也不能全怪到她一个人身上,还是只能好好与她解释,只希望她莫要再想着自己会抬她进府做贵妾就好。

"啊?"郑三小姐听了这话,一颗心如同坠到冰窟里,声音都有些发颤,"许大公子,你、你、你这话究竟是什么意思?"

"那次在宁王府的荷花宴……"许慕辰想了想,那是自家娘子惹的祸,这个黑锅只能由自己来背了,"之前那晚,我的长随被我说了几句,他怀恨在心,想要我在宁王府丢脸,就故意暗地里将几根系衣裳的带子割成将断未断,等着我穿了出去一段时间,那些带子就自己断了,而我也就在众人前出了大丑。"

许慕辰态度诚恳，说话的时候语调低沉，他又生得好容貌，看上去真是实诚得不能再实诚，听得大堂上的人都有些动容，原来许大公子竟然有个那么歹毒心肠的长随！唉！想想许大公子那次也真是出乖露丑呢！

柳蓉在旁边听着，心里笑得直打结，亏得许慕辰竟然会编出这样的话来，而且更令人吃惊的是，大家都相信了！就连郑老夫人都无限同情地拿着帕子擦了擦眼角："那长随如此恶毒，须得重罚才是，许大公子，你后来是怎么对付那长随的？"

"他也跟了我这么多年，我也不太好下重手，打发了他几两银子，让他走了。"

"许大公子真是仁义！"郑大夫人啧啧惊叹，"只可惜我们家月华，是高攀不上了。"

从蔷薇花会回来，这郑月华的声气见长，郑大夫人心里头实在不舒服，她可是巴不得这庶女过得不好——一个姨娘生的，怎么能比自己肚子里爬出来的几个还要过得好？这完全不合理嘛！

听着许慕辰话里头的意思，根本无意让庶女进镇国将军府，郑大夫人心中一个爽字，只差哈哈大笑了，她朝郑三小姐看了一眼，惋惜道："可怜我们家月华，却是一片痴心，没想到只是一场误会。"

"是，确实是误会。"许慕辰点了点头，"我没想到郑三小姐竟然会把京城的流言当了真，实在是不好意思。自从上回蔷薇花会，郑三小姐说了那几句话，我才明白原来那些风言风语将郑三小姐给耽搁了！想来想去，我觉得必须亲自上门来说清楚。"

郑三小姐不可置信地睁大了眼睛："许大公子，你……"

"郑三小姐，我说的话，句句属实。"许慕辰站起身来，朝郑三小姐拱了拱手，"郑三小姐，从头至尾，许某都没有跟你说上一句话，有没有透露过想要娶你为妻的念头，不知你为何竟然信以为真。对于这件事情，许某觉得很冤枉，也不能任凭郑三小姐继续这般误会下去，还请郑三小姐不要再多想了。"

"啊……"郑三小姐花容惨淡，吃惊地张大了嘴，一个字也说不出来。

郑老夫人心中一惊，这事情，总要极力挽回才好，现在京城里流言纷纷，都说自家三丫头是要去镇国将军府了，以后谁还会来登门求娶呢？即便有人，也不过是些五六品的小官小吏，入不了流，不仅不能对郑家有所帮助，反而要靠着郑家来救济。

"许大公子，可现在京城里都这般传言，我家月华的亲事也就艰难了，许大公子不如就抬她过府，我们家也不会心大得想要给她讨个平妻的名分，贵妾也就足够了，许大公子你觉得如何？"郑老夫人紧紧掐着自己的手，眼巴巴地望着许慕辰，每一颗棋子都得有用才好，不要变成了废子。

"老夫人，我许慕辰今生今世只娶一妻，绝不会有妾，更别说是什么贵妾。"许慕辰的眉头皱了起来，"老夫人还是别想这些事情了。"

"可是我家月华名声已毁……"郑老夫人有些不甘心，挣扎着说，"难道许大公子不要负责？"

"负责？"许慕辰冷冷一笑，这郑家是想讹上他了？转头看了看柳蓉，她正坐在那里，笑眯眯地端着茶盏，风轻云淡，一副看好戏的模样。

唉！有这样一个淡定的娘子，也不知道是好事还是坏事，这般麻烦事情，她不但不出来帮腔，还扮成了围观的路人甲。

柳蓉朝许慕辰抬了抬眉毛，眼睛眨了眨，意思是：我相信你……

许慕辰几乎要憋到内伤，咬了咬牙，他转过脸来："老夫人，我许慕辰没有对令孙女许下过承诺，也没有与她有什么勾勾搭搭，何来负责之说？若是老夫人一定要这般胡搅蛮缠，那咱们就将这事情捅出去，让皇上来评评理！若是皇上说许某人不必负责，那你赶紧将令孙女嫁了别人，若皇上说是许某人无理……"

郑三小姐睁大了眼睛，屏声静气听着。

"那贵府只管将三小姐送过来，就看她受不受得住一辈子守活寡的滋味！"

大堂里一片安静，郑三小姐猛地站起身来，用帕子捂着脸，眼泪汪汪地飞奔出去。

"蓉儿，你怎么都不来帮我？"许慕辰一边走一边抱怨，"那郑家的茶水就那么好喝？还抱着茶盏坐在那里傻笑。"

"你自己惹出来的事就该你自己来收拾，难道没听说过一人做事一人当？"柳蓉笑嘻嘻地挽住许慕辰的胳膊，不忘表扬他一句，"今日你就做得很好。"

许慕辰哭笑不得，没想到郑三小姐这般黏人，跟块泥巴一样，甩也甩不掉，直到他抬出皇上来，下了猛药，这才将她给赶跑了。

郑家的人听着他提起皇上来，谁也不敢再吱声，这京城里谁不知道许侍郎跟皇上……那可是铁得不能再铁的关系！许侍郎去皇上那边喊委屈，皇上肯定是护着他的，要是郑家坚持，说不定郑老太爷的那顶乌纱帽都会挪挪位置。

郑三小姐跑了，郑老夫人没了脾气，郑大夫人觉得很爽，笑意盈盈地将许慕辰与柳蓉送出去，还很抱歉地说道："是我们家月华不懂事，让许大公子与大少夫人走了一趟，可真是不好意思。"

这事情总算是解决了，至于郑三小姐以后会如何，会嫁什么人，这便不是许慕辰要操心的了。没有包袱一身轻，纵马前行，浑身都是力气。

柳蓉瞧着他那得意扬扬的模样，微微一笑："哼！等着郑三小姐出阁时，我可要替你厚厚地送上一份大礼！"

"蓉儿，别胡闹！"许慕辰脸上变色，好不容易才将那人打发了，怎么蓉儿却还在想着要捉弄自己？许慕辰简直欲哭无泪，古怪精灵的娘子真是让他连招架之力都没有，更别说还手之力了，这一辈子是被她吃定了。

两人回到镇国将军府，才踏进自己的院子，门口站着的一位管事妈妈急忙道："大少夫人，夫人让老奴来请您过去一趟。"

许大夫人喊她过去？柳蓉疑惑地看了看那管事妈妈，点了点头："我马上就去。"

婆婆已经有那么一段时间没有来找过她了，正觉得日子过得惬意，怎么婆婆又想到自己啦？柳蓉朝许慕辰笑了笑："我发现你母亲很紧张我，比紧张你还紧张。"

许慕辰也觉得很无奈，不知道母亲今日又准备要做什么了？

许大夫人见着许慕辰陪着柳蓉一道进来，脸色略微变了变，只不过心里一想，自己可是为儿子在这里谋好处，儿子肯定不会不高兴，她才放下心来。

"辰儿，你与蓉儿是三月十八成的亲，算起来也快四个月了呢。"许大夫人笑得格外慈爱，瞥了一眼柳蓉，"媳妇，什么时候给我生个金孙呀？"

柳蓉呆滞——不是说十月怀胎吗？自己才成亲几个月，就想要金孙？又不是发豆芽，撒把豆子到盆里，一个晚上就能呼呼地钻出白生生的苗来。

"母亲，这生孩子的事情，着急不来。"柳蓉笑了笑，"总得到时候才有。"

"哼！成亲四个月了，怎么一点动静都没有？听你院子里洗衣裳的丫头说，这个月的月信又至，唉！真是让人操心，这么久了都没怀上。"许大夫人开始唠唠叨叨，"不孝有三无后为大，你们是想要做那不孝之人吗？"

这顶帽子扣得可真狠，许慕辰赶紧表达："母亲，怎么可能呢，我们肯定会有孩子的，只是时间的问题，才四个月，母亲你着急个啥？"

"辰儿，别跟母亲提什么四个月五个月的，要是会生蛋的母鸡，进窝就能抱蛋呢！"许大夫人有些不高兴，儿子怎么时时刻刻都站在媳妇那边说话呢？也不想想自己是他的娘，好歹也得顺从着点！

"母亲，我听说您也是成亲一年多才怀上的吧？"柳蓉一点也不生气，只是笑得眼睛弯弯，就如天边新月，"母亲，要是按您这么说，进窝就要抱蛋才是会生蛋的鸡,那母亲你算会生的还是不会生的?"

许大夫人当即没了声响,脸红了一大片。

许慕辰拉了拉柳蓉,毕竟是母亲呢,好歹也得客气些。

"母亲,故此你也不能这样来推断嘛。"柳蓉一点都不在意,只是继续往下边说,"我与夫君又不是不想生,只是跟孩子的缘分未到,母亲又着急什么呢?媳妇一定会以母亲为例,争取在一年以后怀上孩子……"

"不行不行,一年以后太晚了!"许大夫人的语气横蛮了起来,"我觉得最好还是做两手准备。"

"两手准备?"柳蓉开始琢磨出一点点味道来了,难道许大夫人急巴巴喊她过来,是打算给许慕辰纳妾?

"那是当然。"许大夫人点了点头,"我想了很久,这才找了你们来商量。辰儿喜欢那郑家三小姐的事情你也不是不知道,故此我便想着,将那三小姐抬进府中来给辰儿做姨娘。"见柳蓉微微色变,许大夫人有说不出的快活,眉飞色舞,"媳妇,做女人的就该贤惠温顺,别说是夫君有了喜欢的人,就算没有,也该自己主动提出来给他添置通房、姨娘什么的,免得到时候子嗣不旺。"

"原来母亲竟然是这般贤惠。"柳蓉啧啧称赞,"那做媳妇的自然也要向母亲多多学习才是,否则不是浪费了母亲的一片心?"

许大夫人没想到柳蓉如此上道,心里头高兴:"蓉儿,你也算是迷途知返了。"

"母亲,我这就去物色几个标致的美人送过来,母亲将她们安排给父亲大人做姨娘、通房吧。"柳蓉拿着扇子用力扇了两下,朝着许大夫人笑了笑,"母亲,你统共只生了一男一女,从子嗣上来说,还是颇为艰辛的,自然要多多为父亲着想,趁早安排下来。"

"你……"许大夫人气得脸色发白,话都快说不出来了。

柳蓉佯装惊诧:"媳妇才成亲四个月,还看不出有什么子嗣艰难的地方,倒是母亲,都已经成亲二十多年了,子嗣上头艰难与否,一看便知。"

"啪"的一声，许大夫人将茶盏砸到了柳蓉的脚边："你竟敢顶撞于我！"

许慕辰连忙站起身来，护住了柳蓉："母亲，我与蓉儿好好的，你为何一定要来插一手？我今生今世只要蓉儿一个人，别的女人我都不要，还请母亲不要再插手这件事情。"

许大夫人捂着胸口，望着许慕辰直喘气："你不是喜欢郑三小姐吗？还偷偷派人给她去送帖子，你当我不知道。喜欢就要说出来，干吗藏着掖着？还怕了你媳妇不成？你可是男子汉大丈夫，这般缩头缩脑的可怎么行？这牝鸡司晨的事情，咱们镇国将军府还真没出过！"

原来……如此……

许慕辰几乎要吐血，自己好不容易将那缠人的郑三小姐给摆脱了，母亲还不肯放过他，一定要将她塞进来，原来是她因着一张帖子便误会了。

"母亲，我根本就不喜欢她，今日我去了郑家，就是为了跟那郑三小姐说清楚的，让她别每日里东想西想，我对她无意，请她快些找户人家嫁了。"

"什么？"许大夫人目瞪口呆，怎么跟自己想象的完全不一样？

"千真万确。"许慕辰拉住柳蓉的手，一脸歉意，"蓉儿，都是我不好，我没有来跟母亲说清楚，让她误会了，你别生气。"

"我才没生气，我生气什么？"柳蓉站了起来，冲着许慕辰甜甜一笑，"你要真喜欢那郑三小姐，我马上就拍拍屁股走人，好给那郑三小姐腾个位置出来。"

"蓉儿，你又在胡说！"许慕辰一把抱住了柳蓉不放手，"咱们说好的不要彼此猜疑，要好好在一起，你怎么能这样胡思乱想？走，回院子去，看我怎么罚你！"

"你们、你们……"许大夫人气得直打哆嗦，这就是她养出来的好儿子，娶了媳妇忘了娘，竟然都不听自己的话了！旁边的管事妈妈瞧着也替许大夫人觉得闹心,大公子这样下去可不行啊,还怎么继续愉快地生活下去呢!

"夫人,这件事情暂时搁一搁,以后再从长计议。"大公子态度坚决,也不能由着夫人东想西想的,管事妈妈只能做和事佬,尽量委婉地劝许大夫人,"现在大公子是才成亲,还是热乎劲头上,等过一段时间,谁知道他们会怎么样呢?"

许大夫人想了想,点了点头:"妈妈你说得对,我便等着瞧。"

深蓝的天空里一轮明月,十六的月亮比十五的更圆,如水的月光洒在小径上,就如一层白色的轻纱。在这样的夜色下走动,长长的黑色身影被映在青石小径上,显得格外修长。

一条黑影从墙头翻过,落到了镇国将军府的园子里,她四处望了望,似乎不知道该往哪边走,正在犹豫间,前边迎面来了两个巡夜的护院,见着树下站着的黑影,猛然打了个哆嗦:"你是谁?站在那里做甚?"

黑影蹿了过去,一手一个,将两人攥得紧紧的:"快,带我去你们大夫人的院子。"

"哪里来的贼婆娘!"两个护院一看是个女的,冷笑一声,"还不放手,爷爷可饶不了你!"

"啪啪"几声,每人脸上都挨了两个耳光,这手才松开一刹那,马上又将他们拿住,玉罗刹低低喝了一声:"快些带你奶奶过去!"

哼!竟敢欺负自己的蓉儿,自己可饶不了她!

玉罗刹是带着满腔愤怒潜入镇国将军府的,一心想好好教训许大夫人一通,好让她知道,自己的蓉儿可不是能随便欺负的。

今日许慕辰过来义堂帮忙,讨好卖乖地把许大夫人逼他纳妾的事情说了一遍,还拍着胸脯发誓:"娘,你放心,我是无论如何也不会纳妾的!"

玉罗刹白了他一眼,心中暗道:你要是敢纳妾,老娘就把你那个东东剁下来去喂狗!

许慕辰打了个哆嗦,丈母娘这眼神,可真是犀利啊!

他原本是想到玉罗刹面前讨好,可万万没想到却将自己母亲给卖了,玉罗刹听了这事儿,心里头就对许大夫人生了意见,难怪那日去镇国将军府,人家一副皮笑肉不笑的模样,敢情是没看上自家蓉儿,千方百计想要整她呢。

不行,自己这个做娘的不去给蓉儿出头,谁还能替她出头?

玉罗刹想了又想,最终决定趁着晚上,夜黑风高的时候潜入镇国将军府,好好教训下许大夫人——老娘代表月亮消灭你!

两个被玉罗刹逮住的护院迫于她的淫威,只能带着玉罗刹默默地往院子里头走,两人都想叫,可是怎么也叫不出声来,穴道被点了的人还能做啥?还是做一个安静的美男子好了,为了自己的性命着想,哑巴也是要做的。

两个人带着玉罗刹走到许大夫人住的院子,伸手指了指,玉罗刹点点头,低声道:"过半个时辰,你们的穴道就会自行解除,我来这里只是跟你们家大夫人秉烛夜谈,说说心里话,你们两个也不必太担心。"

两人望着玉罗刹,口里说不了话,心里却直嘀咕:才不相信呢,这深更半夜闯进府里,非奸即盗,这奸……应该不可能,肯定是盗了。

玉罗刹哈哈一笑:"不相信?我是你们大少夫人的娘亲!"

她一松手,身子轻飘飘地飞过了墙头,看得两个护院目瞪口呆,真是亲家夫人?身手可真好!只不过两人想到传闻里带着一头灰熊和两匹狼来府上赏蔷薇的亲家夫人,感觉跟这个妇人对得上号。

就到院墙外边等等,看看里边有什么动静,两人很默契地耳朵竖起,凝神听着里边的动静。

许大夫人坐在椅子里,丫鬟蹲在一边给她洗脚,雪白的帕子蘸着水从她脚背上擦过,温温的热度刚刚好。

"喂、喂!"门外传来打门帘的丫鬟的惊叫声,才叫了两个字就没有了声息。

"珊瑚,去瞧瞧,外边这是怎么了?"许大夫人坐直了身子,脸上有些疑惑,那声音怎么这样奇怪?

"不用打发人去看了,是我来啦。"玉罗刹掀开门帘,大步跨了进来,朝许大夫人笑了笑,"亲家母,有几个月不见啦。"

"你、你……"许大夫人吓了一跳,"你怎么这时候来了。"

她心惊胆战地朝玉罗刹身后看了看,没见那头大熊与两匹狼,这才稍微放下心来:"亲家夫人,你深夜造访,所为何事?"

"亲家母,我就想来问问,你怎么就这样恶毒呢,竟然诅咒我的蓉儿不能生孩子!"玉罗刹自己拖了一张椅子过来,大大方方坐在许大夫人对面,气鼓鼓地看着她,"我家蓉儿就是不能生孩子又如何?哪里轮得到你这个做婆婆的来插手他们小两口的事情?"

许大夫人脸色红了红,嘴里强辩:"这是我们府上的事情,关你啥事?你的女儿嫁进我们镇国将军府,就是我们家的人了,还由得你来指指点点?"

没有几只助纣为虐的畜生,她还怕这个乡下婆子?随便喊几个厉害一些的妈妈来就能将她拿住。许大夫人高傲地昂起了头:"你们家女儿实在是粗鲁,若不是太后娘娘赐婚,我可真不想让她做我的儿媳妇,可事到如今,也只好让她占着这身份了,为了弥补其间缺失,我必须得给我们家辰儿选个稍微配得上他的。"

"啊呸,我们家蓉儿配你那儿子,可是绰绰有余!你男人自己也是这样说的!"玉罗刹听不得别人说柳蓉不好,当即色变。

"男人……"许大夫人气得全身发抖,听听这人说的什么话,太粗鲁啦,简直听不下去!

"不是你男人还是什么?上回我们来的时候他说得清清楚楚!"玉罗刹用力一拍桌子,一个桌子角马上崩塌,看得许大夫人张大了嘴巴半天合不拢,一双眼睛惊恐地望着地上那块木头和旁边的木屑——那可是沉香木做的桌子啊,木质坚硬,可这乡下婆子就这么一巴掌便拍掉了一个角,要是她一巴掌拍上自己的脑袋……许大夫人哆嗦了下,努力将身子往椅子后边挪了挪。

"亲家夫人来了？"屋子外头传来爽朗的大笑声，许大老爷快步走了进来。

许大夫人舒了一口气，看来丫头们还是机灵，知道看眼色行事。

玉罗刹站了起来，冷冷地看了许大老爷一眼："亲家，你们怎么就说话不算话呢！"

许大老爷立足未稳，听着玉罗刹厉声质问，不由得吃了一惊："亲家夫人，我们有什么做得不对的，你只管说！"

"还好，你还算是个讲理的，不比她这样没意思！"玉罗刹神色稍霁，冲着许大老爷点了点头，"你家婆娘竟然盘算着要给我女婿纳妾，这算什么？婆婆伸手管到媳妇后院去了，这才成亲几个月？要是再过上一两年，那我家蓉儿还不知道会被整成什么样子呢。"

婆娘……许大夫人又是一抖，这称呼太让人难受了！

"夫人！"许大老爷听了也是惊讶之余满满都是气愤，"你这是在做什么！"

许大夫人有些心虚，嗫嚅着道："我，我……只不过是看着辰儿喜欢那郑三小姐，想要如了他的愿而已。"

"放屁！你哪只眼见着我女婿喜欢别的女人了？他跟我说了，今生今世就只喜欢我们家蓉儿，再不会去多看旁的女人一眼，你为啥总是以为我女婿就该有无数女人伺候着？"玉罗刹伸手指了指许大老爷，气呼呼道，"我不管你给你男人添了多少个姨娘，我女婿是不能有姨娘的，要是你一定要给我女婿纳妾，那我就……"

玉罗刹的嘴角露出了一丝冷笑，不再往下说。

整人的法子，她从小就见着师父金花婆婆用了不少，心中还记得，她要是慢慢去想，只怕是要想上一天一夜才能想完，只要用上一样，保准许大夫人第二日就会大变样，走了出去谁都不会认识她。

许大夫人一脸惊吓地看着许大老爷，低声喊了一句："夫君……"

这女人实在可恶，老爷赶紧将她赶出去啊！许大夫人缩在椅子里，心里发出了绝望的呐喊，怎么老爷还不动手呢？

"看你都在胡闹些什么？儿子媳妇院子里的事，让你管？没听说过不痴不聋不做阿姑阿翁？"许大老爷冲许大夫人瞪了一眼，望着玉罗刹堆出了一脸巴结的笑容，"亲家夫人，你有几石弓的力气？这沉香木的桌子竟然被你劈了一个角！"

许大老爷家学渊源，自小便习武，走进来看到那地上的木头，注意力早就被吸引了过去，方才说话的时候都是心不在焉，只想向玉罗刹讨教几招。

许大夫人没料到许大老爷不仅不给她伸张正义，却一脸讨好地对着玉罗刹，气得快说不出话来了，这边玉罗刹十分满意许大老爷的态度，与他认真地探讨起来："我们乡野之人，哪里会知道几石弓不几石弓的，只晓得天生力气就很大。"

"总得要测测才知道。"许大老爷更是充满了新奇感，"亲家夫人，要不咱们去后边演武场，那里有几张好弓，咱们去试试看？"

"好啊好啊！"玉罗刹连连点头，"走走走！"

两人大摇大摆地出去了，谁都没有理睬坐在椅子上灰头土脸的许大夫人。

"他们……竟然……"许大夫人呻吟了一句，一只手托着头，几乎要晕厥过去。

自己还好好地坐在这里呢，他们全不把她当一回事了吗？瞧着许大老爷看那乡下婆子的眼神，似乎比看她还热情！

旁边站着的丫鬟珊瑚瞧着许大夫人脸色越来越差，有些担心，小声道："夫人，指不定老爷是想将亲家夫人诱骗到外边，然后让护院把她抓住送回去，免得惊扰了夫人歇息呢。"

这个理由听起来还是很让人舒服的，许大夫人长长地吁了一口气，坐直了身子："你去外头瞧瞧，老爷他有没有将那婆子抓起来。"

珊瑚有些胆战心惊，那个亲家夫人瞧着好凶悍的模样呢！只不过夫人发话了，自己也只能大着胆子去看看了。

过了一会丫鬟回来了。

"夫人……"

"怎么样？老爷可把她赶出去了？"

"老爷……"珊瑚有些为难，她去演武场看了下，老爷与那亲家夫人说说笑笑的，气氛十分融洽，老爷甚至还将自己珍藏的宝弓拿了出来给亲家夫人用，要知道那张宝弓可是老爷心尖上的宝贝，轻易都不拿出来的，更别说是给人使用了！

"老爷到底怎么啦？"许大夫人瞧着好像有些不对，连声追问，"你看到了什么？还不快快说来听！"

"我看到老爷正冲着亲家夫人笑，笑得很开心。"珊瑚低着头，实在是万分无奈，这是大夫人一定要她说的，她是被逼的！

许大夫人一翻白眼，晕了过去。

## 第十七章 皇上选妃

经过一番折腾，许慕辰纳妾事件到此完结。

许大老爷很郑重地对着躺在床上的许大夫人道："你不用再管辰儿的事情了，你没看他们小两口活得多有滋有味的，你是吃饱了撑的想要去插一手？"

许大夫人躺在床上默默地流眼泪，无话可说，她那晚被气得晕了过去，醒来以后只觉得全身乏力，躺在那里都不想动弹。

或许是心灰意冷了，这么多年在镇国将军府过得这般辛苦，自己夫君还不理解，总是在嫌弃自己没事找事——这哪里是没事找事，分明是必要的！

许老夫人来看她，得知原因以后，嘴里虽然没说啥，可那眼神分明就在说,你管这么多闲事做甚？我儿子跟他亲家讨教武功又怎么了？还用得着吃醋？吃多了撑着呢。

做母亲的总会觉得自己的儿子好，许老夫人肯定是维护着许大老爷的，她甚至还说让她静心养病，这府中的内务，暂时交给二房与三房共同打理。

"母亲，怎么不让蓉儿试试？"许大夫人挣扎着喊了出来，这打理中馈的权力放出去，还不知道要多久才能收回来呢，虽然她不喜欢柳蓉，但交给自己儿媳妇，这权力就依旧在大房，没有落到旁人手中去。

"我问过辰儿媳妇了,她说她不想做这事,无奈就只能给她们两人啦。"许老夫人拍了拍她的手,"你且放心养病,等着身子好了再来打理也不迟。"

许大夫人得了这句安慰,心中总算是舒服了些,可是这吃进去的东西要吐出来,却是为难了。这打理中馈,每年都能赚到一大笔银子,少说五万两,多则十万两,这根大肉骨头谁都想叼着,就是不知道到时候二弟妹与三弟妹会不会爽爽快快地吐出来了,或许总得会被分掉一些吧?

越想越郁闷,许大夫人命人喊了柳蓉过来:"媳妇,你怎么能这样不思进取呢?"这次许大夫人准备攻心为上,语重心长地与她分析,"你瞧瞧,若是让二房三房得了这打理中馈的权力,咱们大房每年要少进好几万两银子哪。"

柳蓉偏了偏头睁大了眼睛:"什么意思?"

"什么意思你还不懂吗?"许大夫人咬牙切齿,太后娘娘怎么就赐了这样一个呆傻的儿媳妇给她呢?什么意思还不明白吗?掌了家就能暗地里捞些好处嘛!要不然自己每日起早贪黑的做甚?难道她以为自己是对这一大院子的人有感情不成?

柳蓉很无辜地摇了摇头:"真不懂。"

"不懂就算了,你走。"许大夫人最终决定放弃,自己何必在这里鸡同鸭讲,还是自己先管着吧,无论如何也不能让二房三房把这个事儿揽了去,反正自己年岁也不算大,等到年迈体衰之时,再交给媳妇打理便是。

"多谢母亲体谅。"柳蓉朝许大夫人行了一礼,"媳妇进宫去了。"

"进宫?"许大夫人吃了一惊,"你进宫去做什么?"

"皇上今日选妃啊!"柳蓉笑得甜甜的,肯定能看到不少美女!一想到这里,她便觉得有些小激动,都说皇上是三宫六院,也不知道许明伦准备选几个。

"皇上选妃宣你进宫?"许大夫人更是莫名其妙,"难道还得让你做参考？"

"他就是这么说的！"柳蓉得意地点了点头，"我和慕辰都要一道陪他选妃！"

"这……你去吧。"许大夫人心中默默，儿子跟皇上从小就是死党，没想到皇上连选妃这档子事都要儿子参加，附带还捎上了媳妇，看起来儿子真是受器重啊。

她万万没有想到，其实许明伦更在意的是柳蓉。

盛乾宫里，许明伦懒洋洋地坐在椅子上，一脸悲哀神色："朕真不想选妃！"

"皇上，为了这大周的社稷，您总得要选一个。"小福子与小喜子两人尽心竭力地劝说着许明伦，皇上再不选妃，太后娘娘头上的白发就会更多了。

"许侍郎与夫人进宫了没有？"许明伦站起身来，走了两步，忽然心里头有些慌慌的，他想见她，可见了她又能说什么呢？她喜欢的人是许慕辰，是自己的好兄弟，再怎么样自己也不能跟兄弟去抢媳妇吧？

"按照安排，许侍郎与许夫人辰时进宫，这时候也快到了。"小喜子瞄了一眼小福子，看来皇上心里头还是装着许夫人呢。

望着宫外草地上几片飘零的落叶，许明伦心中有一丝丝惆怅，唉！自己与柳蓉，注定是今生无缘了，母后给他选妃，现在已经到了第三波，就等着九月进宫遴选了。

大周皇上年方二十，太后娘娘选妃的懿旨一下，不知道有多少姑娘都在做梦想飞上枝头变凤凰呢，举国上下，顷刻间掀起了一股选美热潮，连带着许慕辰那两间小铺子的生意都好了不少，那些脂粉刚刚到货就被抢光了。

此刻在进宫的路上，许慕辰得意扬扬地向柳蓉炫耀："昨日又进账了五百两银子。"

柳蓉眼皮子都没抬一下："晚上我出去一趟，别说五千两，五万两也是轻松到手。"

"那……"许慕辰有些泄气,"娘子这般有钱,为夫铺子里挣的那一点儿,娘子是不会看在眼里的了。"

"谁说的?"柳蓉即刻来了精神,双眼放光,"银子通通交给我!"

"那你得亲我一下,喊一句好夫君。"许慕辰得寸进尺。

柳蓉伸手将他揉到墙上,将脸凑过来,一双眼睛妩媚生波:"相公,你怎么这般无赖?"

柳蓉打了声呼哨,许慕辰想起前一天晚上,柳蓉就是这样一声呼哨,阿大、阿二从外边摇晃着尾巴蹿进了屋子,围在柳蓉身边,前爪搭在许慕辰的身上,呜呜地叫个不停。

"阿大、阿二,快来亲亲他。"柳蓉笑嘻嘻地拍了拍两匹狼的脑袋,"要热情一点,可不能冷淡了哟!"

……

许慕辰到现在还感觉脸上湿漉漉的呢,心里都有阴影了。他一双手撑着墙,连连作揖:"娘子,你真美。皇上还在等我们进宫呢。"

"你也知道皇上在等我们!"柳蓉瞥了他一眼,"还不快些走,我要去看美女!"

"谁也比不上我的蓉儿美。"许慕辰及时表白,唯恐放过一丝机会。

"哼!要是你觉得有人比我生得美,那就是你变心了!"柳蓉一伸手拧住了许慕辰的耳朵,"你还想活命吗?"

"蓉儿,蓉儿,我是说你最美啊!"许慕辰高呼冤枉,蓉儿可不能这样对他,他的心里只有她一个!

两人说说笑笑,携手来到了皇宫,许明伦与陈太后已经去了玉芳台,小内侍引着两人往那边走过去,一路上不住往身后偷偷望,许侍郎连走路都挽着夫人的手,两人好像一刻也舍不得分开,可真是恩爱得紧。

玉芳台那边银杏树正是落叶的时节,金灿灿铺了一地,走在树叶上头,沙沙作响,还不时有叶子飘零,起起落落,就如一双双金黄色的蝴蝶。

许明伦见到许慕辰与柳蓉携手而来,眼睛一亮,瞬间又一暗,陈太后在旁边瞧着心道:这小眼神还挺复杂的嘛,可是哀家的心也很复杂啊!皇上,给你选妃,你干吗还非得喊上许慕辰,难道这世上没了他就不行了?

许慕辰与柳蓉被安置在许明伦左侧的位置上,两人刚刚坐下,第一批候选的秀女就被带进来了。

柳蓉瞪大眼睛看了过去,一排六个,亭亭玉立,瞧着个个都跟花朵一般,不由得啧啧称赞:"慕辰,这些姑娘真是生得好看!"

许慕辰没有应声,柳蓉一转脸,拍了他一巴掌:"怎么了,干吗不抬头?"

"你方才不是说过,在我心里只能是你最美,我当然不能再去看别人,放着最美的不看去看不美的,我傻呀。"许慕辰笑嘻嘻地望着柳蓉,"你看着谁美就写个号呗,送过去给皇上做做参考。"

"哼!口是心非!"柳蓉美滋滋的,自己这个夫君倒也颇有趣,成亲半年了,越看他越是个活宝,自己还真是找对人了。

两人在一旁甜甜蜜蜜,打情骂俏,这边许明伦看在眼里,心中酸溜溜的,脸色一会儿白一会儿红,陈太后有些心疼自己的儿子,刹那间竟然不嫌弃许慕辰的性别,还巴不得他过来安慰安慰许明伦才好。

咳咳,自己怎么能这样想呢?一阵秋风吹了过来,陈太后清醒了几分,温和地喊了许明伦一声:"皇上,你看这一批六个,怎么样?"

许明伦抬了抬手:"带下去。"

"皇上,中间那个穿粉色衣裳的挺不错,你再看看?"陈太后试图着劝服儿子往美人儿脸上瞅,可许明伦正眼都没给一个:"不喜欢。"

一个个走起路来好像怕踩死蚂蚁,脸上都是刻意化过的妆容,连笑都不敢大声,只是抿着嘴角,瞧了就觉得难受。

第二批六个过来,许明伦挥挥手给打发了,陈太后惋惜得要命,里头有几个不错的,怎么就这样给带下去了?

第三批、第四批走得飞快,几乎只是一进玉芳台,就马上被带下去了，有些甚至还没走进台子，刚刚露了个脸，内侍还没来得及报她们的家世姓名，许明伦就让人给带下去了。

"皇上！"陈太后有些生气，这选妃可是进行了大半年的预备工作，选到现在还剩三十个，没想到前边四批被许明伦全部给否了，还剩最后六个，无论如何也要选出几个来才行！

一阵香风扑鼻，环佩叮咚，第五批候选的贵女们被带了过来。

都说戏要看压轴的，最后一批的几位贵女，个个家世了得，领头的内侍才一开口，听的人全部心中明了，这摆明是陈太后想要留下来的，这一批里头有不少正一品二品大员家的小姐，穿戴都要比前几批要显眼些。

最左边站着的是礼部尚书的孙女，年方十五，生得唇红齿白，亭亭玉立，好一个美人儿，陈太后看得眉开眼笑，心中想着，这里边就是这位最美。站在中间的一位，高高地昂着头，似乎一副很高傲的模样，那是大司马家最小的女儿，大司马老来得女，宝贝得跟眼珠子一样，这次她嚷着要进宫候选，大司马再舍不得也只能如她的愿。

大司马家小姐旁边站着的是李太傅家的小姐，她的样貌并不出众，胆子却不小，还没等这边司礼内侍宣布跪拜，她就不管不顾地朝前边走了两步，跪拜在地，娇滴滴地道："臣女李婉卉恭祝皇上、太后娘娘万福金安。"

陈太后眉开眼笑："好个齐整孩子，快些起来！"

许明伦："把这最后六个带出去！"

柳蓉："哦……"

许慕辰："啊？"

许慕辰突然想到李太傅家的孙子，就是那位说许明伦长得像暗门里小倌的猛士，也就是教许慕辰追妻十八招的老师，前两天特地找过来拜托他："我妹妹进宫候选，还请许侍郎多多在皇上面前美言几句。"

"你妹妹生得美？"

"不美。"李公子一脸沮丧，"她非得要去出乖露丑，我们也没法子。"

选妃当然是要选生得貌美如花的,自家妹妹长得虽然不丑,可要是站在美女群里,被那些花朵一衬,瞬间就成一根狗尾巴草了。

许慕辰惊得目瞪口呆:"我哪里有这样的本领能让皇上选中你妹妹?"

"实不相瞒,我妹妹……"李公子挠了挠脑袋,"我妹妹跟我差不多,只是被关在家里,不能到外边去惹是生非,整个太傅府上下见了她都怕,猫嫌狗憎的,我们家里头想着,要是能进宫做个什么妃子,倒也不错,不求她能成皇后,做那最不受宠的妃嫔也行啊,只要不待在家里就行!"

许慕辰呆了呆:"你们给她定门亲事不行吗?"

"定亲……"李公子幽幽地叹了一口气,"就怕成亲才几天就得被休回来,有辱我们太傅府的名声。"

李公子说起自己的妹子甚是可怖,可现在许慕辰瞧着,倒也不觉得有什么问题,规规矩矩地跪在那里,脸上带着甜甜的笑容。

可是他马上就知道自己大错特错了。

李小姐抬起头来,很委屈地望着许明伦:"皇上,臣女什么地方让皇上见了讨厌不成?臣女在家里的时候就听说皇宫很大很美,一心想着有朝一日要住到皇宫去才好,都说皇上是明君,难道这点子要求都不能答应臣女吗?"

一长串的话说得又急又快,许明伦愣了愣,不由自主地多看了她一眼。

柳蓉用手肘碰了碰许慕辰:"这位小姐有些意思。"

许慕辰点了点头:"京城贵女少见她这样直白的。"

"李小姐,你想住到皇宫里来,每日里准备做些什么呢?"柳蓉忽然来了兴致,开口相询。

"我们家不让我跟着奶娘学种花,说我不该弄得一身脏,可我觉得种花没有什么不好,等着花开了,就会觉得一切都值了。我想要是能住到皇宫,请皇上给我一块地,让我可以随意种花,没有人管我,那就真是太好了。"李小姐说得眉飞色舞,小圆脸上泛起了红光,十分激动,"皇上,臣女也没有太多不好的习惯,只是有时候喜欢捉弄人而已。"

这个"只是",包含的意义可多着呢,许慕辰微微一笑,想到了李公子列举出的各种罪状,心里想着,李家这么些年,过得也真是不容易啊。

许明伦扫了许慕辰这边:"慕辰,柳……许夫人,你们觉得李小姐如何?"

柳蓉笑靥如花:"李小姐很不错。"

许慕辰连连点头:"皇上,这宫里头大得很,既然李小姐想进宫种花,不如就让她如愿以偿。"

"好,就留下李小姐,其余的人都带下去!"许明伦做了决定。

陈太后几乎要崩溃,她是给许明伦选妃,可不是选花匠的!

可是许明伦已经下旨,她还能怎么说?好歹也留了个女的下来,而且家世也不错,只要自己多方努力,总会能将两人凑成一对。

选妃结果一出,京城里的百姓个个眼珠子落了一地。

最受牵连的是京城一家赌坊的老板,他花了重金打探到是李太傅家的小姐被选中,听闻这个结果后脸色一变,拎着已经准备好的包袱,趁着夜色茫茫飞奔着逃了出去。

在选妃之前,京城的赌坊里已经有人在下赌注,其中礼部尚书与大司马家两位小姐呼声最高,压李小姐的开始是一个也没有,就连李小姐的亲兄长都是压了礼部尚书家的那位,到最后一日才来了一位夫人,一出手就是一万两银子,压在李太傅家的小姐身上,赔率瞬间便是一千比一还有余。

赌坊的老板自己压的是大司马家小姐,虽说人家姿色不如礼部尚书家小姐,可胜在父亲权势大,皇上选妃肯定是要权衡利弊的,礼部尚书在六部里是个最不显眼的闲职,随随便便就能打发掉的,肯定会是大司马家的小姐胜算大。

万一两人同时选进了宫,大司马家的小姐也肯定在封号上要压礼部尚书家的一头。赌坊老板心里头想着,自己肯定是赢定了,那些压礼部尚书家小姐的,实在太肤浅了,只会盯着人家的美貌不放,哼!自己可是有内涵的男人!

皇上肯定也是个有内涵的,绝不会被美色所迷惑,不用说,大司马家的小姐必然会脱颖而出!

赌坊老板屁滚尿流地逃出京城时,心里还在哀怨,皇上也太有内涵了,怎么会选中了李太傅家的小姐呢?果然是皇上的心思你别猜啊!

进宫的第一天,李小姐带着宫女们开辟花田,开始松土:"现在秋天了,不好种,先把土松动松动,再追点肥,等明年开春就好种了。"

宫女们个个晕倒,明年春天种花,今年秋天就松土,也太早些了吧?可架不住人家是主子,只能乖乖地拎了锄头去松土,谁也不敢多抱怨。这皇宫里头现在就一个李小姐,还不知道明日她会不会翻身做皇后,事情可不能做绝,总得给自己留条后路。

许明伦十分满意,这位李小姐是个知趣的人,真的不声不响地在种花,看起来许慕辰与柳蓉替他选了个合意的人,适合住在皇宫。

李大小姐性子不拘一格,柳蓉很是喜欢她,有时没事儿就跑去皇宫找她玩,许明伦见李大小姐如此识趣,自己这一辈子又与柳蓉已经无缘,索性闭了眼睛下道圣旨,将李大小姐封为贤妃,自己则做了一辈子厮混下去的打算。

这选妃的事情一定,许明伦便又操心起另外一桩事情来,这件事情比选妃的事情可重要多了,一刻也耽搁不得,于是他对身边的内侍道:"去,传许侍郎与许夫人进宫。"

自从宁王一死,朝堂里那些蠢蠢欲动的人立即又恢复了平静,只是许明伦还有些不放心,决定要彻底将这朝堂里的臣子们清查一遍,有异心的那些,或是明升暗降,或是要设局让他们跳进去,更重要的是找到他们贪墨的证据,就可以将他们直接交到刑部治罪了。

## 第十八章 心悦于你

　　柳蓉与许慕辰，这时候才真正成了许明伦的左膀右臂。
　　一个负责晚上潜入官员家中寻找藏匿赃物的地方，一个负责查办贪赃枉法的官员，依照律例不是将他们流放就是让他们坐牢。
　　那些官员在刑部派人来起赃的时候还神气活现："我哪里有贪赃枉法？你们分明是在制造冤案！"
　　等着捕头们很精准地将他们藏宝物的地方找到，一件件宝贝源源不断地运出去以后，那些贪官们这才脸色发白，再无第二句话好说。他们瘫坐在椅子上，根本不知道为何藏宝之处这么轻易就被人破获，简直是不敢相信自己的眼睛。
　　从五月到九月，许慕辰与柳蓉两人已经挥手送别了十几位高官，配合默契，不露半点痕迹。
　　许明伦欢喜得全身都来劲："慕辰，你娶了个好媳妇！"
　　"那是当然！"许慕辰挺胸，娘子棒棒哒！
　　金秋本是收获的季节，不料忽然降了一场冰雹，将即将收获的庄稼打了个稀烂，冰雹过后没几天，又来了蝗虫，真是福无双至祸不单行。
　　这下子京城与周边郡县不知道有多少百姓要遭灾了，许明伦命六部与京兆府用心救灾，谁知那些奸商，却想趁火打劫，好好地捞上一把，个个将自己的粮食都压着不肯卖，想要等着百姓们的米缸子空了再抬高价格。

许明伦本来想将奸商们一并治了罪，又怕那暗地里隐藏的一些反对势力趁机煽动人心。想要再等两日，可是瞧着那奸商如此行事，心中又是不忿，想要好好惩治他们才能出了心中这口恶气。

"慕辰、柳蓉，你们两人可有什么妙招？"许明伦愁容满脸，想想这件事就烦，真恨不能马上下令将京城那些粮商都抓起来。

可是，粮商们都差不多已经统一了意见，总不能全将他们抓到大牢里。幸好京城里还是有那么三四家正常运营，可此时也已经无米可卖，早已被百姓哄抢着买得干干净净了。

"皇上，你不用着急。"柳蓉笑着摆手，"我与慕辰已经有了主意，在朝廷赈灾的粮食运到京城之前，我们保证京城百姓不会挨饿，定让他们能买到米。"

"真的？"许明伦眼睛一亮，"怎么办？"

"简单。"柳蓉哈哈一笑，"肯卖粮食的好商家没有粮了，我们就从那些囤积粮食的奸商那里偷了米送到那些好商家去卖。"

"这样也可以？"许明伦简直不敢相信自己的耳朵，"人家不会怀疑吗？"

"怀疑归怀疑，凡事要讲证据！"柳蓉哼了一声，"那是他们黑心，菩萨为了惩罚他们才将他们家的粮食送到别人家去了！"

许明伦点了点头，觉得柳蓉地建议颇好，笑着道："就这样办，让那几家粮行奉旨代卖粮食，朕也会派官兵保护好那几家粮行的。"

夜色当空，秋凉如水，镇国将军府里一个穿着黑色夜行衣的人从墙头越出，落在外面的街道上，轻飘飘犹如柳叶。

才刚刚落地，身后便传来了一阵细微的声响，柳蓉一转头，就见有个人影跟着从墙头跃下，掸了掸衣裳上的灰尘，抱怨着道："蓉儿，你怎么不等我。"

"慕辰，你出来做甚？还不快去歇着，你明日卯时就得去上朝，哪里能像我，想睡多久就多久。"柳蓉伸手推了推他，"快些回去。"

"我今晚要跟你一起行动,人多力量大嘛,就连爹娘都上了,我怎么能躲着?"许慕辰走到了柳蓉身边,"我今日中午特地多睡了一阵子,现在精神足足的!"

有时候许慕辰赖皮起来,怎么也甩不掉,柳蓉咬了咬牙:"好吧,那就一起去。"

"走走走。"许慕辰大喜过望,平常柳蓉晚上出去,总是不喊他,今日总算是得了机会可以跟着她一道出去了,实在是难得,"蓉儿,今晚你准备去哪家下手?"

"去大丰,这是个最黑心的,京城里头的粮商就是被他组织起来,不肯开仓卖粮的,只要解决了他,就好办事了。"柳蓉早就去大丰粮行踩了点,虽然现在大丰粮行加派了人手将仓库围了起来,可这点人手还难不倒她。

玉罗刹与空空道人早就做好了准备,等在了大丰粮行仓库附近,身后还跟着大顺等一群人。

"娘……"许慕辰愣了愣,"这可不是去游山玩水!"

大顺拍了拍胸口:"姐夫你可不能小看我,我帮忙去搬粮食还是可以的!"

"是啊是啊!"孩子们都抗议起来,就如一群小麻雀在叽叽喳喳,"许大哥真看不起人,我们还能帮着赶马车呢!"

玉罗刹挥了挥手:"一道去!"

许慕辰目瞪口呆,去这么多人,真的好吗?这可不是去外边游玩,看着那些孩子们手里抓着的武器,稍微大些的还扛了棍子,小一点的孩子手中攥着两根筷子,甚至还有人拿着挖耳勺子之类的东西……

这也能上阵迎敌?许慕辰觉得自己的汗毛都竖起来了,难道要去给那些看守粮仓的人掏耳朵?

"哎呀,你就别管这么多了,既然我娘说了一道去,那就一道去!"柳蓉摸了摸大顺的脑袋,"你要管好大家,到了那里可不能大声喊叫,免得把人惊醒了。"

"我知道,咱们今晚是去拿坏人的东西救人嘛。"大顺笑嘻嘻地拉住柳蓉的手,"姐姐,你就放心好了,我们都明白!"

大丰粮行的仓库那边,三步一岗五步一哨,戒备森严。

领头的那个护院再三叮嘱:"千万不能瞌睡,要打起精神来,熬过明日,后天就能开仓高价卖粮了!只有两日了,你们听明白了吗?"

"明白!"众人回答得很是响亮,攥紧了手里的棍棒。

一阵香味从远方慢慢飘过来,钻进了人们的鼻孔里,又酥又麻,让人只觉得心里头有说不出的舒服,一个个扶着棍棒站在那里,微微地想打瞌睡。

"糟糕!"领头的大喊了一声,这是江湖中传说的迷香啊!

"捂着鼻子!快!别吸了那香气!"

可是一切都已经晚了,领头的那个护院眼睁睁地看着身边的人一个个倒下去。

一条黑影突然伸手点住了他的穴道,领头的也倒在了地上。

许慕辰在他腰间摸了一把,就将一串钥匙拿在手中,得意地朝那边扬了扬:"蓉儿,我找到钥匙了!"

柳蓉白了他一眼:"真笨,有我和爹在,还要什么钥匙!"

空空道人从小孩手中拿过挖耳勺,走到了粮仓门口,才一伸手,"咣当"一声,那把大锁就应声而开,掉到了地上。柳蓉一拍许慕辰的脑袋:"走,干活去!"

一袋袋的大米被从粮仓里搬出来,整整齐齐地被码上了车子,许慕辰与柳蓉带着那群孩子们忙忙碌碌,没有停歇。那些孩子们瞧着年纪小,可是这半年在玉罗刹与空空道人的指导下,每日苦练功夫,也有些根基,就连大顺也能和别人一起抬着一袋大米健步如飞了。

"咱们今晚搬空大丰粮行的米,明晚再去搬大发粮行的。"柳蓉兴致勃勃地掰着手指头算,"这样,京城的形势就能得到缓解了。"

许慕辰看着柳蓉掰手指,心里醋意滔滔,翻江倒海:"哼!你也太卖力气了。"

"怎么？"柳蓉惊诧地看了他一眼，"你不也在卖力气？"

……

第二日，大丰粮行的钱老板见着那几家粮行又在开门卖米，大吃了一惊，找了管事过来问："昨日码头上有新到的粮食？"

管事摇了摇头："小人一直在码头上盯着，没见有装粮食的船只过来。"

"那……他们这米是从哪里来的？"钱老板只觉得蹊跷，难道天上掉了大米下来？

"老板，老板，不好啦！"一个下人气喘吁吁地跑过来，"咱们的粮仓出事了！"

钱老板眼前一黑，身子晃了晃，几乎要摔倒在地，都不用下人继续说，他也知道了，那些粮行里卖的米，肯定是自己粮仓里的："走，去看看！"

粮仓大门敞开，里边早已被搬得干干净净了，一粒米都没剩。钱老板头昏脑涨，吩咐下人拿了状子去京兆府告状，自己怒气冲冲地赶去了一家粮行。

"钱老板，你总算是来了！"如意粮行的秦老板笑着迎了出来，"还正想去找你呢！"

"你竟敢盗卖我的粮食！"见着如意粮行门口排起了长长的队伍，个个手里提着麻袋或者是捧着斗，钱老板一口老血含在口里，几乎就要吐出来。

"钱老板，你怎么能用'盗卖'两个字呢？"秦老板伸手指了指外面的一块牌子，"你自己好好瞧瞧看，可千万别乱说话啊！"

奉旨代卖粮食，六个斗大的字在钱老板眼前直晃，他仔细打量了下，旁边还有一队执刀站着的兵士，正在维持秩序。

"皇上……"钱老板牙齿咬得直打战。

"是啊，皇上真乃仁君，他知道你事情多，这阵子没法子卖粮，就下旨要我们替你卖了，从你粮仓里拨调了多少粮食，我这里都有登记，钱老板，你只管放心，按市价卖的，一钱银子也不会少你的。"秦老板笑眯眯地望着他，口气里全是羡慕，"皇上真是关心你啊，体贴入微。我们可是羡慕不来的！"

钱老板一口老血终于喷了出来。

……

"回皇上的话，问题已经解决。"许慕辰挺直腰板儿站在许明伦面前，"救急的粮食已经来京，这下无须担心无粮可卖了。"

"好好好！"许明伦高兴得眼睛都亮了起来，"慕辰，你真乃朕的左膀右臂！"

许慕辰弯腰深施一礼："皇上过奖，微臣有一事相求。"

"讲。"

"请皇上免去微臣刑部侍郎一职。"许慕辰笑得风轻云淡，他实在厌倦了这朝堂里的生活，起早贪黑不说，还要跟那些老臣们斗来斗去的，心中真是不爽，还不如回家与蓉儿过快活日子，不用再管政事。

"什么？慕辰，你是被免职免上瘾了？"许明伦眼睛瞪得老大，"慕辰，你就忍心让朕一人孤军奋战？"

"皇上，微臣自知无能，也只会替皇上抓点蠹虫宵小。而这些事情，换了谁都能做，而且微臣还可以在暗地里帮着皇上做些事，更不显眼。"许慕辰打定主意要辞官，一脸不要拦住我的神情。

"哼！我看你是想抱着娘子多睡一阵子早觉吧。"许明伦愤愤，"女曰鸡鸣，这首诗你倒是领会得好！"

"皇上，你心里明白就好！"许慕辰一点也不觉得哪里有什么不妥当，笑着朝许明伦拱手，"皇上，你都有贤妃了，怎么还没尝到这个中滋味？"

夏天还好，冬天的时候，软玉温香抱满怀，才到寅时就要从那热烘烘的被窝里钻出来，告别娘子来上朝，真是一种折磨！许慕辰觉得就算半夜出去跟着柳蓉去京城那些贪官的院子里转几圈，也要比早早起床感觉好。

"慕辰，你就不管朕了吗？真的不管朕了吗？"许明伦做出悲愤欲绝的模样，刚刚想站起身来走到许慕辰身边，小福子就在外边大喊一声："太后娘娘驾到！"

母后总是这般神出鬼没……许明伦又呆呆地跌坐回椅子里。

第二日上朝，圣旨下，许慕辰被免职，原因是经常不按时上朝，对皇上存有轻慢之心。

群臣震慑。

许慕辰可是皇上的发小，还帮他做了那么多事情，就这么一眨眼，又被免职了！自己可不能掉以轻心，务必要尽心尽责才是。一时间，群臣更加尽职尽责了。

"皇上又免了你的职？"柳蓉一只手捏着一根绣花针，一只手拿了一个绣花的绷子正在努力奋斗，听着许慕辰得意扬扬地宣布了这一消息，抬起头来看了他一眼，"你怎么这样不争气？下回京城的游宴，我都不好意思去了，免得她们聚在我身后说三道四！"

许慕辰一把将柳蓉拉住："我被免职你一点都不生气？"

"生气什么？你当不当官，对我有影响吗？"柳蓉伸手摸了摸肚子，嘴角笑意盈盈，"要靠着你的俸禄来养我们的孩子，那可真是有点悬，还不如跟着我到处去逛逛银子来得多！"

许慕辰的眼睛往柳蓉的肚子上溜了一眼，忽然醒悟过来，猛地扑了过去："蓉儿，蓉儿，你、你、你……你有孩子了？"

柳蓉伸手推了推他："成亲以后有孩子不是很正常吗？我要是一直没怀上，你母亲又该说我是不下蛋的鸡了。"

"什么时候知道的？"许慕辰咧着嘴傻笑，"怎么不早些告诉我？"

"刚刚大夫才走。"柳蓉气定神闲地将那绣绷拿了起来，"你别在我旁边乱蹦，我要给我们的孩子做小鞋子了。"她眼睛瞪得大大的，努力将细细的绣线从绣布上扯出来，"你要是没事情做，就麻烦你去跟你母亲说一句，免得她心里头一直记挂着这事情。"

"是是是，我这就去。"许慕辰的嘴巴到现在还没合拢，迈开腿就往外边走，又被柳蓉一把揪住："我还想问你个事。"

"什么事？"许慕辰两眼闪闪地冒着光，"是不是想问生男生女我会不会一样喜欢？喜欢、喜欢，只要是我们的孩子，我都喜欢！"

"要是我不能生孩子，你还会不会对我一样好？"柳蓉的关注点永远与许慕辰不在同一件事情上，"要是我十年二十年肚子都没动静呢？你会不会跟你母亲一样，每日都在我耳边唠叨，甚至还……"

"你在胡思乱想些什么！"许慕辰的腰杆忽然挺直了，一把将柳蓉抱在了怀里，"我早就说过了，蓉儿说的话都是对的，蓉儿做的事情都是对的，蓉儿能不能生孩子，并不会影响到她是我今生唯一的宝贝。蓉儿，我心悦于你。"

许慕辰忽然这样热情洋溢地表白，柳蓉吃了一惊，她望着许慕辰那认真的脸，有些手足无措。

"蓉儿，只求你别嫌弃我。"许慕辰捧住了柳蓉的脸，两张脸孔越来越近。

"唔唔唔……"

窗外秋风阵阵，屋子里春意正浓，美好的人生，这才刚刚开始。

## 番外一

"蓉儿,怎么你肚子还是平的啊?"许慕辰的两只手摸上了柳蓉的小腹,那里平平坦坦的一片,他有些沮丧,"不是说有两个多月的身孕了?"

"才两个月,小包子都还没影呢。着急什么!"柳蓉扑哧一笑,拍了拍许慕辰的脑袋,"你想快些见到小包子,那就安心睡觉!"

许慕辰扭扭捏捏地抱住了柳蓉,在她耳边轻声道:"蓉儿,我……我想要和你蒸包子。"

柳蓉扑哧一声笑了出来,今日大夫交代过,怀了孩子的时候,前三个月后三个月最最关键,自己虽然身子强健,可也不一定经得住这番折腾:"大夫说了前三后三,不能胡来!"

"啊?"许慕辰沮丧得直咬舌头,"不能再蒸包子了?"

"嗯,这段时间是不能蒸包子了。"柳蓉点了点头,摸了摸许慕辰的脑袋,"快些睡。"

许慕辰在柳蓉身边耍赖,用身子擦着她的身子:"可是我好想蒸。"

柳蓉将他的手抓了起来扔到他自己身上:"用这个,自己蒸自己!"

许慕辰一脸茫然:"自己蒸自己?"

柳蓉拿着他的手往下边放:"我只能帮你到这里了,你很聪明,不用我再说了。"那个地方,已经有一顶小帐篷了,柳蓉同情地望了望许慕辰，"你试试。"

许慕辰忽然就忸怩起来，一只手放在那里才摸了一下，便跟着了火一般地移开，苦着一张脸道："这样蒸包子不好玩。"

"许慕辰，我跟你说，"柳蓉很一本正经地望着他，"你要知道，蒸包子的过程里是不能揭蒸笼盖子的，一揭盖子，就漏气了，包子就不好了。"

许慕辰紧张了起来，拉着柳蓉的手不放："真的吗？真是这样？"

"我怎么会骗你？不相信就算了。"柳蓉打了个长长的呵欠，"我懒得跟你说，爱信不信。"

"我相信，相信，你赶紧睡。"许慕辰替柳蓉将薄薄的锦被按好，翻身坐了起来，趿拉着鞋子就往外边走。柳蓉翻过身来看了看他："你去做什么？"

"我去洗个冷水澡。"许慕辰嘻嘻一笑，"上次祖母算计咱们想让我与你圆房不是用了那些东西吗，后来就是浇冷水浇熄了的，哈哈哈……"他站在门口指着柳蓉笑个不停。

大包子：你说咱爹是不是个傻子？看他那样笑，不是跟个小傻子一样。

小包子：点头，确实是个傻子。不过他对咱们还算好，听娘亲说蒸包子的时候不能漏气，自己就老实了。

大包子：你以为他是对咱们好？他是被咱们娘亲蒙骗了，另外，他长期慑服于娘亲的淫威之下！

小包子：所以说，咱们娘亲很厉害喽？

大包子：那是自然，我出去以后，一定要跟娘亲好好学本领。

小包子：嗯，嗯，我也是。

第二日，许慕辰一早路过厨房，见灶台上热气腾腾，一笼包子蒸得真香，忽然想起柳蓉昨晚说的蒸包子这事儿来，大步跨进厨房问厨娘："蒸包子，中间能揭开蒸笼盖子不？"

厨娘摇头："哪里能揭开盖子？漏气了，包子就蒸得不好了！"

许慕辰朝内室方向看了一眼:"蓉儿果然是博学,连蒸包子的事情都知道,真是出得了厅堂,进得了厨房!"

大夫来给柳蓉看过脉,一边与柳蓉絮絮叨叨:"大少夫人要是无事可做,可以先教教肚子里头的胎儿一些本事。"

柳蓉兴奋了起来,是是是,要从娃娃抓起——猛火蒸包子,在娘肚子里边便打下好基础!

大包子:嘘嘘,好棒,娘亲要教我们学知识啦!

小包子:不要,我还想睡觉!

大包子:快些醒来啦!咱娘要给咱们上课了呢!

一架古琴搬了过来,静静地放在园子里边,古琴有七根弦,细细地发出淡淡的银光,座架上便刻着几个大篆,柳蓉走了过去,伸出手在大篆上摸了摸,这究竟写了些什么,就如小蝌蚪一般,弯弯曲曲的。

"大少夫人可真是大家闺秀的典范,什么都会。"一个做粗使活计的丫鬟停下了笤帚,望着柳蓉那全神贯注的模样,十分羡慕,"什么时候我才能学到她的一点点,我就足够了。"

柳蓉在古琴前边坐了下来,长长地舒了一口气,古琴怎么弹,她全然不会,但是她想,手指拨动琴弦,总能发出清越的响声,让小包子们听听琴音,算是给他们音乐熏陶好了。

翠花搬出了一个小香炉出来,放在古琴前边,柳蓉望着她将几支香点燃插到香炉里边,不由得有些疑惑:"翠花你这是在做什么呢?"

"大少夫人,做事要做全嘛,人家弹琴不都焚香的?"翠花说得一本正经,"大少夫人难道弹琴不焚香?"

柳蓉哈哈一笑:"好,你想得周到。"

她知道什么,既然要做就做全套,不管怎么样,先弄好那架势再说!

她伸出手来,拨动了一根琴弦,"叮"的一声,真是余音袅袅。

"小包子,好听吗?"柳蓉一只手摸了摸肚子,"娘亲要给你弹琴听了,你仔细听好了,以后出来看见古琴就会觉得很亲切了。"

两只小包子竖起了小耳朵来:"娘亲要弹琴了,娘亲真厉害!"

"叮叮咚、叮叮咚……"柳蓉拨动了几根琴弦,那声音虽然不说很糟糕,但好像很单调,仿佛就一个调子,若是琴声节奏更快些,完全就是古代版的《铃儿响叮当》。

大包子(头上黑线):你说咱娘到底会不会弹琴?怎么我听着跟弹棉花差不多。

小包子(闭着眼睛):我想睡了。

大包子:不行不行,娘亲说是让咱们接受音乐熏陶,你得好好听着。

小包子(打呵欠):她骗人的,咱们先休息,看看等会她准备怎么折腾咱们再说。

柳蓉伸手在琴弦上乱按了一阵,弹得树上的鸟儿都快掉出眼泪来,走廊下一只八哥不住地叫:"不好听,不好听,不好听!"

"就不会挑句好听的话说?"柳蓉摸了摸肚子,里边没有一点反应,难道自己真的弹得太难听了?转脸看了看,周围一个贴身丫鬟都不见了,扫地的小丫头子继续拿着笤帚扫地全然没了开始那种崇拜的眼神。

好吧,柳蓉点了点头,自己亲自来传授音乐是不行的,改日让许慕辰去乐坊请几个琴师过来,高山流水阳春白雪地弹上一阵子,让小包子们好好享受音乐盛宴。自己……能教的,或许便只有武术了。

"翠柳!"柳蓉扬声喊了一句,"将我的宝剑拿过来!"

翠柳从屋子后边露出了一张脸来,表情有几分呆滞:"大少夫人要宝剑做什么?"

柳蓉脸上杀气腾腾:"给小包子上课!"

竟然不配合自己?哼,让他瞧瞧他娘亲的本领。

大包子:嘘嘘,醒醒,快醒醒!

小包子(揉揉眼睛):怎么了?咱们娘亲不弹琴了?

大包子(激动):娘亲说拿宝剑!

小包子(爬着滚了滚):蒸(真)的吗,蒸(真)的吗?

大包子：蒸（真）的，不是煮（假）的！

柳蓉手里拿着宝剑，凝神看了看前边，青光一闪，宝剑上已经刺住了一条黑乎乎的东西。她微微一笑，将宝剑收了回来，剑锋上是一条蜈蚣，正在挣扎着痛苦地扭动着身子。柳蓉唾沫横飞："孩子，娘亲今日给你上第一节课，咱们就从小东西说起好了。娘亲现在给你看的是一条蜈蚣。"她夹着蜈蚣在肚子前边晃了晃，"看到蜈蚣的模样了没有？"

两只小包子在肚子里齐齐摇头，就听他们可爱的娘亲开始说话："娘亲先给你们说个笑话，让你们知道蜈蚣的形状。有一天，蛇、蚂蚁、蜘蛛、蜈蚣几个人在家里打马吊，打了几圈之后，屋子里没有茶水了。大家商量着派个人出去买回来，蛇说他没脚不去，让蚂蚁去。蚂蚁却说蜘蛛有八只脚呢，让蜘蛛去嘛。可是蜘蛛说：我的脚再多也比不过蜈蚣大哥呀，让蜈蚣去吧……"

"真是欺负人啊。"大包子叹气，"这蜈蚣也太好欺负了。"

小包子翻了个白眼："重点难道不是它有很多脚？咱们娘亲不是想让咱们知道蜈蚣的形状？这么说起来，蜈蚣会是有很多脚的嘛。"

"咦，你说得对。"大包子忽然醒悟过来，"可不是这样？"他用手比了比，"细长的身子，很多脚……有多少只脚啊？"

"不是要比蜘蛛多？蜘蛛有八条腿，它至少有九条啦！"小包子露出了甜甜的笑容，"继续听咱们娘亲说故事。"

柳蓉全然不知道她肚子里有两个包子在讨论这蜈蚣有多少条腿的问题，继续说了下去："大家都让蜈蚣去，蜈蚣也没了办法，叹了一口气，唉，谁让我脚多呢？我还是去跑一趟吧。于是蜈蚣出门去买茶水……半个时辰了，不见蜈蚣回来，一个时辰了，还不见蜈蚣回来……"

"咦，这铺子有多远，怎么走一个时辰还不回来呢？"大包子很奇怪，伸手拉了拉小包子，"你说那卖矿泉水的铺子有多远呢？"

"我也不知道哇，咱们娘亲肯定知道，听她说。"小包子皱了皱眉毛，"只不过那铺子一定在很远很远的地方啦。"

"蜈蚣不回来,这马吊也打不成啦,大家坐在桌子边上大眼瞪小眼。想来想去,还怕蜈蚣遇到了危险,赶紧让蜘蛛出去看看。蜘蛛一出门就看见蜈蚣在门口坐着,手里还拿着买茶水的银子,蜘蛛很生气,就问蜈蚣:'你怎么还不去呀?大家等着喝呢。'蜈蚣也急了,说道:'废话!你们总得等我穿好鞋吧!'"说到这里,柳蓉忍不住笑了起来,蜈蚣好多脚啊!

"一个时辰还没穿好鞋子……"两只小包子齐齐扑倒,"这蜈蚣的脚太多了!"

"蓉儿,你在说什么呢?穿鞋子?谁要穿鞋子?"许慕辰微笑着走了进来,真是有子万事足,知道柳蓉怀了小包子,他觉得走起路来都带劲多了,好像脚底生风一般。

"我在教小包子蜈蚣的形状呢。"柳蓉将蜈蚣举起来给许慕辰看,"我要从小便培养他跟着我学武。"

许慕辰蹦到了柳蓉面前,眼睛发光地盯着柳蓉:"蓉儿,你现在怎么能乱动?让我来教他?现在?"

"现在?"柳蓉白了他一眼,"也太早些了吧?"

"不早不早,练武要从娃娃抓起,不,不,咱们从生肉包子抓起,到了以后他就能成为顶天立地的大英雄了!"许慕辰朝柳蓉眨了眨眼睛,"为夫现在就去取宝剑过来,给咱们的小包子舞剑。"

"咱爹到底在做什么啊?就听到他嘴里嗬嗬哈哈地喊,不如咱娘说的故事好听。"小包子摇了摇脑袋,"咱爹真是个傻子,现在教咱们练武,那不是在痴人说梦?"

大包子努了努嘴,神情很是认真:"你要认真一点,到时候莫要让我跑到前边出去了,你该喊我哥哥呢!"

小包子跳了起来,爬到大包子的身上:"不行不行,我要当哥哥!"

两人在肚子里滚来滚去,闹个不歇,柳蓉只觉得心里一阵隐隐的慌,脉搏跳得快了许多,伸手按住了肚子:"哎,许慕辰,咱们的孩子喜欢练武!"

叮咚，总算找对了方向！

然后就是刻苦地培养练习，从清早到晚上，许慕辰与柳蓉轮番给小包子们进行培训，两只小包子还在半睡半醒中就能听到他们那个爹跟他们聊天："一定要打通任督二脉，才能得到飞升！"

任督二脉是什么？两只小包子互相看了看，决定将许慕辰的话当作耳旁风。

再过了几个月，柳蓉肚子大了，反应也大，两只小包子经常在她肚子里闹腾——全是许慕辰的教育好，两人长出手脚来就已经开始比画了。

他们在肚子里头闹，柳蓉就有些难受，许大夫人听说儿媳妇不舒服，有些紧张，赶忙让丫鬟请来了京城最好的大夫——虽然许大夫人曾经对柳蓉有成见，可此一时彼一时，柳蓉怀了孩子，她瞬间就变了一张脸。

"什么？双胎？"柳蓉吃惊得瞪大了眼睛。

"双胎？"许大夫人一激动，嗷嗷地晕了过去。幸好有大夫在，掐掐人中就把她弄醒过来："蓉儿，你真是我们许家的大福星！为了奖励你，母亲送一套上好的首饰给你。今日就让金玉的管事带图样册子，你来挑样子。"许大夫人越看柳蓉越是欢喜，这媳妇儿真是好，模样美，性子好，虽然家世不怎么样，可那又如何？人家会生！

许大夫人心中得意，每次参加宴会，都少不了要将柳蓉怀了两只小包子的事情宣扬一番。

"听说陈国公府新娶的那个媳妇十分貌美，闹洞房的晚上把人的眼睛都看直了。"有人在议论这京城的新鲜事儿。

"我家媳妇怀的是双胎。"许大夫人朝她眯眯地笑。

"刑部的那位李大人，哟哟哟……真是福气好，娶了个美娇娘，过一年生了孩子，那可是人生如意了。"有人羡慕得眼睛都瞪圆了。

"我家媳妇怀的是双胎。"许大夫人依旧是眯眯地笑。

"听说要嫁给皇上的邵家小姐暴毙了，其中的原因……"话还没有说话,就被许大夫人的话打断了:"我家媳妇怀的是双胎。"

次数多了,大家都知道许大夫人现在开口的第一句话会说什么,每次宴会见着她的面,还没等许大夫人开口,大家便很自觉的朝她恭贺:"恭喜许大夫人,媳妇怀了双胎。"

"咦,你们怎么知道?"许大夫人一副惊诧的模样。

"……"

众人额头上数道黑线,都说一孕傻三年,这镇国将军府的大少夫人怀了孩子,她傻没傻不知道,她婆婆傻了却是肯定的,许大夫人逢人便说她媳妇了双胎,这件事情京城谁人不知谁人不晓?如今反倒露出一副惊奇的表情来了。

时间过得飞快,转眼间九个多月就过去了。

今日一早,苏锦珍就过来看柳蓉,她比柳蓉晚半年成亲,可怀身子却一点也不落后,只比柳蓉晚一个月,掐着算算,柳蓉或许这几日会生,她特地过来看看她,一边想来安慰柳蓉,一边也想着宽慰自己。

两姐妹正在絮絮叨叨地说着话,柳蓉忽然肚子疼了起来。

到时候了。

小包子推了推大包子:"到时候啦,你快些先出去。"

大包子扭着身子,一脸不乐意:"不行,为什么非得是我先出去?咱们石头剪刀布!"

小包子连连摇头:"你不是说想做哥哥吗,当然是你要先出去,你不先出去,我怎么喊你哥哥?"

"那倒也是。"大包子点了点头,"那好,我先出去。"

柳蓉不仅觉得肚子疼,还觉得底下有温暖的一片湿润慢慢地浸了出来,她摸了摸床褥,额头上滴出了汗:"慕辰,慕辰,我要生了。"

"要生了?"许慕辰扑了过来,"蓉儿,我在这里,你别害怕!"

柳蓉翻了个白眼,自己害怕什么,不过是想知会他一声罢了。许大夫人站在许慕辰的身后,望着柳蓉的肚子,忽然有些犹豫:"媳妇,你怀的真是双胎?不像啊,我咋瞧着王夫人的肚子比你的还要大呢。"

"现在这时候还想着双胎不双胎的事情作甚,快些站出来,让媳妇到里边好好生孩子。"站在门边的许大老爷不满意地看了许大夫人一眼,他虽然一直表现得很冷漠,可毕竟这是他第一个孙子,很是紧张,听着许大夫人派人送信说要生了,赶着来了许慕辰他们的院子。

"大公子,麻烦你也出去。"稳婆将柳蓉扶着躺好,见许慕辰眼睛都不眨地守到了床边,笑着说了一声,"大少夫人马上就要生孩子了。"

"我为什么要出去?"许慕辰睁大了眼睛望着稳婆,"我的夫人生孩子,我自然要守着她。"

"这妇人生孩子,是要见血的,兴许会应着血光之灾的话呢,大公子,你还是在外面等吧。"稳婆脸上全是无奈,哪有男子守着生孩子的理儿?

"不出去,我就是不出去,我要好好地守着蓉儿。"许慕辰抓紧了柳蓉的手,眼睛只望她根本不看那稳婆,"蓉儿,你喜不喜欢我守着你?"

柳蓉吃力地露出了一个笑容,谁还有劲回答他这些问题,她现在已经是全身抽痛,便是吸一口气都觉得痛了。

"你快些出去,别磨磨蹭蹭的。"小包子推着大包子,"没见咱娘亲说话都没力气了?你还打算折腾她多久?"

大包子奋力地挥着手:"我先出去了,你可别光会说我磨蹭,快些跟我来!"

"我知道了,哥哥!"小包子飞起一脚,将大包子往外边踹,还没等他收回脚,大包子就不见了。

"怎么去得这般快?"小包子有几分莫名其妙,还没想得太清楚,忽然间一种很大的力量拉着他就往外边滑。"这是怎么了怎么了?"他才一开口,就觉得有些什么温暖的东西落到了嘴里,没来得及说话,就有觉得有人在拉着他往外边滑。

一线光亮在眼前闪过,小包子长长地出了一口气,有人将他倒提了起来，用手拍打着他的屁股。倒着头往上边看——一个男人，一个长得很不错的男人。

这就是爹喽？小包子眼冒着精光，这个爹颜值很高，赞！转脸一看，床上躺着的一个美人儿，眼睛更是一亮，这个就是美人娘啦？比爹的颜值更高哇，特别是那两团高高耸起的地方，更是吸引着他，那里好像很香很甜呐！

千万不能让阿大先占了好地方去！小包子手舞足蹈地就想扑到那甘甜的源泉那边，结果被许慕辰又顺着抱了过来，笑着送到柳蓉眼前去："瞧，这个也出来了，长得跟阿大一模一样。"

大包子已经被稳婆包好了，用的是红色的包布，她伸手将小包子接了过来："大公子，快些给我来，这时候还有些寒气呐，别冻了小公子。"

颜值高的阿爹阿娘瞬间便变了个模样，眼前是一张满是皱纹的脸，小包子伸手奋力想揪住柳蓉的衣裳，好香的美人儿娘亲，自己可不想离开，可娘亲只是笑眯眯地看着自己，嘴里还在招呼那个老婆子："大娘，包扎的时候注意手脚。"

小包子皱着鼻子，一见着那块绿色的包布就想哭，他才不要绿油油的包布，就像一颗生菜！早知道他就早些出来好了，至少那个红的包着像一朵花。

转眼见着大包子躺在那里朝他眯眯地笑，小包子更伤心了，哇啦哇啦地哭了起来，耳朵里传来许慕辰的一句话："蓉儿，老大挺安静，还会笑，阿二怎么就这样吵闹，哭闹的声音真大。"

你才吵闹，你全家都吵闹！小包子瘪着嘴巴很伤心，阿爹怎么能这样说他？分明那个时候他寻着阿娘吵闹才会有了他和大包子嘛，还有阿爹的阿娘，那就更别提了，自己吵闹还是跟他们学的？

"哎哟哟，快些将我的金孙们抱出来让我瞧瞧！"许大夫人在外边听着里边的哭声，站在那里笑得合不拢嘴，"别磨磨蹭蹭的，包好了快些抱出来！"

许慕辰一只手抱了一个走了出去,两个襁褓,一个大红,一个大绿,瞧着喜气洋洋:"红的里边这个先出来,绿色襁褓里的是老二。"

许大老爷与许大夫人每人抱了一个孙子看个不够:"哟,真是可爱,长得一模一样!"将两人并排放在一处比较着,"要不是这襁褓,还真看不出来!"

苏锦珍凑了过去瞧了瞧,细声细气地赞了一句:"真可爱!"

许慕辰盯着两个儿子看了好半天:"两人的脑袋都是圆圆的,就像西瓜,不如叫大西瓜、小西瓜吧,念起来挺顺口。"想当年,自己与蓉儿可是因着西瓜结了缘,这也算是纪念他们两人的初遇吧!

两只小包子听到自己有了小名儿,两人面对面看了下,西瓜是什么?应该是不错的东西,瞧着阿爹那眼神,好像对这名字表示很满意。两人咂吧咂吧小嘴,露出了粉嫩的牙肉,许大夫人低头瞧了瞧:"哎哎哎,是不是想吃东西了?都在咂嘴巴?"

许慕辰伸手将大西瓜与小西瓜抱了过来:"我去给蓉儿瞧瞧。"

苏锦珍羡慕地看了一眼:"唉,让我也沾沾喜气,指不定到时候我肚子里边也能变出两个小西瓜来。"

小西瓜朝苏锦珍翻了个白眼,姨母真是有些幼稚,西瓜还能临时加的不成?那时候他与大西瓜可是费尽全力将对手甩掉才顺利住到了娘亲的那房子里边呢,姨母想要一次生两个,那只能等下一次了。

苏许慕辰喜滋滋地抱着大小西瓜往产房里跑:"蓉儿,我给他们取了小名,大西瓜小西瓜!"

柳蓉将小西瓜接了过来,朝她笑了笑:"名字很好听!"

许慕辰得意的一笑:"那是当然,我取的嘛!"

"哎哟哟……"门外有人呻吟,柳蓉侧耳听了听:"是王夫人!"

两个丫鬟扶着苏锦珍走了进来:"稳婆,王夫人……是不是也要生了?"

"啊,我肚子痛。"苏锦珍抱着肚子直嚷,"好痛!"

柳蓉撑着身子往地上一看,就见一摊血迹从苏锦珍的裙子下边慢慢地染开了,她赶紧喊着稳婆过来:"快瞧瞧,王夫人是不是要生了。"

稳婆已经听到这边有动静,赶着过来一瞧,伸手往苏锦珍裙子里边探了一把:"可不是呢,马上就要生了。"

镇国将军府的大少夫人生产之日,产房里抱出了三个孩子。

"真能生!一次三个!许大夫人不是说她怀的是双胎?如何变成三个了?"有人十分好奇,也啧啧的赞叹,"一次生三个,这大少夫人真能干。"

"还有一个是苏国公府的大小姐,那位新科王探花的娘子生的!"旁边有人哈哈一笑,"她倒是好,省了一笔请稳婆的银子!"

"哟,这真是个会凑热闹的,连人家生娃她也要去凑一脚!"众人听着不由得咋舌,都说苏国公府的大小姐与这位镇国将军府家的大少夫人长得一模一样,看起来还真有缘分,这不,人家生孩子,她竟然也跟着生孩子去了!

"哈哈哈!"一屋子的欢声笑语。许慕辰望着自己的两个儿子,心里得意,只是还有些遗憾,他一手抱一个坐在柳蓉身边,笑嘻嘻道:"蓉儿,啥时候给我生个女儿?"

柳蓉抬了抬下巴:"等着大西瓜小西瓜长大了,咱们就继续蒸包子!"

"好好好,蒸包子!"许慕辰高兴得合不拢嘴。

蒸包子……我的最爱!

## 番外二

"慕辰、慕辰,你倒是快给我想个法子啊。"

许明伦哀求地看着许慕辰,头十分之大,他没想到自己的母后怎么会这样闲不住,一定要把好好的一个后宫弄得乌烟瘴气。

将李太傅家的千金纳入后宫,原以为能让母后消停些,别老是想着给他娶媳妇,可李小姐进宫以后这才三年呐,母后又在想着给他充实后宫了——想当年,她自己在宫斗里死去活来的,怎么还想要重复一下以前那滋味?

让李小姐好好的种花养草不行吗?

"草民能有什么法子?那是皇上的私家事。"许慕辰朝着许明伦笑得人畜无害,"反正草民已经娶到蓉儿了,此生无憾!"

许明伦哀怨地看着许慕辰,他倒是此生无憾了,可自己呢……遗憾啊,大大的遗憾!

"我不想与长娇郡主成亲!"许明伦一只手撑着额头,说得哀哀怨怨。

本来这后宫风平浪静的,他与李小姐各自安好,可谁知早几日长公主拜访,只说皇上至今没有子嗣怎么可以,必须要广纳后宫为皇家开枝散叶。而他的母后居然同意了,当即就准了长公主提议,要为许明伦添一位贵妃娘娘。

人选已经定好,长公主的女儿长娇郡主。

许明伦听到这消息,犹如五雷轰顶。

李小姐在后宫安安稳稳,从不惹是生非,他这才容她住下种花种草,或许再过一段时间,他也能慢慢去接受这位不拘一格的李小姐,可是长娇郡主……恕他万万不能。

长娇郡主是姑母长公主的女儿,小时候她曾在宫里住到十岁才被接触宫去,当年就与许明伦很是不融洽,许明伦远远地看到她走过来,就会很决然地走另外一条路。听说出宫以后她依旧很是娇纵,在京城里赫赫有名。

许明伦捧住脑袋,哦,母后这不是乱点鸳鸯谱吗?

"皇上,草民觉得你可以找到长娇郡主谈一谈,让她知难而退。"许慕辰有了一个主意——如果一个男人摆明拒绝了一个姑娘家,她无论如何也不会坚持要嫁给这个人了吧?

许明伦点点头:"可以一试。"

许慕辰洋洋得意回到府里,两只小西瓜扑了过来:"爹爹,今日你进宫做什么去了?"

"爹爹给你们去拿御膳房的糕点了呀……"许慕辰笑眯眯地从怀里拿出了快被大小西瓜压扁的糕点,"这可是今日才出的新品。"

有了好东西吃,大小西瓜顷刻间抛弃了亲爱的爹爹,跑到太湖石旁边去吃糕点,顺便用点心屑喂蚂蚁。

柳蓉看着站在那里一脸伤心的"老父亲",笑着拉了拉他的胳膊:"怎么啦?皇上可是又想让你回去做官?"

许慕辰差不多是一个季度辞一次官,而在家里休了几个月以后,又会被许明伦弄回去当官,最开始京城里的人还觉得这位许侍郎有些傲娇皇上又有些赶着上的意思,一片议论纷纷,可这样的事情次数多了以后,大家都不觉得有什么问题了。

"许侍郎这次打算什么时候辞官呢?"

每次上朝,都有官员们一副八卦的模样在打探消息——许侍郎和皇上……不可明说的二三事!

"倒不是让我回去做官,是问我拿主意。"

他把许明伦的烦恼告诉了柳蓉,一脸讨好地说:"蓉儿,还是为夫对你一心一意吧?要是你嫁了皇上,你就等着他开三宫六院吧!"

柳蓉伸手拍了下他的脑袋:"哼,你敢纳妾,那我就敢带着大小西瓜回终南山去!"

"蓉儿,你怎么能这样想呢?我这一辈子有你就够了,怎么还会想着纳妾这样龌龊之事?"许慕辰伸手抱住了柳蓉,"这世间,有你一人足矣。"

柳蓉扯了扯他的耳朵:"真是油嘴滑舌。"

"阿娘,是不是爹爹欺负你了?我们来帮你!"

大小西瓜见许慕辰动手抱住柳蓉,赶紧奔了过来。

大小西瓜遗传了爹娘的天赋,从一岁半就开始学着练练拳脚,还跟着姥姥姥爷认穴道什么的,现在已经颇有些功夫了……嗯,肯定只是花拳绣腿。

四只小拳头在许慕辰身上"咚咚咚"地敲着,许慕辰假装疼地惨叫:"蓉儿,他们就会护着你!快让阿大阿二停下!"

柳蓉伸手摸了摸大小西瓜的脑袋:"你们爹爹和阿娘闹着玩呢,没事的。"

大小西瓜这才停住,看了一眼许慕辰,又蹲到一旁吃糕点。

许慕辰哀怨地看着柳蓉:"唉,他们都只记得你这个做娘的,全然没把我这个爹放在心里!亏得我还记挂着给他们带糕点,这东西都没吃完就对我敲敲打打。"

柳蓉哈哈一笑:"谁叫你没有亲和力?"

她蹙了蹙眉,想到了长娇郡主。

这可是京城贵女里有名的奇葩啊,要是进了后宫,还不知会起什么幺蛾子。

许明伦找了长娇郡主叙旧,顺便劝她不要进宫。

"朕没有想充实后宫之意。"

长娇郡主扬眉："我母亲说,这大周的皇后只能是我。"

许明伦:这……

没过三个月,京城张灯结彩,长娇郡主十里红装地进了宫,可比当年李小姐入宫的阵仗大得多。

李小姐至今还只是一个美人的封号,而长娇郡主进宫以后便一跃成为贵妃。

春虫真在草丛间吟唱,金铃子的叫声尤其大,将漱玉宫里的声音都给遮掩住。

明月宫的内室前边站着一个内侍一个宫女,两人站在汉白玉台阶下边等着内室里边的主子传唤。两人瞅着茜纱窗户里透出的一点点淡黄的灯光,都有些感叹:"皇上对咱们贵妃娘娘……真是没得说。"

宫女将脑袋高高扬起:"还不是咱们贵妃娘娘的家世?"

屋子里边传来细细的呻吟声,似乎若有若无,宫女与那内侍相视而笑:"皇上也着实勇猛了些,第二日里头,贵妃娘娘总是累得连腰都直不起呢!"

内室里边,帐幔低垂,可却全然不是外边两个人所想象的那样,床上只睡了一个人,一床被子盖在身上,只露出了一个脑袋来,床边撒了一地的黄豆,贵妃正跪在地面上,弯着腰将那些黄豆一粒粒的捡到一个盘子里边。

"皇上……"贵妃的脸上有些不忿的神色,咬了咬嘴唇,"皇上,为何要这般对待臣妾?"

"因为是你想进宫的啊。"许明伦懒洋洋的答了一句,"快些把黄豆全部捡起来,嘴里怎么不哼哼唧唧的了?接着喊。"

看着贵妃吃瘪的样子,许明伦觉得太开心了,尽管没能够阻止她入宫,可是许慕辰给他出的这个主意真是世间无双。

在别人看起来,贵妃真是得了盛宠,皇上经常在她宫中住下,可是谁又知道她这个中辛苦?

贵妃嘟了嘟嘴，本来想要反抗，可却还是不敢忤逆许明伦，一边低头捡着黄豆，一边嘴里发出了细细的呻吟声："啊……啊……啊……"

"哥哥，她这是在做什么？"床底下趴着大小西瓜，两人都好奇地看着贵妃趴在那里捡黄豆，额头上的汗一滴滴地掉了下来。

"我也不知道。"阿大也觉得有些莫名其妙。

皇上伯伯说好久没看到他们俩了，想要他们到皇宫里过夜，所以两个人就进宫来了。本来他们住在旁边那个宫殿里，可白天他们在御花园碰到贵妃，她对他们俩非常不友善，于是他们就在花园里捉了一条小蜈蚣，想要放到她的床上，可还没来得及动手，就听着外边有脚步声，两只小包子赶紧钻到了床底下。

幸好床比较高，两人躲在下边也不觉得难受，躺着趴着坐着——总有一款姿势适合你！

两人听着脚步声踢里踏拉地传了过来，见着床底下有长袍的衣角与裙袂，然后就听着窸窸窣窣的一阵响，头顶上似乎有雷声传过，原来许明伦已经上床了。

小西瓜贴着大西瓜的耳朵小声说："糟糕了，咱们要在底下听大戏了。"

大西瓜有几分不解："听什么大戏？"

小西瓜恨铁不成钢地盯了大西瓜一眼，他是真不知道还是装傻？当时他们俩还在阿娘肚子里就听到过阿爹那羞羞脸的话啦！有一次午休他醒过来的时候，亲眼见着阿爹将他那爪子搁在他最喜欢的那地方！阿爹竟然跟他们抢粮食，真是可耻！这么大的人了，还喝奶，害不害臊啊！

那会儿，护粮心切的小西瓜哇哇地哭了起来，柳蓉赶紧去哄他，许慕辰的兴致被打断，恨恨地盯了小西瓜一眼，小西瓜也毫不客气的回敬了他一眼：父亲跟儿子抢东西吃，像不像话！

后来……他明白了，原来阿爹不是想和他抢奶喝，阿爹是淘气，想和阿娘唱大戏！因为每次这个时候，奶娘就会将他与大西瓜抱走，一边拍着他们的背,一边口里念念有词:"大公子和大夫人要唱戏啦!"

不用说,现在皇上伯伯与那个贵妃娘娘也要唱戏了,小西瓜将大西瓜的脑袋拍了下:"咱们等着瞧。"

"哗啦"一声,地上撒落了一地的黄豆,有几颗还滚到了小西瓜面前,他好奇地摸了一颗看了看,塞到嘴里咬了一口:"真是黄豆!"

往外边晃了一眼,就见有一双手撑在地上开始捡黄豆,嘴巴里还哼哼唧唧地叫着,就像那猪圈里的猪拱食一般。捡了一阵子,捡得好像差不多了,那一盘子黄豆又撒到了地上,头顶上传来许明伦威严的声音:"再捡!"

皇上伯伯这是怎么了?小西瓜很是好奇,正准备将脑袋伸出去看看,却被大西瓜一把拖住,不住地朝他摇脑袋:"别,别!"要是被爹娘知道,他居然带着小西瓜藏在贵妃的床下,会不会被打死?

小西瓜有几分遗憾,将脑袋缩回来了些,等着那些黄豆第三次被撒到地上,小西瓜再也忍不住了,蹭蹭地朝床边爬了两步,伸出小脑袋来,朝贵妃友好的一笑:"你累不累啊?要不要歇息?"

贵妃见着黑黑的床底下忽然伸出了一个脑袋来,还没来得及看清那人是什么模样,惊叫了一声,直接翻着白眼晕死了过去。

小西瓜摸了摸脸:"我很可爱的啊,她怎么这么怕我?哎,女人就是这么胆小。"

"谁说的,咱们阿娘就不胆小。"大西瓜意见不同。

许明伦从床上爬了起来,勾着脑袋一看,就见着了小西瓜的脸,他呵呵一笑:"小西瓜,你躲在这下边作甚?"

"皇伯父。"小西瓜从床底下爬了出来,大大方方地举着那个小金盒子道,"我想把这小蜈蚣放到床上吓唬她。"

盒子里的小蜈蚣瑟瑟发抖,脚有气无力的伸了出来——要是那死女人看都不看就压了下来,自己肯定就要魂飞魄散了!

那两兄弟还给自己取了名字叫"小短腿",难道自己身上这几十条腿很短吗?唉,小西瓜实在太恐怖了,自己差一点就要成为被褥上

437

那一摊灰黑的印记了。小蜈蚣用爪子紧紧攀附着小金盒子的内壁,痛哭流涕,妈妈,我错了,我再也不独自溜达出来晒太阳了——全怪外边风光好,以后自己真不能到处拈花惹草!

"你怎么能这样淘气?"许明伦笑着拍了下小西瓜的脑袋,"她今日做得不对,皇伯父已经惩罚过她了,怎么你们晚上还想来吓她?"

"谁叫她对我和哥哥这么凶!"小西瓜指了指躺在地上的贵妃,"我还没有捉毒蛇放她床上啊,只是想用蜈蚣吓唬吓唬她而已。"

许明伦无奈地望了望小西瓜,不愧是蓉儿的孩子,才这么小的年纪,就这般聪明伶俐,想想自己这一辈子可能都没有孩子,他不禁有些伤心。

"皇伯父,我想问一句,你为什么要她捡黄豆,还要让她一边捡一边唱歌给你听?"小西瓜皱着眉看了看贵妃,有些不满意的嘟起了嘴,"她唱的歌好难听,就像要哭了一般。"

"……"许明伦无法跟小西瓜解释,他为什么要贵妃捡黄豆?为什么?为什么?他现在觉得自己头很大。

贵妃醒来的时候已经是半夜,望着身边的姑姑宫女同情的目光,眼睛里的泪水不住地流了下来,这下可好了,宫里的人肯定都知道她的身子被许侍郎家那两个万恶的熊孩子看光了!大家都以为许明伦在与她欢好,可是,谁知道里边的内情啊!真是哑巴吃黄连,有苦说不出!

太后娘娘一直催着皇上来她寝宫,可每次许明伦一来,对她都是一种莫大的折磨,捡一个晚上的黄豆,要哼哼唧唧地哼一个晚上,第二日宫女们进来,见着她的光辉形象便是这样:两个大大的黑眼圈,腰酸背疼,嗓子也哑了。

大家都以为她是得了无限荣宠,要不是为何是这般模样?而且等着许明伦一走,她便昏天黑地的睡了过去,宫女们都窃窃私语,皇上实在龙精虎猛,这一晚上贵妃娘娘都没歇过气!瞧她这般嗜睡,昨晚可是受了折磨。可是天晓得,她……唉,实在都不好说,真是一把辛酸泪。

早知如此，何必当初啊！

长娇郡主懊悔得眼泪都要哭干了。

大小西瓜回到镇国将军府，开开心心地把他们大战贵妃的事情告诉了柳蓉。

"阿娘，我们给你报仇了。"

他们记得可清楚了，今年除夕搞什么皇室大聚餐的时候，那个什么贵妃娘娘居然想在阿娘的酒杯里做手脚，被阿娘发现了，当时他们就想替阿娘报仇的，只不过一直没逮着机会，捱了两三个月总算是有机会了，把贵妃吓了个半死，这也是他们兄弟俩的一片孝心啊。

柳蓉哭笑不得，这大小西瓜，真是太生猛了。

过了几日以后，许慕辰下朝回来，告诉柳蓉一个惊人的消息：贵妃娘娘自请下堂了！

"什么？"柳蓉惊诧地望了他一眼，"她不是要做大周皇后吗？"

许慕辰哈哈一笑："那她也得有这个命啊。"

自从他给许明伦支了一招以后，贵妃娘娘苦命的生活就开始了，许明伦最近连续几个晚上都留宿明月宫，让贵妃娘娘做了充足的体能锻炼，目前躺在床上起不来，直嚷嚷着腰要断了。

偏偏许明伦格外宠爱她，宫里宫外都知道贵妃娘娘独得圣宠，自从她进宫以后没多久，那位李美人就彻底独守空房了。

现在贵妃娘娘想要出宫，也不知道皇上准不准呢，毕竟这样宠爱她。

柳蓉哈哈一笑："我觉得皇上应该会准，毕竟他是明君，心软仁慈。"

许慕辰挑了挑眉："我才不管皇上怎么做，我只要守着我的娘子就可以了。"

他伸出手将柳蓉环在了怀中，吻了吻她的耳垂："蓉儿，给我生个女儿，像你一般美和你一样聪明伶俐。"

柳蓉伸手推开他，白了他一眼："阿大阿二很笨吗？"

"不笨不笨……"许慕辰赶紧摇头,他已经看到了大小西瓜捏紧拳头朝他走过来——这两个小屁孩怎么就这样耳聪目明眼观六路耳听八方呢?

"我们家大西瓜和小西瓜是世上最聪明的孩子呢……"许慕辰讨好的笑。

没想到大小西瓜居然是冲到了柳蓉身边,抬着小脑袋一本正经地问柳蓉:"阿娘,你什么时候给我们生个小妹妹啊?我们一定会好好保护她,宠着她的!"

柳蓉笑眯眯地摸了摸肚子:"可能、或许已经有一个小妹妹住在这里了哦!"

"哇,真的吗?"大小西瓜开心地叫了起来,小西瓜伸手摸了摸柳蓉的腹部,大西瓜贴在那里小声喊:"妹妹,妹妹,你听到了吗?我是你大哥啊!"

许慕辰激动地凑到柳蓉面前:"蓉儿,真的吗?真的有了吗?"

柳蓉瞥了他一眼,嘴角浮现出了笑容。

"太好了!"许慕辰一把抱住了柳蓉的肩膀,嘴在她的鬓边蹭了蹭,"蓉儿,你一定会生个漂漂亮亮的女儿!"

在这静谧的夜里,一片欢笑。

（完）

图书在版编目（CIP）数据

柳叶摘星辰 / 烟秾著. —— 成都：四川文艺出版社，2022.5

ISBN 978-7-5411-6093-6

Ⅰ.①柳… Ⅱ.①烟… Ⅲ.①长篇小说—中国—当代 Ⅳ.①I247.5

中国版本图书馆CIP数据核字(2021)第168032号

LIUYE ZHAIXINGCHEN
## 柳叶摘星辰
烟秾 著

| | |
|---|---|
| 出 品 人 | 张庆宁 |
| 出版统筹 | 赵丽娟 |
| 选题策划 | 木本水源 |
| 责任编辑 | 彭 炜 |
| 特约编辑 | 孙一民 |
| 责任校对 | 段 敏 |
| 封面插画 | 呼葱觅蒜 |
| 版式设计 | 唐 昊 |

| | |
|---|---|
| 出版发行 | 四川文艺出版社（成都市锦江区三色路266号） |
| 网　　址 | www.scwys.com |
| 电　　话 | 028-86361802（发行部）　028-86361787（编辑部） |

| | |
|---|---|
| 印　　刷 | 河北鹏润印刷有限公司 |
| 成品尺寸 | 145mm×210mm　　开　本　32开 |
| 印　张 | 14　　　　　　　　字　数　450千 |
| 版　次 | 2022年5月第一版　印　次　2022年5月第一次印刷 |
| 书　号 | ISBN 978-7-5411-6093-6 |
| 定　价 | 65.00元（全二册） |

版权所有·侵权必究。如有质量问题，请与出版社联系更换。028-86259301